읽어도 도대체
무슨 소린지

읽어도 도대체

무슨 소린지

크리스 토바니 지음 | 송제훈 옮김

연암서가

옮긴이 **송제훈**

서울에서 태어나 한양대학교 영어교육학과를 졸업하고, 현재 서울 불암고등학교에서 학생들을 가르치고 있다. 한 개인의 삶과 정신의 성장이 기록된 책을 읽으며 이와 관련된 책을 꾸준히 옮기고 있다. 『유년기와 사회』, 『간디의 진리』, 『아버지의 손』, 『러셀 베이커 자서전: 성장』, 『옥토버 스카이』, 『만만한 노엄 촘스키』, 『만만한 하워드 진』, 『인생의 아홉 단계』 등을 번역했다.

읽어도 도대체 무슨 소린지

2020년 8월 20일 제1판 1쇄 발행
2023년 4월 15일 제1판 2쇄 발행

지은이 | 크리스 토바니
옮긴이 | 송제훈
펴낸이 | 권오상
펴낸곳 | 연암서가
등 록 | 2007년 10월 8일(제396-2007-00107호)
주 소 | 경기도 고양시 일산서구 호수로 896, 402-1101
전 화 | 031-907-3010
팩 스 | 031-912-3012
이메일 | yeonamseoga@naver.com
ISBN 979-11-6087-067-1 03800

값 15,000원

나의 최초이자 최고의 선생님이셨던
어머니와 아버지께

국내 어느 온라인 서점에 지난 일주일 동안 등록된 신간을 살펴보
았다. '어린이'로 분류된 신간이 50권이다. 같은 기간 '청소년'에는
고작 17종의 신간이 등록되었는데 이마저도 절반은 진학과 관련된
실용서이다. 미취학 아동과 초등생을 위한 책이 쏟아져 나오는 반면
에 청소년 도서는 그렇지 못하다는 사실이 시사하는 바는 무엇일까?
수요가 있는 곳에 공급이 있다고 가정하면, 한마디로 중고생이 책을
읽지 않는다는 얘기다. 어마어마한 규모의 학습지 시장을 제외하면
그렇다.

중고생이 책을 읽지 않는 이유를 가혹한 입시 환경과 학업 부담에
서 찾는다면 문제를 잘못 짚은 것인지도 모른다. 실리적 측면에서 오
히려 독서는 입시와 학업 성적에 도움이 되기 때문이다. 학생부종합
전형에서 생활기록부의 '독서 활동 상황'은 이전만큼은 아니더라도

여전히 영향력이 있다. 무엇보다 대학수학능력시험 국어와 영어 영역의 지문을 읽어보면 평소 독서를 많이 한 학생이 절대적으로 유리하다는 사실을 쉽게 알 수 있다.

그렇다면 우리의 아이들은 왜 책을 읽지 않을까? 이유는 간단하다. 이해가 안 되니까 안 읽는 것이다. 공부 안 하는 이유와 똑같다. 누구나 공부를 잘하고 싶지만, 이해가 안 되니 흥미를 잃고 흥미를 잃으니 공부가 싫어지듯 독서에서도 똑같은 악순환이 벌어진다. 그러므로 우리는 "그렇게 빈둥거릴 시간이 있으면 책이라도 읽으라"는 잔소리에 담긴 함의, 즉 독서는 쉽고 만만하다는 전제가 옳은지부터 따져봐야 한다. 사실 빈둥거리는 아이에게는 영어 단어 암기가 책 읽기보다 훨씬 쉽다. 어른들은 중고등학교 학생들이 학교에서 읽고 이해해야 할 텍스트의 수준이 얼마나 높은지 잘 모른다. 만일 어렸을 때 책 읽기를 좋아하던 아이가 중고등학교에 진학해서 책을 내려놓았다면 그것은 공부에 바빠서가 아니라 책을 이해하기 어려워졌기 때문일 것이다.

이 책의 저자 크리스 토바니는 고등학교에서 독서와 문학을 가르치고 있으며 덴버 콜로라도 대학교에도 출강하고 있는 독서 교육 전문가이다. 그녀는 2000년에 펴낸 『읽어도 도대체 무슨 소린지(I Read It, but I Don't Get It)』를 시작으로 최근까지 여러 권의 저서를 출간하는 한편 강연과 교사 연수를 통해 자신의 교실에서 입증한 성공적인 독서 지도의 노하우를 많은 이들과 공유하고 있다. 그녀는 "학생들은 집에서 책을 읽지 않는다. 그렇다고 학교에서 읽는 텍스트를 제대로 이해하는 것도" 아니라고 말한다. 어쩐지 기시감이 든다. 이 책에서 우리는 '글'이 아니라 '글씨'만 읽는 고등학생들을 만나는데 이 또한 우리 아이들과 다르지 않다. 하지만 크리스 토바니는 고등학교 졸업을 코앞에 둔 학생들일지라도 읽기를 새로 배우기에 늦지 않았다고 말한다. 다행이다. 우리도 책과 멀어진 십 대들에게 적절한 독서 전략을 제시함으로써 그들에게 새로운 책 세상을 열어줄 수 있다면 그만한 가르침과 유산이 없을 것이다.

이론적인 내용이 서술되는 제2장이 다소 지루하게 느껴진다면 일단 건너뛰고 마지막에 읽는 것도 괜찮겠다. 이 책은 중고생에게 읽기를 가르치는 교사와 학부모에게 실제적인 도움을 줄 것이다. 스스로 읽기의 덫에서 빠져나오려는 학생들에게도 도움이 되리라 믿는다. 아울러 역자가 학교에서 만난 독서 동아리 학생들이나 천주교 주교회의 매스컴위원회 인문독서 지도 과정에서 만난 수강생들처럼 독서에서 의미와 희열을 얻는 훌륭한 독서가들에게도 이 책이 새로운 통찰의 원천이 될 것이라 기대한다.

2020년 6월

송제훈

눈이 소복이 쌓인 인적 없는 바닷가를 산책해본 적이 있으세요? 정신없이 돌아가는 대도시 한복판에 우두커니 서 있거나 낯선 미술관에서 처음 맞닥뜨린 그림에 문득 울컥해진 적은요? 그러면서도 그곳이 집처럼 편하고 친숙하게 느껴진 경험은요? 어떤 전문가의 영역에서 집처럼 편한 느낌을 받는 일은 드뭅니다. 그런데 저는 크리스 토바니의 교실에서 그런 경험을 했습니다.

환영합니다. 만일 여러분이 중학교와 고등학교에서 아이들을 가르치고 있다면 『읽어도 도대체 무슨 소린지』는 남의 얘기 같지 않을 겁니다. 이 책은 아이들을, 그리고 가르치는 일을 여러분이 왜 사랑하는지 새삼 돌아보게 해줄 것입니다. 그리고 이 책은 점심 메뉴든 톨스토이든 뭔가를 읽는 아이들의 이해 능력을 키워줄 새로운 방법의 보고(寶庫)를 열어줄 것입니다.

처음 이 책의 원고를 읽으면서 자문했습니다. 크리스는 어떻게 이런 걸 다 기억할까? 학생들과 지내며 경험하는 그 모든 좌절과 환희를 그녀는 어쩌면 이토록 완벽하게 기록할 수 있을까? 무엇보다도 어떻게 그녀는 오래전 나의 학창 시절을 이처럼 생생하게 떠올리도록 만들 수 있을까? '빈칸을 채워 선생님'을 속이기 위해 억지 미소를 띤 채 과제로 읽었어야 하는 책이나 문학선집에서 고른 골치 아픈 책을 아주 잘 이해하고 있다는 듯 고개를 끄덕이며 호명을 피할 만큼 충분히 진지한 표정으로 의자에 몸을 파묻고 있는 저의 십 대 시절이 이 책을 읽는 동안 떠올랐습니다.

크리스가 온갖 일들을 다 기억하는 것은 그녀가 십 대를 이해하고 그들에게 깊은 관심을 기울이고 있기 때문입니다. 아울러 글을 읽는다는 것의 본질을 잘 이해하고 있기 때문이기도 합니다. 학창 시절 내내 글을 읽는 시늉만 내며 학생들이 자신의 지적 능력과 에너지를 허비하는 이 시대에 위의 두 가지 이유는 강력한 힘을 지니고 있습니다. 글을 매끄럽게 읽고 발음도 유려하게 하지만 자신이 읽고 있는 글에서 통찰을 얻기는커녕 그 의미조차 파악하지 못하는 학생들을 우리는 숱하게 보아왔습니다. 이 아이들을 돕기 위해 우리는 무엇을 할 수 있을까요? 너무 늦은 것은 아닐까요?

우리는 어쩌다 이런 수렁에 빠지게 되었을까요? 글을 읽을 줄 아는 중고생들이 의미를 구성하는 데 어려움을 겪는 까닭은 무엇일까요? 딸이 걸음마를 시작할 무렵 제가 읽었던 육아에 관한 책 한 권이 기억납니다. 이 책에서 저명한 소아청소년과 의사인 저자에게 부모들이 아이가 세 살이 되었는데도 왜 밤에 잠을 안 자는지 묻는 대목이 나옵니다. 저자는 이유가 단순하다고 말합니다. 아이들은 부모가 가르쳐주는 것을 능숙하게 배운다는 것이지요. 아이들은 밤에 자다가 깨면 부모님이 달려와 분유를 주고 안아서 어르며 노래를 불러주고 결국에는 엄마 아빠 옆에 재워준다는 사실을 능숙하게 배운 것입니다.

우리의 아이들은 잘 배웁니다. 초등학교에 입학한 아이들은 읽기를 가르쳐주시는 선생님을 기쁘게 해드리기 위해 노력합니다. 대체로 아이들은 선생님께서 가르치시는 것을 잘 배웁니다. 커가면서 더 많은 것을 요구받는 아이들에게 이 시나리오를 접목해 보지요. 아이들은 복잡한 문제를 풀고 오랜 조사를 통해 독창적인 결과물을 만들기 위해 모둠 과제를 수행해야 하며 다양한 자료에서 모은 정보를 종합해서 간결하고 조리 있게 발표해야 합니다. 우리는 아이들이 이처럼 어려운 일을 잘 해낼 수 있도록 무엇을 가르치고 있습니까? 이 책에서 우리는 일단 아이들이 생각하는 법을 배우면 더 복잡한 상황에서도 자신이 배운 바를 훌륭하게 활용한다는 사실을 확인할 것입니다.

크리스는 이 책에서 짐과 케이디와 레이아(독자 여러분이 곧 만나게 될!) 같은 평범한 아이들이 깊이와 열의를 가지고 책을 읽고 이해하는 법을 배울 수 있다고 말합니다. 저는 아이들이 '열의'를 가지고 책을 읽는다고 말씀드렸습니다. 이 책을 읽기 전에는 제 얘기를 못 믿으실지도 모릅니다. 이 책은 크리스의 솔직함과 유머를 통해 아이들이 스스로 책을 읽고 생각하는 능력을 발견해가는 모습을 보여줍니다. 크리스는 세계 문학이나 독서 토론 같은 이질적인 수업에서 생각하는 힘이 어떻게 생겨나는지 보여줍니다. 그녀는 자유로운 발표와 다양한 교수 전략을 통해 아이들이 더 많은 것을 이해하기 위해 스스로 생각하도록 가르칠 수 있음을 보여줍니다.

크리스는 수업 시간에 학생들의 응석을 받아주지 않듯이 독자 여러분에게도 쉬운 길을 제시하지 않습니다. 만일 여러분이 만병치료제나 쉬운 해결책 또는 별다른 노력 없이도 실행에 옮길 수 있는 단계별 설명서를 찾고 있다면 이 책은 답이 될 수 없다는 것을 그녀는 분명히 하고 있습니다. 크리스는 책 읽기를 싫어하는 학생들과 특히 자신이 읽는 책에 대해 깊이 생각하지 않고도 학교에서 좋은 성적을 얻는 학생들을 지도해야 하는 교사들의 어려움을 인정합니다. 하지만 그녀는 그런 학생들을 지도해야 하는 것이 우리의 책임이라고 분명히 말합니다. 이는 유치원부터 고등학교 졸업반을 아우르는 문제이며, 학년이나 가르치는 내용에 상관없이 우리가 부딪쳐야만 하는 문제입니다.

크리스는 각 장에서 자신이 가르치는 학생들을 독자 여러분에게 소개하는데, 그녀가 소개하는 학생들의 대화와 몸짓 그리고 시끌벅적한 소음은 여러분을 웃게 할 것입니다. 그리고 그녀는 자신의 교실에서 성공을 거둔 수십 가지의 유용한 아이디어를 여러분에게 전달할 것입니다. 2부 각 장의 마지막에 있는 '살아있는 독서 지도'는 더할 나위 없이 유용합니다. 여기에 딸린 '지도의 핵심'은 놓치지 마세요. 이것은 제가 이제까지 읽기 전략들 가운데 가장 훌륭합니다.

이해하며 책을 읽는 사람들의 사고 전략을 명확하게 보여주는 연구 결과를 토대로, 크리스는 학생들이 좀 더 깊이 탐색하고 좀 더 진지하게 사고하며 통찰을 얻기 위해 노력하도록 가르치는 자신의 방법을 알려줍니다. 그녀는 학생들에게 내적 보상, 즉 자신의 지적 잠재력을 발견하는 데서 오는 만족감이 주어질 때 그들이 어떻게 변하는지 보여줍니다.

크리스는 아이들을 가르치는 동시에 선생님들을 가르치기도 합니다. 그녀는 덴버에 있는 '학교 교육 및 기업 연합(Public Education and Business Coalition)'에서 일하는 동안 인구가 과밀한 도시 지역과 부유한 교외 지역에서 근무하는 유치원과 초중고교 교사들을 대상으로 연수를 진행했습니다. 그리고 이곳에서 수백 가지의 수업 전략을 모으고 다듬어서 자신이 가르치는 학생들에게 적용하고 있습니다. 그녀는 학생들과 함께 일궈낸 놀라운 성과를 수백 명의 교사와 공유해 왔는데, 이러한 그녀의 경험은 우리의 담당 학년이나 과목 혹은 근무하는 지역의 차이를 뛰어넘어 우리에게 공통점이 훨씬 더 많이 있음을 보여줍니다. 크리스는 학생들을 존중하고 그들의 능력을 신뢰하며 그들에게 글을 잘 읽고 쓰는 법을 가르쳐줄 때 학생들은 나이나 배경과 상관없이 우리의 기대를 훨씬 뛰어넘는 극적인 변화를 보여준다고 가르칩니다.

크리스의 교실 수업과 교사 연수가 성공적이냐고요? 네, 대단히 성공적입니다. 이 책이 매우 잘 읽히는 이유도 거기에 있습니다. 그녀는 아이들을 잘 압니다. 그녀는 책 읽기를 잘 압니다. 그리고 그녀는 아이들 스스로 무엇이 가장 중요한지 깊이 이해하고 기억하도록 우리가 도울 수 있다는 것을 압니다.

눈이 소복이 쌓인 인적 없는 바닷가를 산책해본 적이 있으세요? 정신없이 돌아가는 대도시 한복판에 우두커니 서 있거나 낯선 미술관에서 처음 맞닥뜨린 그림에 문득 울컥해진 적은요? 그러면서도 그곳이 집처럼 편하고 친숙하게 느껴진 경험은요? 여러분의 교실에서 그런 감정이 일어날 수 있다고 생각하세요? 매일 아침 교실에 들어가면서 여러분이 가르치는 아이들이 이전에 가르쳤던 그 어떤 아이들보다 더 많은 것을 배우고 이해할 것이라 믿는 게 가능한 일일까요? 그런 생각을 품을 수 있고 함께하는 아이들이 커가는 모습을 지켜볼 수 있는 직업을 가지고 있다는 것은 굉장한 일이 아닐는지요? 환영합니다. 여러분은 직업을 제대로 선택하셨습니다. 여러분은 책을 제대로 선택하셨습니다.

2000년 8월
엘린 올리버 킨

제가 작성한 '죽기 전에 할 일' 목록의 일곱 번째 항목은 '책을 쓰는 것'이었습니다. 실제로 이룰 수 있을 것으로 생각하지 않았는데 많은 분의 도움으로 이 책이 나오게 되었습니다.

먼저 스테파니 하비에게 진심 어린 감사를 전합니다. 그녀는 2월의 어느 추운 날 스텐하우스 출판사의 편집자 필리파 스트래튼과 함께 수업 참관을 위해 저의 교실을 찾아왔습니다. 스테파니는 저의 교실에서 일어나는 일을 다른 선생님들도 알 수 있도록 저의 학생들에 관한 책을 써보라고 격려해 주었습니다. 이 과정에서 그녀는 저의 멘토이자 스승이 되었으며 무엇보다도 소중한 친구가 되었습니다.

독해에 관한 연구를 꾸준히 해온 엘린 킨에게도 고마움을 전하고 싶습니다. 저는 방대한 연구 결과를 그녀처럼 실제에 적용할 수 있는 사람을 한 번도 보지 못했습니다. 그녀의 번뜩이는 예지와 PEBC 연수팀을 이끄는 능력은 놀랄 만합니다. 엘린의 연구는 저에게 새로운 시도를 해볼 영감을 주었으며 그녀의 선구자적 역할은 교사로서 제가 하는 일의 의미를 끊임없이 자문(自問)하게 해주었습니다.

이밖에도 감사를 전해야 할 분들이 많습니다.

- 크라이스 허친스는 저의 교실에서 오랜 시간을 머물며 학생들을 관찰하고 그들의 대화를 기록했습니다. 겸손할 뿐만 아니라 아이디어와 의견을 기꺼이 공유하고 끊임없이 칭찬과 격려를 건네준 그녀는 끝이 보이지 않았을 때 저를 계속 앞으로 나아가게 해주었습니다. 생각을 글로 옮기는 그녀의 남다른 능력 덕분에 저는 실패한 수업을 돌아보고 새로 설계할 수 있었습니다.

- 친구이자 독서의 동반자이며 훌륭한 조언자인 디 벤치는 싹만 틔운 아이디어를 현실로 만들어 주었습니다.

- 앤 가우드비스는 필요한 연구 결과를 찾아내는 데 탁월한 지혜와 기술을 보여주었습니다.

- 머라이어 딕슨은 저의 교실활동을 경청하고 지지해 주었습니다.

- 수전 지머맨은 훌륭한 통찰과 지도력을 보여주었습니다.

- 필리파 스트래튼의 격려와 유머 감각은 놀라웠습니다.

- 브렌다 파워는 책이 '마무리'될 수 있도록 현명하고 부드럽게 재촉해 주었습니다.

- 콜린 버디는 제가 이 책에서 인용한 교훈과 은유들을 들려주었습니다.

- PEBC 강사 로라 벤슨은 체리 크리크 교육구의 중등학교 독서

프로젝트(SRP)를 시작하도록 도움을 주었습니다.

- PEBC 회장 바버라 볼프와 행정 보좌역 주디 헨드릭스는 세부적인 것들을 살피면서도 큰 비전을 놓치지 않았습니다.

- 로즈앤 리즐리는 스모키 힐 고등학교에서 저의 첫 동료였으며 SRP에서 함께했습니다.

- 보니 켈리와 드니스 캠벨은 체리 크리크 교육구의 연수 담당자로 함께 일하며 제가 현실에 발을 딛고 목표를 향해 나아가도록 도와주었습니다.

- 메리 자비스 박사는 초등학교 1학년을 가르치던 교사에게 고등학교 독서 과정을 맡아 지도하도록 허락했습니다. 그녀가 저의 수업에 보내준 신뢰와 연수 프로그램 개발을 지원해준 것에 대해 깊은 감사를 전합니다.

- 놀라 웰먼과 테리 콘리의 선견지명 덕분에 체리 크리크 고등학교는 중고생의 독서에 관한 문제들을 조사하고 해결책을 모색할 수 있었습니다.

- 중등학교 독서 프로젝트를 함께해온 친구들과 동료들을 빼놓을 수 없습니다. 그들은 진정한 프로입니다.

- 마를린 데이비스는 보잘것없는 초고의 편집에 많은 시간을 내주었습니다.

- 집필 중 패닉이 최고조에 달했을 때 로라 위트머는 제가 원고를 컴퓨터에 옮길 수 있도록 도와주었습니다.

- 어머니는 저에게 책을 사랑하는 법과, 이야기 속에는 소리 내어

읽는 그 이상의 것이 담겨 있음을 알려주신 분입니다.

- 아버지는 끈기만 있으면 못할 게 없다고 가르쳐주셨습니다.

- 원고가 쓰이기 훨씬 전부터 오빠들은 이 책에 대해 떠벌리고 다녔습니다.

- 세 딸 리아논, 사라, 캐롤라인은 제가 새로운 아이디어를 실험할 때마다 기꺼이 실험 대상이 되어 장단을 맞춰 주었습니다. 이 책과 교실 활동에 대해 피드백을 해준 딸들에게 고마움을 전합니다. (특히 막내 캐롤라인은 제가 원고를 쓰는 동안 보채지 않고 잘 기다려 주었습니다. 제가 컴퓨터 앞에 앉아 있을 때 캐롤라인의 키스와 포옹은 원고 작업을 계속하게 하는 힘이 되었습니다.)

- 남편 피트는 책을 싫어하는 사람들도 흥미를 느낄 만한 읽기 자료를 늘 열심히 찾고 있습니다. 그러한 노력의 열매가 저의 교실 활동에 큰 도움이 되었습니다. 피트는 딸들에게 운전기사와 농구 코치가 되어 주었고 머리를 땋고 식탁을 차려냈으며 늦은 밤 원고와 씨름하는 저의 어깨를 주물러 주었습니다. 남편의 격려와 지지 덕분에 저는 집필과 학교 수업을 병행할 수 있었습니다. 그는 저에게 최고의 동반자입니다.

마지막으로 함께 생각을 나누고 저에게 배울 기회를 주는 학생들에게 고마운 마음을 전합니다. 제가 이 아이들의 선생님일 수 있다는 게 참으로 고맙습니다.

1부_무대 설치

2부_전략이 있는 독서

,

?

"

.

"

무대 설치

"안녕하세요? 저는 독서 워크숍 수업을 맡은 크리스 토바니입니다. 여러분이 있는 교실은 11호실이고 수업 시간은 4교시입니다. 여러분이 교실을 제대로 찾아왔는지 각자의 시간표를 확인해 보세요. 잘못 찾아온 사람은 어느 교실로 가야 하는지 선생님이 알려줄게요."

"선생님," 교실 뒤편에서 한 아이가 소리쳤다. "제 시간표가 잘못된 것 같은데요. 저는 원래 4교시에 독서가 아니고 체력 단련을 신청했는데요."

"저도요," 또 다른 아이가 끼어들었다. "저는 독서가 아니라 도예 수업을 신청했어요."

"아, 그건 말이죠," 나는 말을 조금 더듬었다. "여러분의 시간표가 방학 동안 변경되었어요. 학교의 결정으로 여러분의 선택 과목이 제가 담당한 독서 워크숍으로 바뀌었네요."

"독서를 배워야 한다면 우리가 책을 못 읽는다는 건가요?" 출입문 옆에 앉아 있던 몸집이 큰 여학생이 따지듯 말했다.

"사실 여러분이 책을 얼마나 잘 읽는지 저는 잘 몰라요. 다만 여러 선생님께서 이 수업을 들어야 할 학생들을 추천해 주셨어요." 불만 섞인 목소리가 교실 여기저기에서 터져 나왔다. 나는 초점을 바꾸고자 했다. "이 수업을 계속 들어야 할 사람과 다른 과목으로 변경이 가능한 사람을 오늘 수업 마치고 확인해 보겠습니다. 일단 모두 바로 앉고 과목 변경은 내일 얘기하죠."

나는 출석을 불렀다.

"짐 앤더슨."

"네."

"저스틴 볼드윈."

"네."

"테레사 블랙. 테레사 블랙? 테레사 블랙 안 왔나요?"

"저요, 여기 있어요."

"레이아 콜린스."

"레이아는 안 와요. 독서 수업은 전에 들어서 다시 들을 필요 없대요. 이 과목 수강 취소한다고 그랬어요."

"훌륭하네." 나는 혼잣말을 했다. 아이들은 첫 수업에 나타나지도 않고 벌써 수강 취소를 하고 있었다. 일단 아이들을 교실에 앉혀 놓을 수만 있어도 독서 능력을 키우기 위해 어떻게든 해볼 텐데 안타깝게도 아이들은 자신이 선택하지 않은 과목을 들어야 한다는 사실에 실망하고 있었다. 아이들의 태도에서 짐작이 가는 게 있었다. 아이들은 이 과목에 대해 잘못된 선입견을 지니고 있었다. 하지만 이 수업은 아이들이 과거에 받았던 독서 치료(remedial reading)와는 확연히 다른 것이었다.

나는 글을 읽을 줄 알게 된 이후 줄곧 글을 이해하고 싶었다. 단어 하나하나의 뜻을 알더라도 글을 이해하는 것은 여전히 어려웠다. 오랫동안 나는 책을 읽는 시늉만 냈다. 나는 그런 행동이 결국 나의 발목을 잡게 될 것임을 알고 있었다. 하지만 뭘 해야 할지 몰랐다. 나는 내가 원래부터 책을 잘 읽지 못하는 아이라고 생각했다. 읽고 이해하는 능력을 키우기 위해 내가 할 수 있는 일이 있다는 사실을 알게 된 것은 큰 위안이었다. 그러고 보면 나와 같은 독자들이 글을 제대로 이해할 수 있도록 돕는 일에 평생을 바치게 된 것은 놀랄 일이 아니다.

나는 부유층이 사는 교외 지역 초등학교에서 처음 교편을 잡았다. 2학년생 24명을 가르쳤는데 이 중 제대로 글을 읽을 수 있는 학생은 두 명밖에 없었다. 읽기 지도를 어떻게 해야 할지 몰랐던 나는 곧 콜로라도 대학교에서 독서 지도 석사 과정을 시작했다. 팻 해거티 교수의 지도를 받은 것은 행운이었다. 그녀는 내게 프랭크 스미스와 켄 굿맨의 연구 성과를 알려 주었고 스키마 이론(schema theory, 독자는 자신이 알고 있는 선험 지식을 토대로 텍스트를 재구성하여 이해한다는 이론-옮긴이)과 독해의 상호작용 모델(interactive model of reading)도 소개해

주었다. 얼마 지나지 않아 나는 아이들에게 책 읽기를 가르치는 일이 대학원 수업 한 학기로 될 일이 아니며 그것이 평생의 과제가 될 것임을 깨달았다.

이듬해 나는 좀 더 다양한 학생들을 만나게 되었다. 나는 3학년과 4학년 학생들을 가르쳤다. 그중 많은 아이가 글씨를 읽을 줄 알았으나 자신이 읽는 글의 의미를 이해하지는 못했다. 석사 과정을 마칠 무렵 나는 '학교 교육 연합(Public Education Coalition)'이라는 비영리 단체에서 활동하게 되었다. 이 단체는 다른 단체와 통합되어 '학교 교육 및 기업 연합(PEBC)'으로 새로 출범했다.

나는 PEBC의 공동 설립자인 수전 지머맨에 의해 독서 지도 과정 강사로 영입되었다. 지난 12년 동안 나는 훌륭한 이들과 함께 일하는 즐거움을 누렸다. 이 시기에 나는 3년간 교실을 떠나 연수 담당자로 일했다. 그리고 마침내 교실로 돌아가 내가 덴버 지역 교사들에게 전달한 수많은 아이디어를 직접 학생들에게 적용해 보기로 마음먹었다.

PEBC는 초등학생 독서 지도와 관련하여 놀라운 성과를 일궈냈다. PEBC의 지도자들과 연수 책임자들이 수업 환경의 읽기 지도를 주제로 펴낸 두 권의 책―엘린 킨과 수전 지머맨이 공동 집필한『생각의 모자이크(Mosaic of Thought)』와 스테파니 하비와 앤 가우드비스가 함께 펴낸『효과적인 독서 전략(Strategies That Work)』―은 많은 이들의 찬사를 받았다. 책에서 소개된 독서 전략 개발에 참여한 팀의 일원으로서 나는 연령대와 학습능력이 다른 청소년들에게도 그러한 전략들이 유효한지 직접 확인하고 싶었다. 나는 다양한 문화적 배경을 지닌 교외의 중산층 가정 자녀 2,800명이 다니는 스모키 힐 고등학교에 지원서를 내고 독서와 영어 교과를 가르치게 되었다.

그렇게 해서 나는 독서 수업 첫날 학생들의 출석을 부르게 되었다.

1. 기대치의 설정

대학에서 교수법 강의를 듣는 예비 교사들은 학생들에 대한 기대 수준을 정하고 그것을 명확하고 간결하게 유지하는 법을 배운다. 나는 학생들에 대한 나의 기대 수준을 밝히기 전에 먼저 학생들이 내 수업에서 무엇을 기대하는지 알고 싶었다.

출석을 모두 부른 다음 나는 종이를 한 장씩 나눠 주며 학생들에게 이 수업에서 무엇을 기대하는지 적어보라고 했다. 놀랍게도 학생들은 뭔가를 열심히 적었다. 몇몇 학생들은 거의 카타르시스를 느끼는 것 같았다. 나는 5분 후 각자 적은 내용을 다른 친구들과 공유하도록 했다.

"이걸 크게 읽으라는 말씀이세요?" 교실 뒤편에서 어느 남학생이 물었다.

"그래요, 무슨 문제 있어요?"

"우리가 맞혔나 못 맞혔나 얘기하시려고 그러죠?"

"맞히다니, 뭘?" 내가 되물었다.

"이 수업에서 뭘 할지 우리가 생각한 게 맞나 틀리나 말이에요."

"그러면 여러분의 발표를 듣고 나서 실제 수업이 여러분이 생각하는 대로 진행될지 알려줄게요. 됐죠?"

그때 화분 옆에 앉아 있던 학생이 짜증 섞인 목소리로 말했다. "보나 마나 독후감이나 엄청나게 쓰겠지. 독후감 진짜 지겨워."

"선생님도 독후감이 지겨워요." 내가 말했다. "그런데 독후감이 지겨울 땐 제일 지겨운 책 스물여덟 권을 골라 순위를 매겨보는 것도 괜찮아요." 몇몇 학생이 고개를 들어 의심의 눈길을 보냈다. 나는 말을 계속했다. "독후감을 쓰게 하는 건 정말 멍청한 짓이에요. 책을 안 읽고도 독후감을 쓰는 방법은 초등학교 2학년들도 다 알아요. 선생님도 초등학교 다닐 때 다 해봤어요. 선생님을 속이는 게 얼마나 쉬운지 궁금하지 않아요?" 교실에 있는 모든 학생이 설마 선생님이 가짜 독후감 쓰는 법을 알려줄까 하는 표정으로 나를 쳐다보고 있었다. "별로 어렵지 않아요. 선생님을 완벽하게 속이는 독후감은 여러분이 나보다 백만 배 더 잘 쓸지도 모르지만 내가 초등학교 때 사용한 방법은 이래요. 먼저 도서관에 가서 몇 년 동안 아무도 손대지 않은 것 같은 책을 고르는 거예요. 『샬롯의 거미줄』이나 『푸른 돌고래 섬』처럼 선생님들이 잘 알고 있는 책은 피해야 해요. 그런 책 말고 진짜 따분해 보이는 책을 고른 다음 앞표지 안쪽에 있는 대출 기록 카드를 보는 거죠. 그러면 그 책이 마지막으로 대출된 게 언제인지 알 수 있어요. 나는 책을 고를 때 항상 몇 년 동안 대출된 적이 없다는 사실부터 확인했어요. 그런 책이 최고예요. 선생님들은 인기 없는 책을 읽는 데 시간을 보낼 만큼 한가하지 않으시잖아요. 이제 첫 페이지와 마지막 페이지를 읽는 겁니다. 목차도 살펴봐요. 그리고는 대충 독후감을 쓰는 거예요. 이어서 도서관에 책을 반납하고 며칠 지나 다시 서가에 가서 그 책을 빼내요. 그리고 엉뚱한 데다 몰래 꽂아요. 그러면 선생님이 그 책을 절대 찾을 수가 없어요. 이건 뭐 식은 죽 먹기죠. 이러다 걸리면 어떡하지 불안할 때도 있었지만 실제로 걸린 적은 없어요. 독후감 숙제는 매번 이런 방법으로 해결했죠."

학생들은 아무 말 없이 나를 쳐다봤다. "그래서," 내가 계속 말했다. "여러분 대다수가 써낼 가짜 독후감을 읽느라 선생님이 시간을 낭비하는 일은 절대 없을 거예요. 우리는 독후감 쓰기보다 훨씬 중요한 활동을 할 거예요. 우리 수업 시간에 독후감 쓰기는 없어요."

교실 뒤편에서 번쩍 손을 드는 학생이 있었다. "학생 이름이?" 내가 물었다.

"제프요."

"제프, 얘기하세요."

"선생님, 가짜 독후감을 쓸 때는 아예 책 제목을 바꾸면 돼요. 그러면 학생이 그 책을 정말로 읽었는지 선생님이 절대 알아낼 수 없어요."

입가에 미소가 절로 지어졌다. "거봐요. 선생님보다 여러분이 가짜 독후감 쓰는 방법 더 잘 알잖아요."

그때부터 10분 동안 학생들은 지난 몇 년간 어떻게 독서를 회피했는지, 어떻게 선생님의 눈을 속였는지 떠들어댔다. 나는 학생들의 치밀함과 정교한 회피전략에 놀랐다.

한 학생은 이렇게 말했다. "저는 초등학교 3학년 이후 책을 한 권도 안 읽었어요."

또 다른 학생이 퉁명스럽게 말했다. "나보다 낫네. 나는 동화책도 끝까지 읽은 게 없어. 초등학교 2학년 때부터 나는 그냥 책 읽는 시늉만 낸 것 같아."

나는 학생들의 이야기를 들으면서 어린 시절의 내 모습을 떠올렸다. 나 역시 눈속임 독서의 달인이었다.

나는 6학년 때 눈속임 독서를 시작해서 20년간 그런 식으로 책을 읽었다. 고등학교 시절엔 책의 첫 부분과 마지막 부분을 읽고 『클리프 노츠(Cliffs Notes, 고전을 간략하게 요약하고 분석한 소책자로 미국에서 1억 부 이상 판매되었다.-옮긴이)』를 대충 훑어보는 것만으로도 과제나 시험에서 B 이상의 점수를 쉽게 받았다. 내 평점은 3.2와 3.5를 오갔다. 하지만 3학년이 되면서 이러다 독서다운 독서 한 번 못 해보고 고등학교를 졸업하겠다는 불안감이 엄습했다. 나는 대학에서 눈속임 독서를 계속할 수는 없다고 생각했다. 나는 책을 유려하게 소리 내서 읽을 수 있었고 난해한 단어들도 잘 알고 있었다. 문제는 내가 읽은 것을 떠올리고 활용하거나 남들에게 전달하려 할 때 발생했다. 나는 그것을 할 수 없었다. 낱말을 하나하나 또박또박 읽을 수 있다면 그 의미가 저절로 이해될 것으로 기대했지만 나에게 그런 일은 일어나지 않았다. 나는 스스로 책과 거리가 먼 사람이라고 생각했다.

책을 제대로 읽는 법을 익힐 시간이 한 학기 남아 있었다. 나는 굳은 각오만 있다면 졸업하기 전까지 책 읽는 법을 제대로 익힐 수 있다고 생각했다. 나는 영어 과목 읽기 교재로 미리 공지된 책을 붙들고 씨름하기 시작했다. 불행하게도 그 책은 조지프 콘래드의 『어둠의 심연(Heart of Darkness)』이었다. 나는 그 책에 '전율'하려고 노력했다. 나는 낱말 하나하나를 잘 읽기만 하면 된다고 생각했다. 누구나 그렇게 하듯 나는 참고 자료로 활용하기 위해 『클리프 노츠』도 준비해 놓았다. 영화 〈지옥의 묵시록(Apocalypse Now)〉이 소설 『어둠의 심연』을 현대적으로 각색한 작품이라는 이야기를 듣고는 그 영화를 세 번이나 보았다. 수업 시간에 그 책을 다룬 뒤 치러진 시험에서 나는 여느 때처럼 B를 받았다. 지금까지도 나는 그 책이 무엇을 이야기하려는 건지 잘 모르겠다. 어쨌든 온갖 노력을 기울였지만 달라진 건 하나도 없었다.

나는 책 읽기에 어떤 비결 같은 것이 있을 거라 확신했다. 그래서 캔트릴 선생님께 조언을 구하기로 마음먹었다. 어느 날 수업을 마치고 나는 용기를 내서 선생님께 질문했다. "선생님, 책을 한 페이지 한 페이지 꼼꼼히 읽었는데도 도대체 무슨 내용인지 알 수가 없을 때는 어떻게 해야 하죠?"

선생님은 안경 너머로 나를 물끄러미 쳐다보며 말했다. "집중하지 않아서 그래. 그 책을 다시 읽으면서 이번에는 집중을 해봐."

집중하지 않았다고? 선생님의 조언이 뭐 이래? 집중하라고? 나는

분명히 집중해서 읽었다. 나는 낱말을 하나하나 빠짐없이 읽었음에
도 내용이 이해되지 않을 때 무엇을 해야 하는지 알고 싶었다. 다시
읽는다면 처음과 뭘 다르게 해야 하지? 열일곱 살이나 되어서 책도
제대로 못 읽을 운명을 타고났다고 인정할 수는 없었다. 나의 읽기
능력을 개선할 방법이 어딘가에 있으리라는 생각은 분명히 있었다.
하지만 그 방법을 찾을 때까지는 눈속임 독서를 계속할 수밖에 없었
다.

　"독후감을 안 쓰면 그럼 수업 시간엔 뭘 해요?" 제프가 물었다.
　"우리는 책을 잘 읽는 사람들은 도대체 어떻게 책을 읽는지 알아
볼 거예요. 그리고 사고 전략을 활용하는 방법도 배울 겁니다."
　독서 전문가들은 읽기를 힘들어하는 사람들의 문제점을 찾아내
고 그것을 교정하려는 노력을 오랫동안 해왔다. 하지만 나는 스스
로 독서와는 거리가 멀다고 생각하는 고등학생들에게는 그 방법이
잘 맞지 않는다고 생각했다. 나는 도널드 그레이브스와 낸시 애트
웰의 연구를 주목했다. 글을 잘 쓰는 사람들의 글쓰기 방식을 학생
들에게 가르친 1980년대 중반의 '작가 워크숍 운동(Writers Workshop
Movement)'에 열쇠가 있었다. 똑같은 아이디어를 읽기에 적용하면
안 될 이유가 없었다. 나는 책을 잘 읽는 사람들은 어떻게 책을 읽는
지 학생들에게 가르치는 데 온 힘을 기울이기로 했다.
　"책 읽는 데 전략이 왜 나와요?" 캔디스가 물었다.
　"전략이란 건 말이죠, 읽고 있는 내용을 이해하기 위해서 독자가

의도적으로 사용하는 계획을 말해요. 읽기를 통해 무엇을 얻으려 하느냐에 따라 전략은 얼마든지 달라질 수 있어요. 읽기에 능한 사람들은 텍스트를 이해하기 위해 여러 가지 전략을 사용하죠. 그런 사람들의 전략을 따라 하다 보면 우리도 읽기를 잘할 수 있게 될 거예요."

"그게 어떻게 도움이 되는데요?" 제프가 물었다.

"이렇게 생각해 봅시다. 어떤 일을 하는 방법을 배우고 싶을 때 그 일에 대해 아무것도 모르는 사람에게 물어보나요?" 제프의 대답을 기다리지 않고 나는 말을 이었다. "아마 그러지 않을 거예요. 제프는 취미나 특기가 뭐죠?"

제프는 잠시 생각하다가 대답했다. "저는 밴드에서 베이스 기타를 쳐요."

"좋아요. 그럼 새로운 곡 연주를 익힐 때 엄마에게 물어보나요?"

"아뇨." 제프가 어이가 없다는 표정으로 대답했다.

"그럼 어떻게 해요?"

"레이에게 물어봐요. 레이는 밴드 활동을 5년이나 해서 뭐든 잘 알아요."

"왜 레이에게 물어보죠?"

"잘하니까 물어보죠. 물어보면 코드 짚는 거나 리프를 직접 보여 줘요."

나는 제프에게 미소를 지었다. "그럼 선생님도 책을 잘 읽는 사람들이 무엇을 하는지 여러분에게 알려주면 되겠네요. 여러분도 책을 잘 읽고 싶다면 먼저 훌륭한 독자들은 어떻게 읽는지 알아보고 그 사람들을 따라 해야 해요."

종이 울렸다. 제프가 친구에게 하는 얘기가 얼핏 들렸다. "이 수업 괜찮을 것 같은데."

다음날 수업에 들어온 학생들의 수가 늘었다. 아마 독후감 과제가 없다는 소문이 돌았던 것 같다. 나는 학생들에게 포스트잇을 한 장씩 나눠 주면서 책을 잘 읽는 사람들은 어떤 식으로 책을 읽는다고 생각하는지 각자 써보게 했다. 하지만 학생들은 아무것도 적지 않고 멀뚱멀뚱 나만 쳐다봤다. "뭘 써야 할지 막막해요?" 내가 물었다.

"책 잘 읽는 사람들이 어떻게 책을 읽는지 모르겠는데요." 코트니가 말했다.

"그럼 코트니는 책을 잘 읽기 위해 어떤 방법을 쓰죠?"

"저는 읽었던 걸 다시 읽어봐요." 코트니가 대답했다.

"그럼 그렇게 적으면 돼요." 나는 다른 학생들을 바라보며 말을 이었다. "각자 책을 읽을 때 자신의 모습이 어떤지 그리고 자신이 어떤 방법으로 책을 읽는지 적어보세요."

펜이 사각거리는 소리가 들리기 시작했다. 잠시 후 나는 학생들이 제출한 포스트잇을 OHP 화면에 띄웠다. 학생들이 적어낸 것들 가운데 '다시 읽어본다, 필요한 부분을 찾아서 읽는다, 천천히 읽는다' 등은 읽기 능력 향상을 위해 실제로 사용할 수 있는 전략이었다.

하지만 '음악을 들으며 읽는다, 억지로 읽는다, 책만 잡으면 잠이 온다, 자꾸 다른 생각을 하게 된다, 읽는 시늉만 낸다, 금방 읽은 내용도 기억을 못 한다, 뜻도 모르는 단어들을 그냥 읽는다, 결말 부분만 본다, 책 대신 영화를 본다, 이미 읽은 친구한테 줄거리만 물어본다, 집중하지 않고 읽는다, 엄청난 속도로 읽는다, 읽다가 만다, 그냥 글씨를 바라만 본다, 어디까지 읽었는지 자꾸 잊어버린다' 등은 어려운 텍스트 읽기를 이미 오래전에 포기한 학생들이 많다는 사실을 보여주었다. 각자의 글이 화면에 띄워질 때마다 아이들은 마치 상장이라도 받은 것처럼 즐거워하며 책을 읽을 때 발견되는 자신의 특징을 거의 자랑스러워하는 듯했다. 이때 코트니가 내뱉은 한마디에 장난스럽던 분위기가 가라앉았다. "어떤 애들은 날 때부터 책을 잘 읽고 어떤 애들은 그렇지 못한 거죠. 저는 이제까지 책을 못 읽는 애였고 앞으로도 그럴 거예요. 이젠 너무 늦었어요."

많은 교사가 코트니의 생각에 동의할지도 모른다. 날 때부터 읽기에 재능이 있는 아이들이 있고 그런 아이의 곁에는 밤마다 책을 읽어주는 자상한 어머니가 있다고 생각하는 사람들도 있다. 나는 아이들에게 책 읽는 법을 가르치는 게 끔찍하다고 불평하는 문학 교사를 만난 적이 있다. 그녀는 '모든 교사는 독서 교사다'라는 말을 무척 싫어했다. 그녀는 안 그래도 가르칠 게 많은 중등교사에게 독서 교육까지 기대하는 것은 웃기는 일이라고 말했다. 그녀는 이렇게 말하기도 했다. "텍스트를 잘 읽어내는 아이들을 위해 제가 특별히 해준 것은 없어요. 마찬가지로 글을 이해 못 하는 아이들을 위해 딱히 해줄 것도 없어요. 초등학교를 졸업할 때까지 독서 훈련이 되어 있지 않다면 그런 애는 이미 늦은 거죠."

나 자신의 경험으로 판단컨대 그녀의 생각은 잘못됐다. 나는 읽기와 관련하여 나 자신의 여정을 돌아보았다. 나는 제대로 읽는 법을 30대가 되어서야 배웠다. 나에게 그것이 늦은 게 아니었다면 코트니역시 늦었다고 할 수 없었다. 내가 읽기를 제대로 배우게 된 계기는우연히 찾아왔다.

연수 담당자 양성 프로그램에 따라 나는 성인을 대상으로 하는 독서 모임에 가입했다. 내가 독서에 눈 뜨게 된 것이 바로 이 모임에서였다. 처음 한동안은 모임에 나갈 때마다 나는 잔뜩 긴장하고 있었다. 이 모임에는 독서의 대가들이 있었다. 몇 개월 동안 나는 회원들이 독서 토론을 통해 새로운 의미를 찾아내는 과정을 관찰했다. 아직토론에 참여할 엄두는 내지 못했다. 나는 조용히 앉아 그들이 텍스트의 의미와 씨름하는 모습을 지켜보기만 했다. 그들의 토론에서 정해진 답은 없었다. 회원들은 각자의 의견을 적극적으로 주장하면서 그러한 주장의 근거를 텍스트 안에서 제시했다. 그들은 책의 한 대목을소리 내어 읽으며 그 대목을 자신의 삶과 연결 지어 이야기했다. 그들은 질문하고 추론했다. 그들의 토론은 내가 고등학교와 대학교에서 경험한 것과 완전히 달랐다. 플롯과 상징은 중요하지 않았다. 문학적 요소를 묻는 사람은 없었다. 난생처음 나는 책을 제대로 읽는사람들이 텍스트를 읽어내는 방식을 보게 되었다.

이 모임에서 눈속임 독서는 통하지 않았다. 토론에 참여하려면 책에서 뭔가를 찾아내 가지고 와야 했다. 단어와 문장을 건성으로 읽어서는 남는 게 없었다. 나는 그들의 생각에 매료되었다. 한 권의 책을 바라보는 그들의 다양한 생각도 매혹적이었지만 무엇보다 흥미로웠던 것은 그들이 그러한 생각에 도달하는 과정이었다. 나도 그런 과정을 경험하고 싶었다.

『실종: 충격적 사실들(Imagining Argentina)』에 대한 토론에서 스테파니는 이 책과 자신의 남미 여행을 연결지어 이야기했다. 그녀는 페론의 집권이 이 책에서 묘사되는 상황에 끼친 영향과 아르헨티나의 독재 정권에 관해 이야기했다. 나는 아르헨티나에 대해 아는 것이 전혀 없었지만, 스테파니의 이야기를 들으면서 그 책을 좀 더 깊이 이해할 수 있는 토대를 얻을 수 있었다. 그녀의 이야기는 곧바로 다양한 반응을 촉발했다. 줄리는 친정부 암살 조직에 관해 물었고 아르헨티나 시민들의 납치를 지시한 이가 누구인지 알고 싶어 했다. 엘린은 줄리가 자신의 질문에 답을 찾을 수 있도록 추론을 거들었다. 플롯을 이야기한 사람이 아무도 없었음에도 나는 각자의 이야기를 들으며 그 책을 잘 이해할 수 있었다.

『빌러비드(Beloved)』를 읽고 토론을 할 무렵 나는 이 책에서 이해되지 않는 대목이 여러 군데 있다는 얘기를 스스럼없이 털어놓을 수 있을 만큼 편해져 있었다. 나는 내가 이해하지 못한 대목을 다른 회원들은 어떻게 읽었는지 물어보았다. 스테파니는 자신도 일부 대목을 확실히 이해하기 힘들었다면서 이렇게 말했다. "그래서 우리가 같이 책을 읽고 이야기를 나누는 것이겠죠." 나는 그때 깨달았다. 이 모임에 나오는 사람들도 미리 정답을 알고 있는 게 아니었다. 그들은 의미를 구성하기 위해 서로 의지하고 있었다. 그날 밤 우리는 각자의 머릿속에 있는 생각들을 공유했다. 엘린은 다른 사람들과 이야기를 나눈 뒤 책을 더 깊이 이해하게 된다고 말했다. 조에타는 다른 사람들의 해석을 듣고 책의 특정 대목을 다시 읽어본다고 했다. 스테파니에게는 질문하는 것이 도움이 되었다. 줄리는 텍스트의 내용을 머릿속에서 시각화했다. 그날 밤 모임을 마치며 우리는 『빌러비드』를 더 잘 이해하는 독자가 되어 있었다.

독서의 대가들은 내게 독서의 중요성을 새삼 일깨워 주었다. 내가 가르치는 학생들이 책을 잘 읽기를 원한다면 나부터 책을 읽는 것이 중요했다. 텍스트를 이해하기 위해 스스로 사용하는 전략이 곧 내가 학생들에게 가르쳐야 할 독서 전략이기도 했다. 그리고 그러한 독서 전략은 읽기에 어려움을 겪는 학생들뿐만 아니라 대학에 진학하는 학생들에게도 가르쳐야 했다.(제4장 참조)

2. 무장 해제

글을 잘 읽는 사람들은 그로 인해 실생활에서 누리는 보상을 당연한 것으로 여긴다. 읽기를 어려워하는 사람들은 한 권의 책을 다 읽은 기분이 얼마나 근사한지 경험하기 힘들다. 그들은 교과서의 한 단원을 읽고 이해하는 것이 얼마나 도움이 되는 건지 모른다. 그들은 반복되는 일상을 피해 한 권의 책 속으로 뛰어드는 것이 얼마나 즐거운 일인지 알지 못한다. 적지 않은 학생들이 9학년이 되면 점수, 성적표, 부진 학생 특별반 편성 따위에 주눅이 들어 있다. 읽기를 어려워하는 학생들은 자신에게 붙은 꼬리표에 창피함을 느끼고 이 때문에 독서를 달갑지 않은 일로 여긴다. 그들은 책 읽기를 어떻게든 피하려 한다. 독서의 목적과 즐거움은 이미 사라졌다.

교사로서 가장 힘든 일은 책을 안 읽으려는 아이들에게 책을 읽히는 것이다. 안타깝게도 많은 학생이 독서의 가치를 깨닫지 못하고 있다. 그들은 책 읽는 시간을 아까워한다. 제대로 된 독서가 의미뿐만 아니라 즐거움도 가져다준다는 사실을 일깨우기 위해서는 유쾌한 기억이 필요하다. 나는 누구에게나 책 읽기가 즐거웠던 시절이 있다고 믿는다. 나는 학년 초에 학생들이 독서에 관한 긍정적인 기억 한두 가지를 떠올리고 그것을 앞으로의 성공적인 독서를 위한 주춧돌로 삼도록 돕는다.

나는 학생들의 독서 이력을 끄집어내기 위해 '나의 중요한 책과 독서 이력' 양식을 활용한다.(양식 1 참조) 나는 학생들에게 이제까지 살면서 자신에게 가장 큰 영향을 준 책 한 권을 떠올려보라고 한다. 학생들은 가장 좋아하는 책이 아닌, 인상에 남은 중요한 책을 선택해야 한다. 그 책에 관한 추억은 긍정적이어도 되고 부정적이어도 된다. 가능하다면 학생은 그 책을 수업 시간에 가져와야 한다. 그 책을 가져올 수 없는 학생에게는 기억을 더듬어 책 표지를 직접 그려보게 한다. 학생들이 교실 앞에 나왔을 때 손에 무엇인가를 들고 있다는 게 중요한데, 그렇게 하면 친구들 앞에서 발표할 때 스트레스와 긴장감이 줄어든다.

실제 수업에서 나에게 의미가 있는 몇 권의 책에 관해 이야기함으로써 나는 학생들에게 활동의 예를 보여주기로 했다. 내가 준비한 바구니에는 나의 성장과 함께한, 나의 독서 이력을 보여주는 책들이 담겨 있었다.

나는 어머니가 읽어주신 이야기책의 기억에서부터 시작하며 책의 한 대목을 읽었다. "초원 저 너머 햇볕이 쏟아지는 모래밭에 엄마 거북이와 아기 거북이가 살았어요. 헤엄쳐, 엄마 거북이가 말했어요." 나는 목소리를 바꿔 아기 거북이가 되었다. "엄마, 나 헤엄칠래요." 분홍색과 주황색으로 염색한 머리가 눈썹까지 내려온 여학생 두 명이 한숨을 쉬며 중얼거렸다. "아, 이번 학기 정말 걱정된다." 나는 다시 엄마 거북이의 목소리를 냈다. "엄마 거북이와 아기 거북이는 햇볕이 쏟아지는 모래밭에서 온종일 헤엄을 쳤어요."

"방금 읽은 시는 선생님이 어렸을 때 아주 좋아했던 책에 나와요." 학생들에게 들뜬 목소리로 말하며 나는 바구니에서 가장 큰 책을 조심스럽게 꺼내 짙은 파란색 표지를 펼쳤다. 그리고는 금방이라도 바스러질 것 같은 책장을 한 장 한 장 천천히 넘겼다. 어렸을 때 아이들의 손때가 묻지 않도록 이 책이 높은 선반 위에 놓여 있던 기억이 생생하다. "선생님은 이 책을 직접 읽은 적이 없어요. 하지만 지금도 거의 다 외울 수 있어요. 어렸을 때 어머니한테 『초원 저 너머(Over in the Meadow)』를 매일 읽어달라고 졸랐거든요."

나의 중요한 책과 독서 이력

누구에게나 살면서 기억에 남는 책 한 권은 있기 마련입니다. 그 책은 즐거운 추억과 관련이 있는 경우가 많겠지요. 글을 배우고 처음 읽은 책일 수도 있겠네요. 어떤 이는 읽느라 무척 고생한 책을 기억할지도 모릅니다. 각자에게 중요한 책이 반드시 좋아하는 책일 필요는 없습니다. 여러분 각자의 책 읽기 역사를 돌아보세요. 여러분의 기억에 선명하게 남아 있는 한 권의 책을 떠올리고 아래의 빈칸을 채워봅시다.

도서명: 지은이:

그 책이 여러분에게 중요한 이유 두 가지를 적어보세요.

1.

2.

과거의 독서 경험이 현재 우리가 글을 읽고 쓰는 방식에 큰 영향을 끼칠 수 있습니다. 긍정적이든 부정적이든 현재 자신이 글을 읽고 쓰는 방식에 영향을 준 다섯 가지의 사건을 적어보세요.

1.

2.

3.

4.

5.

(양식 1)

멜리사가 웃으면서 이야기했다. "저에겐 『잘 자요 달님 (Goodnight Moon)』이 그런 책이었어요. 엄마가 그러시는데 나중엔 그 책이 징글징글했대요. 그 책을 숨기면 다른 책을 찾겠지 하고 책을 숨겼더니 제가 거의 발작을 하더래요. 결국은 엄마가 두 손 드셨대요. 저도 그 책 외울 수 있어요. 수도 없이 들었으니까요." 각자 자신의 어린 시절이 생각났는지 멜리사의 말을 듣던 학생들이 따라 웃었다.

"돌이켜보면 말이죠," 내가 말했다. "그 책이 좋았던 이유는 시어가 대단해서가 아니라 엄마와 단둘이 있는 게 좋았기 때문이겠죠. 엄마 품에 파고들어 엄마의 목소리로 시와 동화와 진저브레드 맨 이야기를 듣는 것이 얼마나 좋았겠어요? 짧지만 엄마를 독차지할 수 있는 시간이었으니까요. 선생님에겐 이것이 글을 읽는다는 것에 관한 첫 기억이에요."

나는 바구니에 손을 넣어 두 번째 책을 꺼냈다. 『버드나무에 부는 바람(The Wind in the Willow)』이었다. "이 책도 읽어본 적은 없는데 사실은 무척 싫어하는 책이에요." 독서를 가르치는 선생님이 싫어하는 책을 언급하는 게 이상했는지 몇몇 학생들이 재미있다는 표정을 지었다. "새 학년이 될 때마다 이 책을 읽으려고 시도했는데 매번 좋지 않았던 기억이 떠올라서 몇 장 읽다가 그만두곤 했어요."

"어떤 기억이 있으셨는데요?" 캔디스가 물었다.

"캐럴이라는 친구가 있었어요. 그 친구가 『버드나무에 부는 바람』을 읽는 것을 보고 저도 그 책을 읽어야겠다고 생각했어요. 캐럴은 3

학년 여학생 중에 제일 예뻤어요. 길고 곱슬곱슬한 갈색 머리에 옷도 늘 예쁘게 입고 다녔죠. 50야드 달리기를 하면 6학년 남학생들을 이길 정도로 달리기도 잘했어요. 누구나 캐럴의 친구가 되고 싶어 했죠. 그래서 캐럴의 친구가 될 자격이 있다는 걸 입증하려면 싫어하는 일도 해야만 했어요. 저는 별로 읽고 싶지 않은 책을 억지로 읽은 거죠." 모든 학생이 내가 들려주는 이야기에 집중하고 있었다.

"그때는 각자 읽을 책을 선생님께 들고 가서 허락을 받았어요. 내가 고른 책이 좀 두껍다고 생각하면서 선생님의 책상으로 다가가던 기억이 나네요. 어쨌든 캐럴이나 저나 글을 읽을 줄 아는 건 똑같으니까 당연히 허락해주실 거로 생각했어요. 그런데 선생님께서 그 책을 낚아채시더니 이렇게 말씀하시는 거예요. '넌 이 책 못 읽어. 너한테 너무 어려워. 너는 아직 이 책을 읽을 능력이 안 되니까 가서 다른 책 골라와.' 그 얘길 듣는 순간 얼굴이 화끈 달아올랐어요. 캐럴한테 나도 그 책을 읽을 거라고 벌써 말했는데 이제 그 책을 읽을 수 없으니 변명까지 해야 할 상황이 된 거예요."

"선생님들은 항상 그딴 식이에요. 그런 말을 들으면 기분 정말 나쁘거든요. 내가 바보 멍청이가 된 기분이 들어요. 그래서 저는 어려운 책은 아예 손도 대지 않기로 했어요." 레이아가 말했다.

"저도 친구들이 읽는 책을 따라 읽기 바빴는데 그거야말로 멍청한 짓이었어요. 내가 읽을 책을 남들이 선택하도록 내버려 두는 거니까요." 레이철이 진지한 표정으로 말했다.

"이해가 되네요." 내가 대답했다. "선생님도 그랬으니까요."

나는 바구니에서 책을 꺼내 각각의 책에 얽힌 추억을 계속 이야기했다. 『거북이 여틀(Yertle the Turtle)』과 『개똥지빠귀(Robin Red Breast)』에서 얻은 인생의 교훈을 이야기했고, 『말썽꾸러기 라모나(Ramona the Pest)』는 아빠 몰래 이불 속에서 손전등을 켜고 읽은 책이라고 소개했다. 남편과 함께 『맬컴 X 자서전(The Autobiography of Malcom X)』을 읽으면서 누가 먼저 읽나 경쟁을 벌였고, 이 세상에 수많은 논쟁과 변화를 남긴 이 인물을 바라보는 각자의 생각이 책을 읽으면서 바뀌었다는 이야기도 했다. 『노인과 바다(The Old Man and the Sea)』는 끈기를 가르쳐준 책이며, 『모리와 함께 한 화요일(Tuesday with Morrie)』은 변화를 꾀하는 사람이라면 더 늦기 전에 반드시 읽어야 할 책으로 소개했다. 눈 깜짝할 사이에 49분의 시간이 지나고 종이 쳤다. 다음날 수업은 학생들 차례였다.

다음날, 제롬이 제일 먼저 발표하겠다고 나섰다. 제롬은 내가 가르쳐본 학생들 가운데 가장 거친 아이였다. 아무도 그 아이를 건드리지 못했다. (이 책을 쓰고 있는 지금 자신이 속한 조직에 충성심을 증명하기 위해 누군가를 총으로 쏴 죽인 제롬은 살인 혐의로 종신형을 선고받고 복역 중이다.) 제롬이 제일 먼저 나섰을 때 나는 눈앞이 캄캄했다. 그 애가 내가 내준 과제를 웃음거리로 만들지 모른다는 불안감이 엄습했다. 제롬은 책을 등 뒤에 감추고 건들거리며 앞으로 걸어 나왔다. 모두 숨을 죽이고 있었다. 나는 제롬이 무슨 책을 들고 왔는지 정말 궁금했다. 제롬이 천천히 책을 앞으로 내보였다. 낡고 너덜너덜한 책의 상태로 보아 자주 펼쳐 읽었던 게 분명했다. 제롬은 나를 힐긋 쳐다 보더니 입을 열었다. "내가 고른 중요한 책은 『강아지 포키(The Poky Little Puppy)』야." 키득대기는커녕 미소를 띠는 아이조차 없었다. "내가 이 책 진짜 좋아했거든. 초등학교 1학년 때 학교 끝나고 집에 가면 나한테 글을 가르쳐준 할머니가 이걸 매일 읽어주셨어. 그리고 이 책은 내가 처음으로 혼자서 읽은 책이기도 하지. 발표 끝." 제롬은 발표를 마치고 자신의 자리로 돌아갔다. 내 앞을 지나갈 때 나는 그 아이의 입가에서 엷은 미소를 볼 수 있었다. 우리는 그때까지 누구도 알지 못했던 제롬의 또 다른 얼굴을 보았다.

　이어서 데이비드가 나섰다. 학교 미식축구팀에 소속된 데이비드는 엄청난 덩치로 이미 대학팀 감독들이 군침을 흘리고 있는 학생이었다. "제가 가장 좋아하는 책은 유치원 담임 선생님께서 선물해 주신 책입니다. 유치원 졸업식 날 킹 선생님은 우리 반 아이들 모두에게 책을 한 권씩 포장해서 선물해 주셨습니다." 데이비드가 나를 쳐다보더니 낮은 목소리로 말했다. "아이들 책을 일일이 포장하신 정성이 정말 대단하죠." 데이비드는 다시 학생들을 바라보며 말을 이었다. "킹 선생님은 초등학교 가기 전에 읽기 연습을 매일 해서 책을 잘 읽는 학생이 되라고 말씀하셨습니다. 저는 선생님이 실망하시지 않도록 초등학교 입학 전까지 이 책을 열심히 읽었습니다." 데이비드는 조심스럽게 책을 펼쳐서 한 대목을 읽기 시작했다. 데이비드는 초등학교 선생님처럼 모든 학생이 책 속의 그림을 잘 볼 수 있도록 양손으로 높이 책을 펼쳐 들었다. 데이비드는 발표를 마친 뒤 앉아 있는 친구들과 하이파이브를 하며 자신의 자리로 돌아갔다.

학기 내내 우리는 수업 시간에 잘 쓰인 글들을 읽게 된다. 그중에는 어쩌면 우리의 생각을 영원히 바꾸게 될 글도 있을 것이다. 우리는 다양한 글을 읽으며 우리의 과거와 열정, 관심사를 공유할 것이다. 함께 의미를 발견하는 과정에서 우리는 다른 사람들과 연결되는 경험을 할 것이다. 책 읽는 공동체의 일원으로서 우리는 각자의 강점을 드러내고 약점을 기꺼이 고백하며 점점 강해질 것이다.

책은 모든 학생에게 공평한 기회를 제공하는 강력한 도구이다. 학생들은 책을 제대로 읽지 못한다는 게 어떤 것인지 알고 있다. 읽어도 이해하지 못한다는 게 어떤 것인지도 안다. 그리고 눈속임 독서의 요령과 제대로 된 독서를 회피하는 요령도 안다. 교실을 둘러보면 책을 제대로 읽지 못하는 학생이 아주 많다. 그러나 '중요한 책' 과제의 발표 수업은 그런 학생들조차 책을 잘 읽고 싶어 한다는 것을 보여준다. 새 학기에 만난 학생들의 얼굴을 바라보며 나는 인종, 종교, 성별 그리고 사회경제적 지위의 경계를 넘어야 한다고 새삼 다짐한다. 그것은 우리가 서로의 경험을 터놓고 이야기할 때 비로소 이루어질 수 있다. 어쨌거나 제일 좋아하는 책이 『강아지 포키』라고 말하는 이에게 겁을 먹을 사람은 아무도 없으니까.

　　교사이자 책 읽기를 지도하는 사람으로서 나는 종종 왜 그토록 많은 중고생이 글을 읽는 데 어려움을 겪느냐는 질문을 받는다. 그런 질문을 하는 사람들은 아주 복잡한 문제에 대해 간단한 해결책을 구하는 것이다. 그런 해결책은 없다. 일반적으로 독서에 대한 사람들의 인식은 극단적으로 단순하다. 많은 이들이 독서를 그저 글씨를 읽는 것으로 생각한다. 그들은 읽기라는 것이 얼마나 정교한 사고 과정을 요구하며 학년이 올라갈수록 오히려 읽기가 어려워진다는 사실을 모른다. 요즘 중고생은 독서 교육을 거의 또는 전혀 받지 못했음에도 짧은 시간 내에 어려운 텍스트들을 읽어내야 한다.

　　중등교사들이 독서 지도까지 떠맡을 여유가 없는 상황에서 학생들은 책을 읽는 능력과 동기를 스스로 갖출 것을 요구받는다. 다행히도 이것이 비현실적인 기대임을 깨닫는 교사들이 늘고 있다. 물론 누가 가르쳐 주지 않아도 책을 제대로 읽는 학생들도 있다. 하지만 책을 읽을 능력이 있는데도 읽지 않거나 아무리 노력을 해도 책을 읽는 데 어려움을 겪는 학생들이 훨씬 많다.

학생들에게 독서 교육을 할 여유가 있거나 이에 필요한 전문 지식을 스스로 갖추고 있다고 생각하는 교사는 거의 없을 것이다. 교사들 대부분은 담당 교과에 필요한 훈련을 받았을 뿐 독서 지도라는 새로운 역할에 대해서는 불편함을 느낀다. 예컨대 전형적인 고등학교 역사 교사라면 하루에 25~30명으로 구성된 5개 학급의 수업을 담당할 것이다. 오늘 담당한 수업 중 그는 미국사를 두 시간 가르친다. 다행히도 이 두 시간 동안 그는 미국의 역사만 생각하면 된다. 하지만 불행히도 그는 콜럼버스 이전 시대와 현대사도 가르쳐야 한다. 이 교사는 세계사도 두 시간 가르친다. 이 수업의 내용은 세기(世紀) 단위로 이루어지며, 이는 그가 매 학기 거의 1,500년의 역사를 다루어야 한다는 것을 뜻한다. 마지막 시간은 세계 지리이다. 온 세상의 땅덩어리는 그대로이지만 그 땅을 차지하는 나라는 역사를 통해 숱하게 바뀌었다. 이 때문에 세계사와 세계 지리 시간에 그는 같은 지도나 수업 자료를 사용할 수 없다.

여러 과목을 가르치는 이 교사가 알고 있어야 할 정보와 지식의 깊이는 어느 정도일까? 교사에게 상상을 초월하는 분량의 내용을 완벽하게 가르칠 것을 기대하는 것은 드문 일이 아니다. 어떤 경우에는 주어진 시간에 비해 가르칠 내용이 턱없이 많을 때도 있다. 그래서 교사들은 묻는다. "제가 독서 지도를 할 수 있다고 하더라도 그걸 언제 가르치나요?"

그런데 모든 중고등학교 교사는 자신이 가르치는 과목의 텍스트와 수업 자료를 학생들이 잘 읽도록 가르칠 수 있고 또 가르쳐야만 한다. 교육 비평가들은 중고생들이 책을 더 잘 읽을 수 있다면 더 많은 정보와 지식이 전달될 것이라고 말한다. 학생들이 집에서 책을 읽고 이해를 해오면 교사는 수업 시간에 더 많은 내용을 빠른 속도로 다룰 수 있다는 것이다. 맞는 얘기다. 그것은 교사들도 바라는 바이다. 하지만 현실은 그렇지 않다. 학생들은 집에서 책을 읽지 않는다. 그렇다고 학교에서 읽는 텍스트를 제대로 이해하는 것도 아니다. 중고생이 학교에서 접하는 텍스트들은 꽤 복잡하며 '글씨를 읽는' 것만으로는 이해되지 않는다. 읽기는 다양한 사고 과정을 요구하며, 그중 많은 부분은 가르쳐져야 한다. 초등학교를 졸업했다고 해서 어려운 텍스트를 척척 읽어내는 능력이 저절로 갖춰지는 것은 아니다.

텍스트를 읽는 데 어려움을 겪는 학생들은 6학년이 될 즈음 '게임'을 벌이기 시작하는데 이 중 많은 아이가 읽기의 약점을 들키지 않고 요령껏 빠져나가는 법을 익힌다. 학생들은 과제를 해내기는 하지만 그것을 활용하는 방법을 모르기 때문에 실제로 얻는 것은 거의 없다.

중고등학교에서 읽기에 어려움을 겪는 학생들은 저항성 독자(resistive readers)와 단어 발성자(word callers)라는 두 부류로 나눌 수 있다. 저항성 독자는 읽기 능력이 있음에도 읽지 않는다. 단어 발성자는 말 그대로 단어 하나하나의 뜻을 알지만, 글의 맥락을 이해하거나 자신이 읽은 내용을 기억하지 못한다.

1. 읽기 빼고 뭐든 할게요

리사는 전형적인 저항성 독자이다. 고교 시절 내내 독서를 멀리하며 3학년이 된 리사는 졸업 후 지역의 전문대 진학을 계획하고 있는 착실한 학생이다. 다만 읽기 능력이 있음에도 이를 실행에 옮기지 않을 뿐이다. 리사는 심심하면 직접 읽을거리를 골라 읽는 경우가 있다. 나는 이 아이가 패션 잡지나 CD 속지를 읽는 모습을 본 적이 있다. 하지만 그게 전부다. 리사는 수업 시간에 다루는 텍스트를 전혀 읽지 않는다고 스스로 인정한다.

그렇다면 리사는 지금까지 수강한 과목들을 어떻게 이수했을까? 나의 궁금증에 리사가 대답했다. "그게 뭐 어렵나요? 학기 내내 공부 잘하는 애들이 선생님의 질문에 대답할 때까지 그냥 교실 맨 뒷줄에 가만히 앉아 있기만 하면 돼요."

"아무도 대답을 안 하면?" 내가 다시 물었다.

"아무도 대답을 안 하면 선생님들이 정답을 알려 주시죠." 리사가 대답했다.

나는 리사에게 선생님들은 혼자 묻고 답하기 위해 수업에 들어오는 것이 아니라고 설명했다. 학생들이 스스로 읽을 필요가 없게끔 모든 것을 요약해서 전달하는 것으로 자신의 역할을 다했다고 생각하는 교사는 없다. 그것은 귀중한 수업 시간을 낭비하는 것이다. 하지만 반드시 읽어야 할 것을 읽지 않거나 읽은 것을 이해하지 못하는 학생들은 점점 뒤처지게 되고 이럴 때 교사들은 그런 학생들도 수업을 따라올 수 있게 도와야 한다는 의무감을 느낀다. 안타깝게도 이런 상황은 아이들에게 정보를 떠먹이는 결과를 낳는다.

며칠 후 나는 학생들에게 수필을 한 편씩 읽게 하고 각자의 생각을 짤막하게 적어보라고 했다. 모든 학생이 조용히 읽기와 쓰기에 집중했다. 적어도 나는 그렇게 생각했다. 교실을 천천히 돌아보며 학생들을 살피던 중 미동도 하지 않는 크리스가 눈에 띄었다. 잠을 자는 건지 글을 읽고 있는 건지 분간이 되지 않았다. 크리스는 야구모자를 깊이 눌러 쓴 채 턱을 괴고 있었다. 그때 아이의 입가로 침이 흘러내리는 모습이 보였다.

내가 웃음을 참지 못하는 바람에 크리스는 잠에서 깼다. 나는 크리스에게 완벽한 눈속임이 매우 인상적이었다고 농담을 했다. 나중에 크리스는 나를 찾아와서 제대로 읽는 법을 배우기에는 때가 너무 늦은 것 같다고 말했다. 책 한 권 제대로 읽지 않고도 중고등학교 시절을 그럭저럭 보내왔는데 뒤늦게 독서를 배울 생각은 없다는 얘기였다. 스스로 읽지 않아도 알아서 내용을 요약해서 알려주는 선생님들 덕분에 크리스 역시 그동안 아무런 불편함을 느끼지 못했다. 나는 아이의 얘기를 들으며 서글픈 생각이 드는 한편 기본적인 읽기를 하지 않고도 어떻게 학교에서 아무 문제가 없었는지 궁금하기도 했다.

리사와 크리스는 입을 꾹 다물고 기다리기만 하면 결국 선생님이 정보를 떠먹여 준다는 사실을 터득한 것이었다. 읽기를 회피하는 수많은 학생이 선생님이 떠먹여 주는 것을 받아먹고 친구들의 과제를 베껴내며 그럭저럭 학교생활을 해나간다. 읽을 능력이 있음에도 읽기를 거부하는 리사와 크리스 같은 학생들은 결국 그 능력마저 잃어버린다. 이 아이들은 대학 입학시험을 준비하거나 직장에서 프로젝트를 수행할 때 비로소 큰 목소리로 대답을 해주는 영리한 친구들과 친절하게 정답을 알려주는 선생님이 곁에 없다는 사실을 깨닫는다. 스스로 답을 찾아야 하는 순간이 되어서야 자신이 훈련되어 있지 않음을 발견하는 것이다. 선생님의 수업과 다른 친구들의 토론을 듣는 것으로 그때그때 어려움을 피해갈 수는 있겠지만 얼마 지나지 않아 읽기 능력의 부족은 이 아이들의 발목을 잡는다.

2. 읽어도 도대체 무슨 소린지 모르겠어요

단어 발성자는 낱말의 뜻을 이해하고 텍스트를 읽으려는 노력도 기울인다. 하지만 이들은 읽기에 사고(思考)가 포함되어 있다는 사실을 이해하지 못한다. 이들은 읽는 행위를 한다. 하지만 읽기를 그저 단어를 발음하는 것으로 생각한다. 그래서 자신이 읽은 내용을 이해 또는 기억하지 못하면 그대로 포기하고 만다. 단어 발성자 유형에 속하는 학생들은 꽤 성실하지만 스스로 생각하기 위해 자신이 읽은 것을 활용하는 데까지 나아가지 못한다. 이들은 무력감을 느끼는데, 의미를 획득하기 위해 단어를 또박또박 읽는 것 말고는 알고 있는 읽기 전략이 없기 때문이다.

11학년인 마이크는 문학 수업 과제로 주어진 책을 전날 밤 읽었는데 무슨 소린지 하나도 이해가 되지 않았다고 말했다. '말도 안 되는 걸 읽으라고 시키는' 것에 짜증이 난다는 아이의 말에서 나는 좌절감을 읽을 수 있었다. 마이크는 전형적인 고등학생이다. 텍스트를 이해하는 능력이 한계에 부딪히는 까닭은 파편적인 단어와 단어 그 이상을 넘어서지 못하기 때문이다. 마이크는 의미를 구성하는 데 도움이 되는 읽기 전략을 모르고 있었다.

마이크와 마찬가지로 팀 역시 어려운 글을 읽는 데 애를 먹었다. 팀은 나열된 단어들을 모두 읽으면 텍스트를 이해할 수 있다고 생각했지만 제대로 된 이해에는 의미의 구성이 필요하다는 사실을 모르고 있었다. 어느 날 팀은 수업 시간에 불쑥 내가 수업 내용과 무관한 이야기로 학생들의 시간을 빼앗고 있다며 불만을 터뜨렸다. 팀은 역사적 배경지식에는 관심이 없었다.

팀은 내가 가르치는 과목은 영어이지 역사가 아니므로 수업과 관련 있는 이야기로 돌아가 달라고 말했다. 나는 팀에게 문학 작품을 읽을 때 배경지식이 있으면 텍스트를 훨씬 잘 이해할 수 있다고 말했다. 하지만 배경지식은 팀의 관심사가 아니었다. 팀은 오로지 텍스트에 나열된 단어들에만 관심이 있었다. 단어 하나하나의 뜻을 아는 것만으로는 불충분하며 읽기 전략이 있어야 자신이 읽고 있는 글이 이해된다는 설명을 팀은 받아들이지 않았다.

중고등학교 교사들은 마이크와 팀처럼 단어를 줄줄 읽는 것만으로 텍스트를 이해할 수 있다고 믿는 학생들과 종종 마주친다. 이런 학생들은 텍스트를 깊이 이해하는 것에 관심이 없다. 그들이 원하는 것은 그저 완성된 과제를 제출해서 점수를 받는 것이다. 나열된 단어들을 충실히 읽어도 의미가 이해되지 않을 때 이 학생들은 그렇게 어려운 텍스트를 읽는 데 시간을 보내는 것이 무의미하다고 단정 짓는다. 그들도 읽기에 집중하고 텍스트 일부를 다시 읽어보기도 하며 의미를 추론하기도 한다. 하지만 어려운 텍스트를 읽을 때는 그런 전략만으로는 충분하지 않다.

　학기 내내 팀은 나의 수업 방식에 이의를 제기했다. 그때까지 쉽게만 여겨진 독서에 지적 노력이 요구된다는 사실을 팀은 받아들이지 않았다. 개별적인 단어들의 의미 그 이상을 생각해야 하고 작가의 삶을 이해해야 하며 결론에 이르기 위해 그러한 정보를 활용해야 한다는 사실도 받아들이지 않았다. 나는 독서에 대한 팀의 생각이 바뀌기를 바랐다. 하지만 팀은 고집을 꺾지 않았다. 학생들로서는 학습의 모든 과정을 선생님이 책임져 주는 것이 훨씬 편하다. 팀 역시 교실에 조용히 앉아서 선생님이 하라는 대로 하는 것이 익숙했다. 하지만 스스로 질문하고 여러 정보를 혼자서 연결해야 할 때 이런 학생들은 한계를 드러낸다. 그들은 스스로 생각하기를 싫어한다. 그들은 학습의 과정을 자신이 책임지는 것을 싫어한다. 스스로 판단해야 하는 상황이 닥쳐도 이 아이들은 선생님이 문제를 해결해주기를 기다린다.

독서에 대해 이처럼 편협한 인식을 가진 학생이 팀뿐만은 아니다. 학생들은 무엇을 생각해야 하는지 선생님이 알려주기를 원한다. 나는 학생들에게 어떻게 생각하는지를 가르치려 노력한다. 학생들은 자신이 이해하고 있는 것을 평가받는 데 익숙하다. 나는 학생들에게 어떻게 이해하는지를 가르치려 노력한다. 너무나 많은 영리한 아이들이 지식이 주입되기를 기다리며 교실 뒤편에 앉아 시간을 낭비한다. 이제는 이런 익숙한 교실의 풍경을 바꿀 때가 되었다. 우리는 중고생들에게 책을 읽고 이해하는 방법을 가르쳐서 그들 스스로 의미를 구축할 수 있도록 해야 한다.

3. 읽기의 재정의

주어진 글에서 의미가 어떻게 구축되어 있는지 이해하는 것은 텍스트의 이해에 필수적이다. 낱말의 뜻을 안다는 것이 텍스트를 이해한다는 것을 의미하지는 않는다. 독해 능력이 뛰어난 사람들도 낱말들의 뜻을 알고 있음에도 글의 전체적 맥락은 이해가 안 되는 경험을 떠올릴 수 있을 것이다. 예컨대 그들이 임대차계약서나 소득세신고서 같은 문서를 읽는다고 해보자. 문서의 낱말 하나하나를 놓고 보면 분명히 익숙한 영어이지만 모든 부분을 묶어 하나의 텍스트로 읽으려면 그 서류는 그리스어로 쓰인 것처럼 느껴진다. 낱말의 뜻을 알고 있다는 것은 이처럼 시작에 불과하다. 의미를 구축하기 위해서는 읽기 전략이 필요하다.

어떤 학부모는 이렇게 말한다. "우리 애가 책은 잘 읽는데 이해가 조금 안 되나 봐요." 그런 분들은 읽기가 무엇이라고 생각하는 걸까? 나는 사람들이 아이의 읽기 수준을 단어 이해 능력으로 여기는 것에 놀라지 않을 수 없다. 읽는다는 것은 생각한다는 것이며 의미를 구축한다는 것이다. 이는 단순히 단어를 읽어내는 것 이상을 의미한다. 오늘날 연구자들은 읽기를 복잡하고 반복적인 사고 과정으로 정의한다.(Fielding and Pearson, 1994; Ogle, 1986) 데이비드 피어슨과 동료들은 읽기 능력이 탁월한 사람들의 특징을 수년간 연구하여 그들이 사용하는 읽기 전략을 일곱 가지로 분류했다.(Pearson et al., 1992)

- 그들은 새로운 정보를 이해하기 위해 기존 지식을 활용한다.
- 그들은 읽기 전, 읽는 도중 그리고 읽은 후에 텍스트에 관한 질문을 한다.
- 그들은 텍스트를 토대로 추론을 한다.
- 그들은 자신의 이해 정도를 점검한다.
- 그들은 이해가 되지 않을 때 '복구' 전략을 사용한다.
- 그들은 무엇이 중요한지 판단한다.
- 그들은 정보를 종합하여 독창적인 생각을 얻어낸다.

엘린 킨과 수전 지머맨은 위의 읽기 전략에 '감각적 이미지 만들어내기'를 추가했다. 두 사람은 『생각의 모자이크』에서 교사들이 어린 학생들에게 사고 전략을 어떻게 체계적으로 가르칠 수 있는지 보여주었다. PEBC의 연수팀 책임자였던 엘린 킨은 콜로라도주의 교사 수백 명을 대상으로 하는 연구를 이끌었다. 그녀의 연구는 학생들에게 생각하는 방법을 가르치는 것의 중요성을 강조했다.

나는 교실 칠판 위에 '읽기는 생각하는 것이다'라는 문구를 큼지막하게 붙여 놓았다. 의미의 구축은 신중하고 섬세한 인식을 통해 일어난다. 글을 읽는 사람에게는 나열된 단어의 뜻을 아는 것 그 이상이 요구된다. 물론 낱말의 뜻을 아는 것은 중요하다. 하지만 그것은 텍스트를 이해하는 과정의 한 부분에 지나지 않는다. 텍스트는 독자에게 개념을 이해할 것과 중요한 요소들을 기억할 것을 요구한다. 아울러 독자 자신의 경험과 지식을 텍스트에 연결할 줄 아는 것과 무엇이 중요한지 판단하는 것도 요구한다.

러멜하트에 의하면 독자는 텍스트를 이해하기 위해 여섯 가지 신호체계(cueing systems)를 사용한다. 그중 처음의 세 가지는 초등학교 수준에서 강조되는 표층 구조(surface structures)를 이루며, 이는 단어의 인식과 발음뿐만 아니라 문장 구조를 이해하는 데 필요한 시각적, 청각적 단서를 독자에게 제공한다.(Rumelhart, 1976)

- 음운론적(graphophonic) 신호는 글자, 글자들의 결합, 그리고 그것들이 갖는 소리와 관련이 있다.
- 어휘론적(lexical) 신호는 특정 단어에 대한 즉각적인 인식과 관련이 있는데 그 의미에 대한 인식은 포함되지 않을 수도 있다.

- 통사론적(syntactic) 신호는 텍스트를 구성하는 단어와 문장의 형태 및 구조와 관련이 있는데, '말이 되는지'와 글이 논리적으로 구성되었는지가 여기에 포함된다.

나머지 세 가지는 심층 구조(deep structures)를 이루며 독자가 텍스트를 해석하고 분석하며 추론까지 하도록 만들어 준다. 이들 신호체계는 어려운 텍스트를 읽을 때 사용되지만 중고등학교 수준에서 지도되는 경우는 거의 없다.

- 의미론적(semantic) 신호는 단어와 문장의 의미와 개념 그리고 그것이 일으키는 연상과 관련이 있는데, 여기에서는 미묘한 뉘앙스를 이해하는 것도 포함된다.
- 스키마(schematic) 신호는 독자가 이미 가지고 있는 지식 또는 개인적 경험과 관련이 있다. 독자는 이를 바탕으로 텍스트를 이해하고 기억할 뿐만 아니라 새로 접하는 정보를 분류하고 구조화한다.
- 화용론적(pragmatic) 신호는 독자가 중요하다고 여기는 것 또는 특정한 목적을 위해 이해할 필요성을 느끼는 것과 관련되어 있다. 언어의 사회적 의미를 구축하는 것 또한 여기에 포함되는데, 이를 통해 독자들은 다른 독자들과 의미를 공유하고 텍스트의 추상적 의미까지 해석하게 된다.

나의 친구이자 동료인 콜린 버디는 이 신호체계를 여러 악기군이 어울려 하나의 교향곡을 완성하는 오케스트라에 비유한다. 하나의 악기군이 연주를 중단하면 그 음악은 불완전해진다. 물론 멜로디는 알아들을 수 있겠지만 모든 악기군이 조화롭게 연주할 때처럼 아름다울 수는 없다.

신호체계가 독자에게 미치는 영향도 이와 비슷하다. 모든 신호가 잘 작동할 때 독자는 자신이 읽는 텍스트를 완전히 이해할 수 있다. 하지만 한두 가지의 신호가 멈추면 의미의 많은 부분이 상실된다. 텍스트의 대략적 의미는 알 수 있겠지만 그것을 온전히 이해하는 것은 불가능하다. 잘 읽는 사람은 여섯 가지의 신호체계를 잘 활용한다. 잘 읽지 못하는 사람은 한두 가지 신호체계에 지나치게 의존하며 텍스트의 풍성함을 놓치고 만다. 표층 구조에만 매달리는 독자는 모든 단어의 뜻을 알더라도 자신이 읽은 텍스트를 기억하지 못한다. 관찰자의 눈에는 그들이 텍스트를 잘 읽는 것처럼 보이고 그들 자신도 그렇게 느낄 수 있겠지만, 의미를 구성하지 못한다면 그들은 텍스트를 이해한 게 아니다.

이러한 신호체계에 익숙한 교사라면 읽기의 복잡한 특성을 이해하기 때문에 학생들이 모든 신호체계를 활용하는 방법을 익히도록 더 잘 도울 수 있다. 한 가지 지도 방법을 고집하거나 한두 가지 신호체계에 초점을 맞추는 제한적인 독서 프로그램은 학생 개개인의 필요를 채워줄 수 없다. 독단적인 독서 철학 역시 교사를 경직되게 만들고 틀에 박힌 프로그램 중심의 수업으로 학생이 소외되게 만들 수 있다.

4. 이 정도는 초등학교에서 배웠어야 하는 거 아니에요?

교사의 기대치가 읽기 지도를 방해할 때도 있다. 어느 고등학교 교사가 나에게 물었다. "왜 고등학교에서 읽기를 가르쳐야 하는 거죠? 아이들은 읽기를 초등학교에서 배웠어야 하잖아요?" 학생들에게 읽기를 가르치는 것은 교사의 책임이라는 상식적인 대답을 할 틈도 주지 않고 그녀가 또 다른 질문을 던졌다. "제가 가르치는 학생 스물두 명 중에서 과학 교과서를 제대로 읽는 학생이 여덟 명밖에 안 된다는 사실을 어떻게 받아들여야 할까요?"

나는 그녀의 두 번째 질문이 첫 번째 질문에 대한 답이라고 말했다. 스물두 명의 학생들 앞에 서서 그들이 이해하지 못하는 텍스트를 읽으라고 하는 것은 시간 낭비일 뿐이다. 학생들은 아래의 경우 교과서를 제대로 이해할 수 없다.

- 의미를 풀어내는 데 활용할 독해 전략이 없는 경우이다. 한두 가지의 독해 전략에만 의존하는 학생들은 난해한 텍스트를 이해하는 데 어려움을 겪는다.
- 충분한 배경지식이 없는 경우이다. 자신이 읽고 있는 텍스트에 관한 사전 지식이 부족한 학생들은 의미를 생성하거나 연결하

지 못한다. 그들에게는 텍스트가 단절되고 무의미한 것으로 보인다.

- 유기적인 구조를 인식하지 못하는 경우이다. 교과서가 어떻게 구성되어 있는지 이해 못 하는 학생들은 무엇이 중요한지도 인식하지 못한다. 그들은 우선순위를 매기지 못하기 때문에 나름의 인식 체계 또한 확립하지 못한다. 그들은 자신의 사고를 체계화하고 축적하는 방법을 모른다.

- 목적이 없는 경우이다. 텍스트를 읽을 때 목적이 없는 학생들은 자신이 읽고 있는 것에 흥미를 느끼지 못하고 이 때문에 의미를 구축하지도 못한다. 왜 읽는지도 모르는 텍스트에서 무엇인가를 얻기란 어렵다.

학생들이 초등학교에서 읽기를 배우지 않은 것은 아니다. 초등학교 교사들은 아이들에게 읽기를 열심히 가르친다. 문제는 초등학교 과정 이후에 읽기 지도가 계속되지 않는다는 데에 있다. 초급 수준의 읽기 지도는 낱말의 뜻을 이해하고 막힘없이 텍스트를 읽는 것에 초점을 맞춘다. 중급 수준에서는 문학과 논픽션 모두에서 의미와 관념을 파악하는 것을 강조한다. 이 단계에서 학생들은 읽기는 곧 이해하기가 되어야 함을 서서히 깨닫는다.

하지만 중고등학교 교사들은 우수한 학생이라면 당연히 독해 전략을 갖추고 있을 것으로 여긴다. 교사들이 학생들에게 텍스트 읽는 방법을 가르치는 데 많은 시간을 할애하지 않는 이유가 여기에 있다.

교사들은 중고생들이 아래의 자질을 당연히 갖추고 있다고 가정한다.

- 텍스트를 어떻게 읽어야 하는지 안다.
- 초등학교 때보다 빨리 읽는다.
- 짧은 시간 내에 많은 분량의 글을 읽는다.
- 읽기를 통해 정보를 얻는다.
- 점점 어려운 텍스트를 읽고 이해한다.

중고등학교에서 학생들에게 주어지는 읽기 자료의 양은 극적으로 증가한다. 학생들은 수준 높은 글을 읽으며 표층 구조뿐만 아니라 심층 구조를 당연히 활용할 것으로 여겨진다. 중등교사들은 내용에 초점을 맞춘다. 학생들은 어휘 수업을 통해 모르는 단어를 익히고 비문학 작품을 통해 익숙하지 않은 주제를 접하게 된다. 이 시기야말로 읽기 지도가 가장 필요함에도 학생들에게는 그런 기회가 주어지지 않는다.

나는 읽기 전략을 어떻게 가르쳐야 할지 고민하는 교사들이 힘을 냈으면 한다. 학생들이 텍스트를 더 잘 읽을 수 있도록 돕기 위해 박사 학위가 필요하지는 않기 때문이다. 아래의 두 가지 제안을 따르는 것만으로도 학생들의 읽기 능력 향상을 도울 수 있다.

- 교사 자신이 흥미를 느끼고 좋아하는 텍스트를 다루어야 한다. 내

가 지역의 교사들이 참관하는 공개수업을 시연했을 때의 일이다. 나는 참관을 마치고 교실을 빠져나가는 두 교사가 주고받는 이야기를 우연히 듣게 되었다. "저 선생님이 나눠준 글이 재미있으니까 애들이 열심히 수업을 듣지. 우리 학교 애들이 읽는 걸 가지고 저 선생님이 어떻게 수업을 할까 궁금하네." 나는 학생들에게 제시하는 읽기 자료가 교사 자신의 흥미를 끌지 못한다면 학생들도 흥미를 느끼지 못할 거라고 단언할 수 있다. 교사는 흥미로운 텍스트를 찾아 학생들에게 제시해야 한다. 수업에 활용하려는 특정한 읽을거리를 교사 자신이 왜 좋아했는지, 그리고 그것을 왜 학생들에게 읽히고 싶은지 생각해 봐야 한다. 스스로 시간을 내서 책을 읽어야 한다. 단조롭거나 문체가 좋지 않은 읽기 자료는 쳐내야 한다. 교사는 학생들이 읽으면서 뭔가 놀라운 것을 발견할 수 있는 읽을거리를 선물해야 한다.

- 교사 자신이 텍스트 읽기의 모델이 되어야 한다. 교사 자신이 독자의 한 사람으로서 어떻게 의미를 구성하고 이 정보를 학생들과 공유해야 할지 생각해야 한다. 텍스트의 유형에 따라 읽기 전략이 달라지기 때문에 교사는 학생들에게 모든 유형의 텍스트를 잘 읽도록 가르쳐야 한다는 압박감에서 벗어나야 한다. 교사가 제시하는 읽기 자료를 어떻게 읽어야 할지 보여주는 것으로 충분하다.

5. 2부에서 할 이야기들

여기까지 읽은 독자들은 이 책이 독서 지도에 관한 포괄적인 지침서가 아님을 알아챘을 것이다. 이 책은 그런 의도로 쓰이지 않았다. 읽기를 지도하는 방법으로 명확하게 정해진 수업 활동 같은 것은 없다.

각 장은 읽기에 관한 학생들의 말과 내가 교실에서 경험한 일화로 시작한다. (이 책을 읽는 교사들도 교실에서 비슷한 경험을 했을 것이다.) 나는 텍스트를 잘 읽는 사람들은 무엇을 하는지에 초점을 맞춰 내가 딜레마를 다루는 방식을 설명한다. 각 장의 마지막에는 '살아있는 독서 지도'라는 부분이 있는데, 여기에는 학생들이 읽기 수업 자료에 좀 더 쉽게 접근할 수 있도록 교사가 활용할 만한 방법들이 간략하게 제시된다.

나는 이 책을 읽는 독자들이 가르치는 역할에 대해 다시 생각해 보았으면 한다. 현재의 교수법을 점검해 보고 자신이 모든 수업을 처음부터 끝까지 주도해야 한다는 중압감에서 벗어났으면 한다. 그러려면 학생들에게 모든 정보를 떠먹여 주어야 한다는 유혹에서 한 걸음 물러나도록 노력해야 한다. 아울러 학생들이 읽기를 어려워한다고 해서 그들 스스로 글을 읽을 기회를 줄여서는 안 된다. 주어진 읽기 자료를 학생들이 스스로 읽어내는 데 도움이 되는 읽기 전략을 가르쳐야 하며, 학생들에게 제공하는 읽을거리는 흥미를 끄는 요소가 있어야 하고 지나치게 어렵지 않아야 한다. 무엇보다 교사 스스로

읽기 지도를 수행할 자격이 있음을 확신해야 한다. 스스로 책을 읽는

다는 사실 자체가 전문가의 자질 가운데 하나이다.

,

?

"

.

"

2부

전략이 있는
독서

저는 뭘 읽든 읽는 방법은 같아요. 과학책을 읽는 거랑 스포츠 기사를 읽는 게 뭐 다른 게 있나요? 그게 그거죠. _루크 (9학년)

"혹시 자신이 좋아하는 음악 CD 사본 사람 있어요?" 독서 워크숍 수업에서 내가 질문했다. 모든 학생이 손을 들었다. "그럼 CD를 처음 들어볼 때 속지를 꺼내 읽어본 사람은요?" 이번에도 모두 손을 들었다. "그걸 왜 읽었죠?"

켈리가 피식 웃으며 말했다. "밴드 멤버들 사진 보려고요."

"저는 노래 가사 때문에 봐요." 스테파니가 말했다.

"저는 어떤 숨겨진 의미가 담긴 그림이나 사진이 있나 해서 들여다봐요." 크리스가 말했다.

나는 속지를 본 모두에게 나름의 목적이 있었음을 지적했다. 나는 책을 읽는 사람들이 단순한 재미가 아닌 나름의 목적을 지니고 있다는 사실을 학생들이 이해하길 바랐다. 그 점을 다시 한번 강조하기 위해 나는 다른 질문을 던졌다. "여러분 중 스포츠 기사를 읽는 사람이 있나요?" 책 읽기를 싫어하는 다수의 남학생이 손을 들었다. "토니는 왜 스포츠 기사를 읽죠?" 내가 물었다.

"제가 응원하는 팀 말고 다른 농구팀들 경기 결과가 궁금해서요." 토니가 대답했다.

"제가 좋아하는 선수에 관한 뉴스가 실렸나 해서요." 조시의 대답이었다.

브라이언도 경기 결과와 선수들의 개인 성적을 확인하려고 뉴스를 읽는다고 말했다.

나는 대답을 한 학생들에게 무슨 뉴스를 찾아야겠다고 미리 알고 있는 게 어떤 도움이 되느냐고 물었다.

"시간이 절약되죠." 토니가 말했다.

"맞아요. 내가 찾는 정보가 어디에 있는지 알고 있으면 관심이 없는 부분을 읽느라 시간을 낭비하지 않아도 되겠죠. 그렇다면 목적을 가지고 읽을 때 좋은 점이 그것 말고 또 뭐가 있을까요?" 내가 물었다.

"뭘 건너뛰고 뭘 읽어야 할지 확실히 알 수 있어요." 부치가 대답했다.

"좋은 지적이에요. 목적을 가지고 읽으면 뭐가 중요한지 알 수 있죠."

1. 목적이 가장 중요하다

읽는 사람의 목적은 독서의 모든 것을 좌우한다. 목적은 텍스트를 읽을 때 중요한 것과 기억해야 할 것이 무엇이고 어떤 독서 전략을 활용해야 할지 판단하게 해준다. 목적이 없이 어려운 텍스트를 읽는 학생들은 아래와 같은 불만을 쏟아낸다.

- 제가 관심이 없는 주제예요.
- 공감이 안 돼요.
- 자꾸 딴생각만 들어요.
- 집중이 안 돼요.
- 그냥 빨리 읽어치워야겠다는 생각만 들어요.
- 지루해요.

읽어야 할 이유가 없을 때 이런 반응이 나오는 것은 당연하다. 읽는 게 아니라 단어의 소리만 발음하고 과제를 대충 작성해서 제출하기 바쁜데 무엇인가를 이해한다는 게 오히려 이상한 일이다. 이건 시간 낭비일 뿐이다. 이래서는 의미를 구축하지도, 그 정보를 활용하지도 못하기 때문이다.

피어트와 앤더슨의 연구(1977)에 따르면 독자는 자신의 목적을 기준으로 무엇이 중요한지를 판단한다. 학생들에게 학교 이외의 다른 곳에서 뭔가를 읽는 이유를 물어보면 대체로 나름의 이유를 답한다.

하지만 그것이 중요하다고 인식하지는 않는데 그것이 학교 수업과 관련이 없기 때문이다. 학교에서 무엇인가를 읽는 이유를 물어보면 학생들은 선생님이 시켜서라고 대답한다. 아마 선생님은 학생들에게 이렇게 말할 것이다. "주말 동안 제10장을 읽으세요. 월요일에 시험 보겠습니다." 또는 "제1막과 2막을 읽고 등장인물을 분석하는 과제를 제출하세요." 이 경우 학생들은 스스로 읽기의 목적을 정할 기회를 가질 수 없다. 학생들이 글을 읽는 이유가 전적으로 선생님이 시켜서라고 대답하는 것은 그런 점에서 놀랄 일이 아니다.

안타깝게도 교사가 제시하는 목적은 너무 모호해서 도움이 안 되는 경우가 많다. 성적이 우수한 학생인 미셸은 심리학 과목 선생님으로부터 교과서 제1장부터 3장까지가 시험 범위라는 이야기를 들었다. 주로 어떤 내용이 평가에서 다루어지는지 미셸이 좀 더 상세한 설명을 요청했을 때 담당 교사는 똑같은 말을 반복했다. "그냥 1장부터 3장까지 열심히 읽고 외우세요." 미셸은 그 많은 분량을 다 외울 수도 없고 무엇이 중요한지 알 방법도 없다고 느꼈다.

미셸만 그런 것이 아니다. 학생 대부분이 스스로 목적을 정하는 방법을 모른다. 아이들은 교과서에서 읽는 모든 내용을 똑같이 중요하게 여기는 경향이 있다. 대학에 입학해서 처음 치르는 생물학 시험을 앞두고 나는 교재에서 조금이라도 중요하다 싶은 대목은 이것저것 가리지 않고 다 밑줄을 그었다. 나는 교재를 통째로 암기해야 한다고 생각했고 그렇게 하는 것이 시험을 잘 대비하는 길이라고 믿었다. 하지만 내 목적은 너무 광범위했다. 그렇게 해서는 주요 개념과 세부 정보를 구분할 수 없었다.

교재에서 이해가 안 되는 부분에만 강조 표시를 할 수도 있었겠지만 그렇게 했다고 해도 목적은 여전히 광범위했다. 내게는 읽는 내용 대부분을 이해할 배경지식이 없었다. 강의 시간에 들었던 내용과 관련이 있는 부분을 찾아보았다면 훨씬 나았을 것이다. 그렇게 했더라면 교수님이 중요하다고 생각하는 부분과 시험에 나올 만한 내용을 판단하는 데 도움이 되었을 것이다.

학생들은 목적이 왜 중요하며 그것을 어떻게 정하는지 배워야 한다. 피어트와 앤더슨의 연구(1977)에 나오는 아래의 글은 목적을 설정하는 것이 왜 중요한지를 보여주는 훌륭한 예이다.

집

두 소년은 차고 입구까지 뛰어갔다. "거봐, 내가 오늘은 학교 빼먹기 딱 좋은 날이라고 그랬잖아." 마크가 말했다. "목요일은 엄마가 집에 안 계시거든." 높은 울타리가 도로 쪽으로부터의 시야를 가로막아 주었기 때문에 두 소년은 편안한 마음으로 조경이 잘 되어 있는 마당을 가로질러 갔다. "네가 이렇게 큰 집에 사는지 몰랐어." 피트가 말했다. "집이 지금은 더 좋아졌어. 아빠가 벽난로를 새로 설치하셨거든."

집에는 앞문과 뒷문 그리고 차고로 이어지는 옆문이 있었다. 차고에는 10단짜리 자전거 세 대가 놓여 있을 뿐 자동차가 있어야 할 자리는 비어 있었다. 옆문을 밀고 들어가면서, 마크는 여동생들이 엄마보다 빨리 집에 오는 때를 대비해서 옆문이 항상 열려 있다고 말했다.

집 전체를 보고 싶다는 피트에게 마크는 거실부터 안내했다. 1층 다른 공간과 마찬가지로 거실은 페인트칠이 새로 되어 있었다. 마크가 음악을 크게 틀자 피트는 그들이 집에 들어온 걸 누군가 알아차릴까 걱정이 되었다. "걱정하지 마. 우리 집에서 제일 가까운 집도 400야드 넘게 떨어져 있어." 마크가 큰 소리로 말했다. 피트는 넓은 마당 너머 어느 방향으로도 다른 집이 보이지 않자 안도를 했다.

온갖 도자기와 식기류, 유리잔이 가득한 식사 전용 방은 놀 만한 장소가 아니었기 때문에 두 소년은 주방으로 건너가서 샌드위치를 만들었다. 마크는 지하실은 배관공사를 새로 한 뒤로 습기가 차고 퀴퀴한 냄새가 나기 때문에 내려가지 않을 거라고 말했다.

"여기는 우리 아빠가 유명 화가들의 그림과 수집한 동전을 보관해두는 곳이야." 마크가 서재를 들여다보며 말했다. 마크는 아빠가 책상 서랍에 꽤 많은 돈을 넣어두신다는 것을 알게 된 이후로 필요할 때마다 그곳에서 돈을 몰래 꺼내 쓴다고 자랑했다.

2층에는 침실이 세 개 있었다. 마크는 엄마의 가죽옷이 잔뜩 걸려 있는 옷장과 보석이 들어 있는 금고를 피트에게 보여주었다. 여동생들의 방에는 별로 볼 게 없었다. 마크는 여동생들 방에 화장실이 새로 만들어진 후로는 2층 복도 화장실을 자기 혼자 사용한다고 자랑했다. 하지만 마크의 방에서 가장 눈에 띈 것은 오래된 지붕을 통해 빗물이 새는 천장이었다.

위의 읽기 자료를 학생들에게 배부하고 아래와 같이 수업을 진행해 보자.

(1) 학생들에게 글을 읽힌 다음 각자 중요하다고 생각하는 부분에 연필로 동그라미 표시를 하게 한다. (지난 5년간 이 자료를 수업 시간에 활용하면서 나는 어디에 동그라미 표시를 해야 하느냐는 질문을 한 번도 받아본 적이 없다. 모든 학생이 무엇이 중요한지 알고 있는 듯했다.) 교사 대상 연수에서 이 자료를 활용해보면 교사들은 거의 즉각적으로 목적을 갖고 글을 읽었다. 많은 교사가 두 소년이 학교를 땡땡이쳤다는 사실에 주목했고 개중에는 침실 천장에 물이 샌다는 사실을 의아하게 생각하는 이들도 있었다.

(2) 학생들에게 글을 다시 읽어보게 하면서 이번에는 도둑의 눈에 무엇이 중요하게 보일지 분홍색 펜으로 표시하게 한다. 학생들은 목적을 가지고 읽으면 중요한 부분을 찾아내는 게 훨씬 쉬워진다는 사실을 알아차리게 될 것이다.

(3) 글을 세 번째로 읽게 하면서 이번에는 집을 사려는 사람의 관점에서 중요하게 여겨지는 것을 노란색 펜으로 표시하게 한다. 이쯤 되면 독자에게 목적이 있을 때 무엇이 중요한지 판단하기가 쉬워진다는 사실이 더욱 분명해질 것이다.

(4) 학생들에게 세 번의 읽기를 통해 무엇을 알게 되었는지 물어본다. 아마 첫 번째 읽을 때가 가장 어려웠을 텐데 그것은 아무런 목적 없이 글을 읽었기 때문임을 알려준다.

(5) OHP 화면을 띄워놓고 도둑과 주택 구매자가 각각 무엇을 중요하게 여기는지 학생들이 답한 내용을 적는다. 두 개의 목록

에서 중요하다고 지목된 것을 비교하고 그 이유를 토론한다. 만일 두 개의 목록에서 겹치는 것이 있다면 왜 도둑과 주택 구매자 둘 다 그것을 중요하게 여기는지 토론한다.

일단 글을 읽을 때 목적을 정해두는 것이 중요하다는 사실을 학생들이 깨달았다면 이제 읽기에는 다양한 목적이 있다는 것을 가르칠 차례다. 접근 도구는 학생들이 텍스트를 읽을 때 자기 생각을 체계화하고 종합할 수 있도록 도와주는 구체적인 읽기 전략을 가리키는데, 이 도구는 텍스트를 더 쉽게 이해하도록 해준다. 학년에 상관없이 학생들은 어떤 읽기 자료에든 이 도구들을 사용할 수 있다. 학생들은 특정한 목적에 어떤 도구가 가장 효과적인지 빨리 이해하게 될 것이다.

2. 소리 내어 생각하기

'소리 내어 생각하기(thinking aloud)'는 학생들에게 글을 잘 읽는 사람은 텍스트를 어떻게 이해하는지 실시간으로 보여주는 방법이다.(Whimby, 1975) 머릿속에 있는 생각을 말로 표현함으로써 교사는 독해의 추상적인 과정을 구체적으로 보여줄 수 있다.

1980년대 중반 피어슨, 롤러, 돌 그리고 더피(Pearson, Roeller, Dole and Duffy, 1992)는 '정신의 모형화(mental modeling)' 또는 소리 내어

생각하기의 이점을 연구했다. 초등학교 교사들은 스스로 읽기의 물리적 측면을 보여주는 표본이 되어 그것을 학생들이 관찰하도록 하는 것이 얼마나 중요한지 알고 있었다. 교사들은 학생들이 텍스트를 읽는 동안 과제물을 점검하거나 다른 개인적인 일을 하지 않았다. 그들은 학생들이 모두 볼 수 있는 곳에 앉아 학생들과 똑같이 텍스트를 읽었다.

일부 독서 전문가들은 교사가 책을 읽으면서 이따금 크게 웃거나 자신이 읽고 있는 책에 대해 이런저런 반응을 표현함으로써 학생들에게 텍스트와 상호작용하는 과정을 자연스럽게 보여주어야 한다고 말한다. 내가 아는 어느 선생님은 학생들에게 보여주려고 일부러 반응을 연출하기도 했다. 그 선생님은 쉬는 시간이 끝나고 학생들이 교실로 우르르 들어올 때 손을 번쩍 들고 지금 읽고 있는 부분을 마저 읽을 수 있도록 1분만 조용히 기다려달라고 부탁하곤 했다.

정신의 모형화는 글을 잘 읽는 사람이 텍스트를 어떻게 이해하는지 학생들에게 보여주는 좋은 방법이다. 눈에 보이지 않는 내면의 과정을 학생들이 볼 수 있도록 함으로써 교사는 학생들에게 독서를 위한 강력한 무기를 제공한다. 글을 잘 읽는 사람은 텍스트를 이해하기 위해 읽기 전과 읽는 도중 그리고 읽은 후까지 사고 과정을 지속한다. 나는 종종 텍스트를 읽다가 멈추고 그 순간 내 머릿속에 떠오르는 생각을 학생들에게 들려준다. 이해가 잘 안 되는 대목에서는 의미를 구성하기 위해 내가 사용하려는 읽기 전략을 말로 전달하기도 한다.

이런 방식으로 교사의 생각을 들려주는 것은 실행하기가 쉽고 특별한 계획이 필요하지도 않다. 아래는 이를 활용한 수업 방식의 예이다.

(1) 짧은 텍스트를 고른다. 소설이나 교과서의 어려운 단원 첫 페이지도 괜찮다. 교사의 사고 과정이 잘 드러날 수 있는 텍스트라면 무엇이든 좋다. 가능하다면 모든 학생이 따라올 수 있게 교사가 읽고 있는 텍스트의 복사본을 나눠준다. 나는 OHP 화면으로 내가 읽고 있는 부분을 학생들이 볼 수 있게 한다.

(2) 학생들이 겪을 어려움을 예상한다. 교사는 텍스트의 어떤 요소가 학생들의 이해를 방해할지 미리 살펴야 한다. 내용이나 구문 혹은 읽기 전략 측면에서 드러날 수 있는 장애물을 예측하고 그 문제를 다룰 방식을 준비한다. (학생들이 지레 텍스트에 부담을 느끼지 않도록 의견이나 정보를 과도하게 제시해서는 안 된다.)

예를 들어 배경지식이 필요한 경우 나는 읽기 활동을 시작하기 전에 텍스트에 관해 내가 알고 있는 내용을 학생들에게 들려준다. 글의 구성 방식, 저자에 대한 기본 정보 그리고 텍스트의 주제가 이에 해당한다. 시를 읽을 때는 먼저 제목을 읽고 그 제목을 통해 학생들이 시의 내용을 예측해보도록 한다. 그 시인이 어떤 사람이고 문체의 특징이 어떤지도 미리 살펴둔다.

글의 내용에 따라 읽기 전략은 달라진다. 배경지식은 어떤 텍스트에든 적용될 수 있다. 추리소설은 독자의 추리력을 요구한다. 도표와 그래프는 텍스트와 통합되어야 한다. 사회 교사는 텍스트의 첫 문단을 통해 해당 텍스트를 읽는 동안 질문을 하는 게 중요하다는 것을 보여줄 수 있다. 수학 교사는 11장에서 배운 내용을 12장에 새로 나오는 정보와 연결하는 방법을 보여줄 수 있다. 어떤 전략을 선택할지는 교과의 전문가인 교사에게 달려 있다.

(3) 텍스트를 큰 소리로 읽으면서 교사의 생각을 그때그때 학생들과 공유한다. 교사 자신이 뭘 하고 있는지 학생들에게 명시적으로 알려줘야 한다. "글을 잘 읽는 사람들은 배경지식을 사용합니다. 글을 읽기 전에 자신이 그 글에 대해 뭘 알고 있는지 생각하는 거죠." 여기에서 기억할 것은 교사는 교실 내에서 텍스트를 누구보다 잘 읽는 사람이라는 사실이다. 글을 잘 읽는 사람으로서 자신이 무엇을 하고 있는지 포착해서 그것을 학생들에게 전달해야 한다. 나는 텍스트를 읽을 때는 OHP 화면을 바라본다. 그리고 내 생각을 들려주려고 읽기를 멈출 때는 학생들을 바라보며 머릿속에 떠오르는 생각을 공유한다. 내가 화면을 바라볼 때와 학생들을 바라볼 때를 구분하는 것을 본 학생들은 소리 내어 읽기와 소리 내어 생각하기의 차이를 알아차린다. (교사가 표정 없이 조용히 텍스트를 읽는 모습은 학생들에게 글을 잘 읽는 사람들은 한달음에 속독하는 것만으로도 텍스트를 완전히 이해한다는 잘못된 생각을 심어줄 수 있다.)

(4) 생각을 해야 하는 대목을 지목한다. 교사는 자신이 어떤 대목에서 어떤 식으로 의미를 얻는지 분명히 보여주어야 한다. 아래에 몇 가지 예를 적어보겠다.

- (텍스트의 특정 대목을 지목하며) 이 부분을 읽다 보니까 ＿＿가 생각났어요. 선생님은 글을 읽을 때 새로운 정보가 나오면 전부터 알고 있던 것을 연결해서 생각해 봐요.
- (텍스트의 특정 대목을 지목하며) 여기를 읽다 보니까 ＿＿가 궁금해졌어요. 선생님은 글을 읽을 때 추론을 하기 위해서 스스로 질문을 해요.
- (텍스트의 특정 대목을 지목하며) 이 부분은 이해가 잘 안 되네요. 그래서 (문제를 해결하기 위한 읽기 전략에 관해 설명하며) ＿＿을 해보려고 합니다. 선생님은 어렵거나 이해가 안 되는 대목에서는 의미를 고쳐서 생각해 봐요.
- 이 글은 이렇게 쓰였네요. (텍스트의 구성 방식을 설명한다.) 선생님은 글의 일정한 패턴을 찾으려고 노력해요. 그렇게 하면 글이 어떻게 전개될지 예측을 할 수 있죠.

소리 내어 생각하기는 학생들이 막연히 짐작으로 대처해야 할 문제들을 줄여준다. 교사가 머릿속에 있는 생각을 상세히 들려주는 동안 학생들은 글을 잘 읽는 사람은 어려운 텍스트를 어떻게 이해하는지 관찰하게 된다. 교사가 소리 내어 생각하기를 한두 번만 보여주면 학생들은 이 방법을 곧바로 따라 하기 시작한다. 실벤과 보라스의 연구(Silven and Vauras, 1992)에 따르면, 텍스트를 읽으면서 소리 내어 생각하기를 독려받은 학생들은 정보를 요약하는 능력이 대조집단보다 우수했다. 마이켄바움과 아스나로(Meichenbaum and Asnarow, 1979)는 소리 내어 생각하기를 하는 학생들은 결론을 내릴 때 덜 충동적이며 텍스트에 접근하는 방식이 상대적으로 신중하고 전략적이라는 연구 결과를 내놓았다. 하지만 나는 교사들이 소리 내어 생각하는 역할을 학생들에게 너무 일찍 넘겨서는 안 된다고 생각한다. 교사가 가장 먼저 할 일은 텍스트를 읽을 때 사용할 수 있는 다양한 읽기 전략을 학생들이 "보게" 만드는 것이다.

3. 텍스트에 기호 붙이기

교사들은 기호 붙이기(Davey, 1983)라는 교수 전략이 익숙할 것이다. 나는 이 전략에 포스트잇과 형광펜을 추가했다.

학기 초에 나는 텍스트에 기호를 붙이는 방법을 가르친다. 이 방법이 텍스트를 읽는 학생들의 집중력을 높이는 데 도움이 되기 때문이다. 책만 붙잡으면 졸음이 온다거나 딴생각을 하게 된다는 학생들이 있는데, 기호 붙이기는 그런 학생들의 집중력과 기억력을 높이는 데 도움이 된다. 기호 붙이기를 지도하는 방법은 아래와 같다.

(1) 학생들이 사용할 기호를 사고 유형에 따라 정한다. 학생들은

텍스트를 읽다가 특정한 유형의 사고가 필요할 때마다 이 기호를 해당 구절 옆에 적는다. 아래에 몇 가지 예가 있다.

- 'BK'는 배경지식(Background Knowledge)을 가리키는데, 독자는 자신의 삶과 텍스트 사이의 연관성을 발견할 때 이 기호를 사용한다. 이 기호를 글로 옮기면 "이 대목을 읽다 보니까 _____가 생각난다"가 된다.

- '?'는 텍스트에서 궁금증이 생기는 부분을 가리킨다. 글로 옮기면 "이 대목을 읽다 보니까 _____가 궁금해졌다"가 된다.

- 'I'는 추론(Inference) 또는 독자가 텍스트에서 도출한 결론을 가리킨다. 풀어서 말하면 "나는 이 대목이 _____ 을 뜻한다고 생각한다"가 된다.

(2) 소리 내어 생각하기를 통해 학생들에게 기호 붙이기의 예를 보여준다. 나는 OHP 화면에 텍스트를 띄우고 내 머릿속의 생각을 말로 전달하는 동시에 관련된 구절에 기호를 붙인다. 이를테면 'BK'를 어떻게 사용하는지 가르칠 때, 나는 텍스트와 내 배경지식 사이의 연관성을 상세히 설명한 뒤 이 연관성이 내가 텍스트를 이해하는 데 어떤 도움을 주었는지 이야기한다.

(3) 학생들이 기호 붙이기를 연습할 쉬운 글을 제시한다. 텍스트가 너무 어려우면 학생들은 이 전략을 실제로 사용해볼 엄두를 내지 못할 수도 있다. 중요한 것은 학생들이 기호 붙이기뿐만 아니라 소리 내어 생각하기를 동시에 해야 한다는 점이다.

학생들의 모든 시도에 대해 칭찬과 격려를 해주는 것도 중요하다.

한 번에 너무 많은 기호를 알려주어서는 안 된다. 처음에는 하나만 연습해보도록 하는 것이 좋다. 첫 번째 기호의 활용에 학생들이 익숙해지면 두 번째를, 이어서 세 번째를 추가하는 방식으로 수업을 진행해 보자.

학생들이 텍스트에 기호를 표시하는 게 허락되지 않는 상황에서는 어떻게 해야 할까? 교과서는 학교 재산인 경우가 많다. 이 경우 특정 페이지를 복사해서 학생들에게 배부하는 방법이 있겠지만, 여기엔 비용 문제와 저작권 침해 가능성이 따른다. 이럴 때 좀 더 합리적인 해결책은 포스트잇을 활용하는 것이다. (이는 우리가 일상적으로 메모를 활용하는 방식과 다르지 않다.)

(4) 형광펜을 사용하도록 한다. 나는 학생들이 이해가 안 되는 대목이나 상세한 설명이 필요한 개념을 접할 때 노란색 형광펜으로 표시하도록 한다. 그것은 한 단어가 될 수도 있고 문단 전체가 될 수도 있다. 표시한 부분 옆에 학생들은 이해의 걸림돌을 제거하기 위해 자신이 어떤 복구 전략을 사용했는지도 적어둔다.

간혹 학생들은 어느 대목이 이해가 안 되는지 몰라 기호를 하나도 붙이지 않았음에도 모든 걸 다 이해했다고 우기는 경우가 있다. 그럴 때 나는 확실하게 이해를 한 부분은 분홍색 형광펜으로 표시를 해두게 함으로써 학생 자신이 이해한 부분과 그러지 못한 부분이 구분되도록 한다.

나는 학생들이 형광펜을 사용한 기호 표시를 연습할 수 있게 짧은 텍스트를 한 장씩 나눠주고 노란색과 분홍색 형광펜으로 모든 단어를 표시하게 한다. 이렇게 하면 학생들은 자신이 이해하는 것과 그러지 못한 것을 확연하게 구분해서 볼 수 있다. (분홍색 표시를 한 부분은 친구들에게 반드시 설명을 할 수 있어야 한다.) 이 활동은 한 번으로 족하다. 여러 번 하게 되면 학생들이 지루해할 수 있다.

4. 2단 메모 사용하기

2단 메모(Double-Entry Diary, DED)는 코넬 필기법(Cornell Method of Taking Notes)과 비슷한데, 공책 한 페이지를 좌우로 나눠 왼쪽에는 질문과 주요 개념을, 오른쪽에는 세부 정보를 적는 것이다. 하지만 2단 메모는 좀 더 융통성 있게 다양한 방식으로 사용될 수 있다. 2단 메모를 활용하면 교사는 학생들이 사고를 구조화하도록 도울 수 있고, 학생은 교사에게 자신이 무슨 생각을 하는지 보여줄 수 있다. 나는 수업에서 2단 메모를 아래와 같이 활용한다.

(1) 학생들은 "핫도그 빵처럼" 공책 한 페이지를 좌우로 구분되게

접는다.

(2) 학생들은 읽고 있는 책의 특정 구절이나 문장을 왼쪽에 옮겨 적는다. (요약해서 적어도 된다.) 만일 옮겨 적을 글이 너무 길면 책의 페이지를 적어서 나중에 찾아볼 수 있게 한다.

(3) 왼쪽에 적어넣은 단어, 문장 또는 요약문에 대한 학생 자신의 추론이나 생각을 오른쪽에 적는다.

아래는 작성 예시이다.

옮겨 적기 / 페이지	생각 적기
	이 단어(문장, 문단)에서
	_____가 떠올랐다.
	_____가 궁금해졌다.
	_____라는 추측이 든다.
	중요한 점은 _____이다.
	이해가 안 됐는데 _____ 때문이다.
	_____가 이해의 단서이다.
	_____의 그림이 머리에 그려진다.
	의미하는 것은 _____라고 생각한다.

처음 2단 메모 작성을 연습할 때는 오른쪽의 '생각 적기'에 한 가지만 쓰게 한다. 위에 열거한 것을 한꺼번에 하게 하면 학생들은 부담을 느끼거나 집중력을 잃을 수 있다. 천천히 시작하면서 교사가 직접 예를 보여주는 것이 중요하다.

예를 들어 이전 수업에서 읽은 텍스트와 현재 읽고 있는 텍스트 사이에서 학생들이 연관성을 발견하도록 유도하고 싶다면 '이 문장에서 _____ 가 떠올랐다'를 선택할 수 있다. 나는 OHP 화면을 띄워놓고 텍스트를 읽기 시작한다. 그러다가 텍스트에서 옮겨 적을 내용이 있으면 읽기를 멈추고 그 부분을 적는다. 동시에 이와 관련된 개인적인 경험이나 배경지식을 이야기하며 그 내용을 오른쪽에 적을 수 있다고 안내한다. 이러한 연상을 불러일으키는 것은 한 단어일 수도 있고 문장이나 문단이 될 수도 있다.

2단 메모는 다양한 방식으로 구성될 수 있으나 핵심은 똑같다. 왼쪽에는 텍스트에서 인용한 구절이나 요약문을, 오른쪽에는 그것에 대한 반응을 적는다는 것이다. 아래는 내가 과학, 사회, 수학 교과에 적용하여 사용한 2단 메모의 예이다.

옮겨 적기	생각 적기
1. 언급된 사실과 세부적인 내용	1. 저자가 말하고 싶은 것
2. 이해하기 어려웠던 대목	2. 이해하기 위한 내가 시도한 방법
3. 어려웠던 용어나 표현	3. 이 용어에 대해 내가 알고 있는 것

수업에 구체적으로 적용할 수 있는 몇 가지 2단 메모의 예시가 3부에 실려 있다. 2단 메모는 학생들에게 각자의 생각을 공유할 기회를 제공한다. 학생들은 질문하고 이해가 안 된 대목을 찾아내며 자기 이야기를 내용에 연결한다.

5. 이해 구성 기록지 사용하기

이해 구성 기록지(comprehension constructor)를 사용하기 위해서는 두 개 이상의 사고 전략을 활용할 수 있어야 하므로, 학생들이 기호 붙이기와 2단 메모 사용법에 익숙해진 이후에 소개하는 것이 일반적이다. 기본적으로 이 워크시트는 학생들이 어려운 텍스트를 읽을 때 특정한 사고 전략을 활용하도록 지도하는 데 사용된다. (학생은 자신의 노력과 완성도를 스스로 평가한다.)

아래의 이해 구성 기록지는 학생들이 팀 오브라이언(Tim O'Brien)의 단편소설 「우물가의 남자(Man at the Well)」를 읽는 동안 추론하는 연습을 해보도록 만든 것이다.

(1) 전쟁, 베트남 그리고 노인들에 대해 자신이 알고 있는 것을 적어보세요.

(2) 「우물가의 남자」를 읽으세요.

(3) 글을 읽는 동안 궁금한 점들이 있을 겁니다. 떠오르는 질문을

여백에 적으세요. (3개 이상)

(4) 글을 다 읽고 느낀 점을 적어보세요. (4문장 이상)

(5) 자신이 적어둔 질문들을 다시 읽어보세요. 그중 가장 좋은 질문 세 개를 아래에 옮기고, 각각의 질문에 대한 답을 어디에서 찾을 수 있는지 적어보세요. 작품이나 각자의 머릿속 또는 다른 어디에서든 좋습니다.(Raphael et al., 1986)

(질문 1)

(질문 2)

(질문 3)

위의 이해 구성 기록지를 활용해서 나는 학생들이 추론하는 연습을 해보도록 한다. 텍스트에서 추론을 끌어내기 위해 글을 읽는 사람은 자신의 배경지식을 활용하고 텍스트의 내용에 의문을 가져야 한다. 글을 읽으면서 호기심과 질문이 생기지 않는다면 복잡한 추론을 한다는 것이 어렵다. 교사는 학생들에게 정답을 기대하기보다 생각하는 과정 그 자체에 관심을 가져야 한다.

아래는 이해 구성 기록지를 만들 때 고려해야 할 사항이다.

(1) 텍스트를 읽으며 학생들이 마주칠 구체적인 어려움을 예상한다. 그리고 교사 자신은 그 어려움을 어떻게 다룰지 자문해본다. 개인적인 경험과 배경지식을 활용할까? 아니면 추론을 통해 문제에 대한 답을 찾을까?

(2) 학생들이 어떤 이해 전략을 사용하기를 기대하는가? 교사 자신이 해당 텍스트를 읽었을 때 효과적으로 활용한 이해 전략이 있다면 학생들도 같은 전략을 활용할 수 있도록 기록지를 설계할 필요가 있다.

6. 예시의 중요성

학생들에게 텍스트에 접근하는 방법을 가르칠 때는 특정한 전략을 어떻게 사용하는지 교사 자신이 모델이 되어야 한다. 이를 위해 처음에는 너무 어렵지 않은 텍스트를 선택해야 한다. 교사는 특정한 접근 도구가 생각을 어떻게 단단히 붙들어 놓는지, 그리고 이를 통해 읽은 내용을 기억했다가 나중에 어떻게 활용할 수 있는지 학생들에게 보여주어야 한다. 학생들이 스스로 접근 도구를 사용할 때 교사는 반드시 피드백을 제공해 주어야 한다. 그리고 학생들이 그 도구에 익숙해지면 교사는 좀 더 어려운 수준의 텍스트에 그 도구를 사용해보도록 지도해야 하며 교실 밖에서도 그 도구를 활용해보도록 독려할 필요가 있다. 각각의 이해 전략 또는 접근 도구가 어려운 텍스트를 읽을 때 얼마나 도움이 되는지 학생들 스스로 느끼면서 그런 도구들의 유용성을 발견하도록 돕는 것이다.

학생들이 다양한 접근 도구를 활용하게 되면 교사는 수업 시간에 읽기를 가르치느라 많은 시간을 쏟아붓지 않아도 된다. 교사의 정보

전달에 의존하지 않고도 학생들 스스로 텍스트를 읽는 것이 가능해지기 때문이다. 접근 도구의 활용에 익숙해진 학생들은 텍스트 속의 장애물을 스스로 뛰어넘으며 그 내용을 기억하고 활용하게 된다. 이 도구의 사용법을 익힌 학생들은 자연스럽게 읽기의 목적을 정하는 능동적인 독자가 될 수 있다. 학교에서 접하는 다양한 학습 자료를 더 잘 읽고 이해하게 됨은 물론이다.

이런 과정을 거친 학생들은 수업 중 교사가 토론을 제안할 때 이제 시선을 피하지 않는다. 오히려 각자의 생각을 기꺼이 친구들과 공유한다.

살아있는 독서 지도

1. 글을 왜 읽는지, 그리고 목적을 정하고 읽는 것이 왜 중요한지 서로의 생각을 공유한다. 먼저 어느 하루 동안 교사 자신이 읽은 모든 것을 기록한다. 통속소설부터 일간지까지 전부 기록한다. 각각의 글에서 무엇이 중요하고 무엇이 중요하지 않은지 교사 자신은 어떻게 구분하는지 학생들에게 보여준다. 우편함에 들어 있는 온갖 우편물을 생각해 보자. 어떤 것은 중요하고 어떤 것은 그렇지 않다. 읽는 목적이 무엇이냐에 따라 무엇을 읽을지, 무엇을 기억할지가 달라진다는 것을 학생들에게 보여준다. 학생들은 우리가 얼마나 많은 읽을거리에 둘러싸여

있는지 새삼 놀랄 것이다.

지도의 핵심_ 잘 읽는 사람은 다양한 목적을 가지고 텍스트를 읽는다. 목적이 있으면 읽는 내용을 더 잘 기억할 수 있고 무엇이 중요한지 판단이 쉬워진다.

2. 교사 자신과 다른 훌륭한 독서가들이 텍스트를 이해하기 위해 무엇을 하는지 살펴보자. 독서 모임에 가입해서 다른 사람들이 텍스트를 어떻게 이해하는지 알아보고 그들과 이야기를 나눠보자. 사람들은 자신이 무엇을 읽었는지 기꺼이 이야기해줄 것이다. 의미를 구성하기 위해 그들이 무엇을 하는지, 텍스트를 이해하기 위해 어떤 과정을 거치는지 물어보자.

지도의 핵심_ 훌륭한 독서가들은 텍스트를 이해하려면 단순히 단어와 문장을 발음하는 것 이상이 필요하다는 것을 안다. 그들은 여러 가지 사고 과정을 거쳐야 비로소 이해가 생겨난다는 것을 안다. 그들은 자신의 사고 과정을 의식하며 읽는다.

3. 접근 도구를 활용하는 읽기를 연습한다. 기호 붙이기와 2단 메모를 활용하여 텍스트를 읽어보면 그런 도구들이 생각을 단단히 붙들어 놓는 데 얼마나 효과적인지 깨닫게 된다. 훌륭한 독서가는 자신이 읽은 것을 잘 기억함으로써 나중에 그것을 활

용한다. 학생들에게도 이런 도구들이 읽은 내용을 기억하는 데 큰 도움이 된다는 것을 가르친다.

지도의 핵심 책을 잘 읽는 사람이라고 해서 읽은 내용 전부를 기억하는 것은 아니다. 그들은 나중의 필요를 위해 기억을 돕는 도구들을 사용한다. 접근 도구는 독자가 자기 생각을 뒷받침하고 정당화하는 데 텍스트를 활용하도록 도와준다.

4. 학생들 앞에서 텍스트를 읽는 교사는 자신의 사고 과정을 고스란히 보여주어야 한다. 잘 이해가 안 되는 대목에서 어떤 복구 전략을 사용하는지부터 어떤 대목이 감동적이었는지에 이르기까지 모든 것을 학생들에게 보여준다. 한 사람의 독자가 다양한 방식으로 텍스트에 의미를 부여하는 모습을 학생들이 직접 보게 해야 한다. 교사는 가벼운 읽을거리부터 전문 서적에 이르기까지 다양한 텍스트를 읽음으로써 학생들에게 읽기는 평생 하는 일이며 삶의 지평을 넓혀주는 활동임을 보여주어야 한다.

지도의 핵심 훌륭한 독서가는 생각이 유연하며, 어떤 글을 읽느냐에 따라 다른 사고 전략을 활용한다. 그들은 독서를 학교 수업을 위해 억지로 하는 일이 아니라 평생 하는 일로 인식한다.

4장

············ **텍스트와 대화하기**
:이해를 가로막는
근원의 탐지

도움이 필요할 때 나는 내면의 목소리를 듣는다. 그 목소리는 내가 어디에서 이해
가 막혔는지 말해주며 나를 이끌어 준다. 그 목소리는 그 책과 내 삶에 질문을 던
지게 한다. 그렇게 하면 읽고 있는 내용이 비로소 이해되기 시작한다.

_T. J. (12학년)

책 읽기를 어려워하던 10학년 댄은 내 수업 방식을 근본적으로 변
화시킨 학생이다. 어느 날 댄이 짜증 섞인 목소리로 말했다. "선생님
이 책을 읽으면서 이해가 될 때와 안 될 때를 구분하라고 말씀하실
때마다 저는 짜증이 나요. 선생님은 학생을 가르치는 사람이잖아요.
그러면 우리가 언제 이해하고 언제 못하는지 파악해야 하는 건 선생
님 아니에요?"

당혹스러웠다. 나는 댄에게 하고 싶은 얘기를 자세히 해보라고 했

다.

"선생님들은 그러라고 월급 받는 거잖아요? 제가 언제 이해가 안되는지 제가 어떻게 알아요? 저는 학생이라고요."

"댄, 네 말은 선생님이 독심술을 해야 한다는 건데 선생님은 그런 일 하라고 월급 받는 게 아니야. 생각해 보렴. 네가 어디에서 막혔는지 너 자신이 모르는 걸 선생님이라고 어떻게 알겠니?"

교사라면 학생들의 이해 능력을 속속들이 꿰고 있어야 한다고 기대하는 이들이 있는 게 사실이다. 우리는 학생들의 이해 정도를 평가하기 위해 최선을 다한다. 하지만 학생들의 이해 능력을 하나부터 열까지 모두 파악하기란 불가능에 가까운 일이다. 학생들의 이해 능력을 추적하고 관찰하는 것이 오로지 교사의 책임이라면 학생들은 읽기를 위한 모든 노력을 가볍게 포기할 것이다. 댄은 교사인 나의 역할과 학생이자 독자인 자신의 역할을 오해하고 있었다. 댄은 텍스트를 읽는 사람은 바로 자기 자신이며, 머릿속에서 일어나는 사고의 과정을 의식해야 할 사람도 바로 자신임을 이해하지 못했다. 뭔가를 이해했을 때 그것을 인식할 수 있는 사람은 자기 자신뿐이다. 댄은 텍스트에서 마주친 장애물을 넘는 방법을 배웠어야 했다.

자신이 언제 이해하고 언제 못하는지 알아차리는 것은 교사인 나의 책임이라고 댄이 말했을 때 처음엔 당혹스러웠지만, 한편으로는 재미있다는 생각도 들었다. 댄의 속마음을 알 것 같았기 때문이다. 혹시 다른 학생들도 나에게 독심술을 기대하고 있는 건 아닐까? 모든 학생이 읽고 이해하는 일에 대한 각자의 책임을 이미 포기해버린 것은 아닐까? 나는 다른 학생들의 생각을 알고 싶었다.

다음날 나는 수업을 시작하면서 칠판에 두 가지 질문을 적었다. 그리고는 학생들에게 각자가 생각하는 답을 적어보게 했다.

'글을 읽다가 이해가 안 되고 있음을 나는 어떻게 알아차리는가?'
'글을 읽다가 이해가 안 될 때 나는 무엇을 하는가?'

학생들이 적어낸 답에서 분명히 확인한 것은, 스스로 묻고 답한다거나 요약을 해보는 등 뭔가를 하기 전에는 자신이 글의 흐름을 놓치고 있다는 사실조차 인식하지 못한다는 것이었다. 학생들은 자신이 읽은 것을 기억하려고 노력해 본 뒤에야 자신이 텍스트를 이해하지 못했음을 알게 되었다. 이 학생들은 텍스트를 읽는 동안 그들의 머릿속에서 일어난 사고의 과정을 떠올릴 수 없었다. 그들 대다수는 낱말 하나하나의 표층적 의미를 해독하는 데 초점을 맞췄을 뿐 그 단어들이 모여 만들어낸 의미에 대해서는 생각하지 않았다.

이해가 어려운 대목의 의미를 복구하기 위해 읽기를 멈추어야 할 순간에도 학생들은 그냥 계속해서 읽어나갔다. 자신이 뭘 읽고 있는지조차 모르면서 학생들은 꾸역꾸역 '과제'를 완성할 때까지 생각 없는 읽기를 계속했다. 몇몇은 끝까지 읽다 보면 어려운 대목이 저절로 이해될 것으로 기대했고, 다른 몇몇 학생들은 선생님이나 공부 잘하는 친구들에게 도움을 요청했다.

안타깝게도 많은 학생이 자신이 읽는 것을 이해할 수 있으리라는 기대조차 하지 않는다. 그들은 글이 어렵게 느껴지는 것을 어쩔 수 없는 것으로 받아들인다. 고등학생으로서 읽기를 다시 배우기에는 너무 늦었다고 생각하는 것이다. 이들은 자신이 이해하지 못한 것을 교사가 설명해줄 때까지 기다린다. 그리고 아무도 설명해주지 않으면 이해되지 않는 부분을 그냥 건너뛴다.

그런 학생들에게 내가 제일 먼저 하는 일은, 읽고 이해하는 것은 그들의 몫이지 내가 해줄 수 있는 일이 아님을 이해시키는 것이다. 글을 읽는 동안 자신의 사고 과정을 추적하는 방법을 알려줌으로써 우리는 학생들이 자신감을 되찾고 스스로 읽기를 주도해 나가도록 도울 수 있다.

1. 현실에서 답을 찾기

머릿속 생각을 들여다보는 방법을 나에게 처음 알려준 사람은 늘 야구야말로 생각하는 사람의 스포츠라고 말씀하시던 아버지였다. 지금도 식탁에서 그날 오빠들이 뛴 야구 경기를 주제로 대화를 나누며 식사를 하던 숱한 저녁들이 기억난다. 아버지는 오빠들이 생각 없이 저지른 실수를 콕콕 집어내곤 했다.

아버지는 아들들이 경기를 뛸 때 생각하고 또 생각하기를 원했다. 투수의 투구 동작을 분석해야 스윙 각도와 타석에 서는 위치를 미리 조정할 수 있다는 게 아버지의 지론이었다. 수비할 때는 타구가 날아오는 방향에 따라 어디로 송구할지 미리 머리에 그리고 있어야 했다. 아버지는 아들들이 안타를 치거나 삼진을 당한 후에도 그 이유를 분석해 보기를 원했다. "타구의 질은 스윙 궤적과 직접적인 관련이 있단 말이야. 그래서 타자는 어떤 타구를 만들어낼지 자기가 결정할 수 있는 거라고." 세 아들 중 누군가 타격 슬럼프에 빠지면 아버지는 스스로 스윙을 분석하게 했다. "오늘은 3루 쪽 내야 뜬 공만 세 개 쳤잖아. 왜 그렇게 됐다고 생각하냐?" 아버지는 아들에게 질문을 쏟아냈다. "스윙이 늦어서 그랬겠어? 어깨가 너무 일찍 열린 게 아니야? 상대 팀 선발 투수가 왼손잡이인 건 알고 있었어?" 그날 경기에서 4타수 4안타를 기록한 아들은 이런 얘기를 들었다. "오늘 공을 잘 때린 이유를 생각해 봐. 타석에서 평소보다 마운드 쪽으로 한 발 앞쪽으로 섰어? 배트를 평소와 다른 걸 썼어?"

아버지는 야구뿐만 아니라 삶의 모든 측면에서 우리가 늘 생각해야 한다고 가르쳤다. 아버지의 질문은 항상 뭔가를 생각하고 성찰하게 했다. 하나의 상황에 대처하는 여러 가지 방식을 일러준 아버지 덕분에 우리는 다음에 비슷한 일이 생길 때 무엇을 해야 할지 알게 되었다. 아버지의 가르침 중 가장 중요한 것은 다른 사람에게 의존하지 말고 스스로 문제를 해결할 방법을 찾아보라는 것이었다. 아버지는 자녀에게 머릿속 생각을 들여다보는 방법을 가르치는 것이 얼마나 중요한지 알고 있었다. 아버지는 여러 프로 야구 선수나 기업가는 물론이고 생각 없이 뛰는 까닭에 같은 실수를 반복하는 리틀 야구

선수들의 예를 들어가며 생각의 중요성을 강조했다. 마찬가지로 야구장이든 직장이든 자신이 무슨 생각을 하는지 의식하는 사람들이 더 나은 성과를 거두는 것은 당연한 일이었다. 어려운 상황에 대처하는 방법을 알기 때문이라는 것이었다. 아버지는 우리가 어떤 일을 성공적으로 해냈을 때 무엇을 하고 있었는지 인식하고 있으면 실패의 순간에도 문제를 해결하기 쉽다고 가르쳤다.

"내가 타석에서 네 옆에 있을 수는 없어. 네가 타석에 들어서면 너는 혼자야. 어떻게 1루를 밟을 것인가는 네가 궁리하고 해결해야 해." 아버지의 말처럼 학교에서 읽기를 감당해야 하는 학생들도 혼자일 때가 많다. 의미가 무너져 내린 텍스트를 복구하려면 그들은 무엇이 문제인지를 인식할 수 있어야 한다. 자신의 사고 과정을 의식하지 못한다면 학생들은 같은 실수를 반복하게 될 것이다. 슬럼프에서 빠져나오려 노력하는 타자처럼 읽기의 수렁에서 빠져나오려면 우리는 이해에 실패할 때가 언제인지 알아야 한다. 텍스트를 제대로 읽고 이해하는 독자는 시간을 낭비하는 것이 아니다. 읽기를 마쳤을 때 그들은 그 정보를 활용할 수 있게 된다.

2. 이해를 못 하고 있다는 걸 어떻게 알죠?

스스로 읽을 수 있고 또 읽어야만 한다는 사실을 학생들이 인정하게 되면 이제는 의미 파악에 실패하고 있음을 보여주는 징후들을 살필 차례다. 글의 흐름을 놓치고 딴생각에 빠지게 되는 상황을 보여주는 지표는 여러 가지가 있다. 문제는 많은 학생이 자신이 그런 상황에 갇혀 있음을 너무 늦게 알아차린다는 것이다. 자신이 언제 이해하고 언제 못하는지 알 수 없다고 항변한 댄은 사실 그런 상황을 감지하는 방법을 물은 것이다.

글을 제대로 이해하지 못하고 있음을 보여주는 여섯 가지 신호는 아래와 같다.

(1) 머릿속의 목소리와 텍스트가 상호작용하지 않는다. 글을 읽는 동안 독자의 머릿속에는 두 가지 유형의 목소리가 있다. 하나는 그냥 텍스트를 읽는 목소리다. 다른 하나는 텍스트에 말을 걸고 대화를 나누는 목소리다. 이 목소리는 때로는 질문하고 찬성이나 반대의 의견을 내기도 하며 계속해서 텍스트의 내용에 반응한다. 이와는 달리 그냥 낱말들을 줄줄 읽는 독자는 맥락을 이해하지 못하거나 쉽게 싫증을 내며 다 읽고 난 후에도 내용을 기억하지 못한다.

(2) 머릿속 비디오카메라 전원이 꺼진다. 잘 읽는 사람의 머릿속에는 비디오카메라가 작동한다. 카메라 전원이 꺼지고 텍스트에서 시각적 이미지가 생겨나지 않는다는 것은 독자의 머릿속에서 의미의 구성이 이미 중단되었다는 신호이다.

(3) 딴생각을 하기 시작한다. 잘 읽는 사람은 텍스트와 아무 관련이 없는 생각이 들 때 그것을 바로 알아차린다. 글의 내용과 무

관한 생각을 하고 있다는 것은 독자가 텍스트에 재접속을 해야 한다는 신호이다.

(4) 읽은 내용이 기억나지 않는다. 글을 잘 읽는 사람은 자신이 읽은 내용을 다른 사람들에게 들려줄 수 있다. 읽은 내용이 기억나지 않는다는 것은 뒤로 돌아가서 텍스트에서 무너져 내린 의미를 복구해야 한다는 신호이다.

(5) 독자 자신의 질문에 대답을 못 한다. 잘 읽는 사람은 문자의 직설적 의미를 풀어서 설명할 수 있는지 스스로 묻는다. 자신의 질문에 답을 하지 못할 때 이는 배경지식이 부족하거나 텍스트에 집중하지 않고 있다는 신호이다.

(6) 등장인물이 언제 처음 나왔는지 기억나지 않는다. 좋은 독자는 머릿속에서 등장인물들을 추적하며 그들이 누구인지 알고 있다. 앞에서 등장했던 인물이 다시 나오는데도 그게 누구였는지 가물가물하다면, 이는 독자가 충분히 집중하지 않고 있거나 텍스트에서 의미가 무너져 내린 부분을 복구해야 한다는 신호이다.

3. 이해를 못 하고 있다는 사실을 깨달은 다음에는 뭘 하죠?

읽고 있는 글을 이해하지 못하고 있음을 인식했다면 이해를 향한 발걸음을 떼어야 한다. 의미 파악에 실패하고 있다는 징후로부터 도움을 받을 수 있는 학생은 특정 부류에 국한되지 않는다. 대학 진학을 준비하는 학생들은 제법 어려운 텍스트들을 읽어야 하지만 그들 역시 독서 치료를 받는 수준의 학생들처럼 읽기를 멈추고 의미의 복구에 나서야 한다는 사실에 당혹감을 느끼기는 마찬가지이다. 독서 능력에 차이는 있겠지만 그들 모두가 텍스트의 의미 구성이 안될 때 무엇을 해야 하는지 알 필요가 있다. 어느 해인가 나는 세계 문학 수업에서 단테의 『신곡』을 다뤘다. 수업 시간에 '지옥편'의 대부분을 읽은 뒤 나는 학생들에게 여섯 페이지 분량을 복사해 나눠주며 플롯에 초점을 맞춰 읽으라는 과제를 내주었다. 나는 다음 시간에 시험을 보겠다고 예고하면서, '지옥편 34곡에서 어떤 일이 벌어지는가?'라는 단 한 문제만 내겠다고 말했다. 학생들은 그 정도는 식은 죽 먹기라는 반응을 보였다. 수업 종료를 알리는 종이 울리고 학생들은 모두 가벼운 표정으로 교실을 나섰다.

다음 수업 시간, 학생들은 교실에 들어서자마자 이런저런 핑계를 늘어놓았고 "도대체 하나도 이해가" 안 된다며 투덜거리기 시작했다. 나는 칠판에 등을 기대고 가만히 학생들을 바라보았다. 학생들은 혹시 플롯을 이해할 단서를 찾을까 해서 정신없이 해설서를 뒤적거렸다. "저는 그냥 F 받을래요." 레이철이 말했다. "읽어도 도대체 무슨 소린지 하나도 모르겠어요."

문제를 미리 알려주었음에도 학생들은 답을 찾지 못했다. 나는 학생들이 이해에 어려움을 겪은 이유가 의미가 아닌 낱말에 집중했기 때문이라고 생각했다. 학생들은 글을 읽으면서 자신의 사고 과정을 살피지 않았다. 그들은 낱말 하나하나를 읽어내면 의미가 저절로 드러날 것으로 기대했다. 읽기를 멈추고 효과적인 이해 전략을 찾아보는 대신에 학생들은 무작정 읽기만 한 것이다.

학생들은 몇 번을 읽었지만 이해가 안 된다고 아우성을 쳤다. 나는 그 학생들이 정말 몇 번을 읽었으리라는 사실을 의심하지 않았다. 무엇보다도 그 수업을 신청한 학생 대부분은 대학 진학을 준비하는 우수한 학생들이었기 때문이다. 그들이 C 이하의 점수로 성적증명서에 오점을 남기고 싶어 하지 않는다는 사실은 분명했다. 독서 워크숍 과목을 수강하는 학생들과 달리 그들은 성적을 중요시했고 과제를 충실히 제출했으며 시험도 철저히 준비했다. 그런데 놀랍게도 이 학생들 역시 독서 치료를 받는 학생들과 마찬가지로 어려운 텍스트 앞에서는 속수무책이었다.

나는 예정대로 시험을 치르는 게 무의미하다고 판단했다. 토론은 말할 것도 없었다. 원래 계획이 어그러진 이상 유일한 대안은 강의식으로 '지옥편 34곡'을 설명하면서 그 시간을 마치는 것이었다. 그때 묘안이 떠올랐다. 어차피 상당수의 학생이 알아듣지도 못할 설명을 할 바에야 『신곡』의 나머지 부분을 이해하는 데 도움이 될 만한 읽기 전략을 가르치는 게 낫겠다는 생각이었다. 이를테면 그것은 독서를 가르치느냐 아니면 독자를 가르치느냐의 선택이었다. 방법에 초점을 맞추면 내용은 저절로 따라오리라는 믿음으로 나는 후자를 선택했다.

나는 시험의 형식을 바꾸기로 하고 모든 학생에게 노란색 포스트잇을 나눠주었다. 나는 학생들에게 지옥편 34곡을 이해한 사람이 거의 없으니 지금이야말로 읽기 전략에 대해 뭔가 배워볼 때라고 말했다.

"책을 잘 읽는 사람은 이해가 안 되는 수렁에 빠졌을 때 거기서 벗어나기 위해 뭔가 해야 한다는 것을 알고 있습니다. 혹시 어젯밤에 과제물을 읽으면서 내용을 이해하지 못하고 있다고 스스로 생각한 사람 있나요?" 많은 학생이 손을 들었다. "좋아요. 손을 든 사람들은 잠시 후에 치를 시험에서 A를 받겠는데요." 손을 들었던 학생들은 자기는 내용을 다 이해했다는 듯이 손을 들지 않은 친구들을 바라보며 키득거렸다.

학생들에게 내용을 이해하지 못했음을 스스로 인정하게 한 후에 나는 다음 단계로 넘어갔다. 나는 학생들에게 내용이 이해되지 않은 첫 대목을 찾아 포스트잇을 붙이고 자신이 그 대목에서 겪은 어려움을 구체적으로 적어보라고 했다. "선생님, 저처럼 글 전체가 이해되지 않는 사람은 어떻게 할까요?" 마이크가 이죽대며 말했다.

"괜찮아요. 일단 이해가 안 되는 첫 대목만 찾아보세요."

"안 된다니까요. 저는 글 전체가 이해 안 된다고요." 마이크의 말에 여기저기서 웃음이 터졌고 몇몇 학생은 마이크와 하이파이브를 했다.

"그럼 마이크는 F를 받게 되겠군요." 나는 마이크를 똑바로 바라보며 말했다.

"그런 게 어딨어요? 학생이 열심히 읽었는데 이해를 못 한다고 F를 주신다고요?"

나는 지옥편 34곡을 완전히 이해한 사람은 원래 계획대로 내용을 요약해서 제출하면 그것으로 점수를 받을 수 있고, 요약을 할 수 없다면 그건 내용 이해에 어려움이 있었다는 뜻이므로 그것을 찾아내는 것으로 점수를 받게 된다고 설명했다. 점수를 받으려면 이해가 안된 부분을 찾아 포스트잇을 붙이고 거기에다 무엇이 이해되지 않았고 왜 이해가 되지 않았는지 적기만 하면 되는 것이었다. 아무것도 적지 않으면 점수를 받을 수 없었다.

"선생님, 저는 진짜 아무것도 이해가 안 된다고요." 마이크는 여전히 불만이 가득했다.

"좋아요. 그럼 34곡 첫 페이지 첫 줄로 돌아가세요. 처음부터 천천히 읽으면 이해가 되는 부분이 당연히 있을 거예요. 다시 읽으면서 여러분의 머릿속을 들여다보세요. 거기에서 어떤 목소리가 들릴 거예요. '어, 이게 이해 안 되는데?' 그러면 그 부분에 포스트잇을 붙이고 자기 생각을 적는 거예요."

"선생님, 이해가 안 되는 건 아무거나 괜찮아요?" 리아나가 물었다.

"그럼요. 대신 왜 그게 이해가 안 되는 것 같은지 자기 생각을 써야만 해요."

"잘 모르는 단어가 있으면 거기에 표시해도 돼요?" 크리스가 물었다.

"네, 단어의 뜻을 모르겠거든 그 단어에 붙이고 이름을 처음 들어보는 인물이 나오면 거기에 붙여도 돼요. 이 글을 읽기 어려웠다면 거기엔 많은 이유가 있을 거예요. 글을 읽으면서 딴짓을 했거나 글의 내용과 무관한 생각에 빠져 있었다면 그것도 이유가 될 수 있어요."

그래도 여전히 시작을 못 하는 학생들을 위해 나는 내가 이해하는 데 어려움을 겪은 대목과 그 대목을 이해하려고 씨름하는 동안 내 머릿속에서 일어난 생각을 학생들에게 들려주었다. 그리고 내가 학생이라면 포스트잇에 적었을 만한 내용을 칠판에 적었다.

학생들이 바뀐 형식의 시험을 치르는 동안 나는 교실을 천천히 돌아봤다. 리아나는 로마의 시인 베르길리우스가 어떤 사람인지 모르고 있었다. 저스틴은 모르는 단어가 있었다. 예고한 15분이 지난 뒤 나는 각자가 적은 내용을 발표해 보도록 했다. 학생들은 저마다 할 말이 많은 눈치였다. 심지어 마이크도 포스트잇에 뭔가를 잔뜩 적어 놓고 있었다.

이때 처음 시도한 이 방식의 수업에서 가장 염려가 된 것은 시간이 너무 많이 걸리지 않을까 하는 것이었다. 하지만 학생들의 발표를 지켜보면서 그런 걱정은 사라졌다. 학생들의 참여도는 이전의 어느 수업보다도 높았다. 학생들이 어려워하는 대목은 겹치는 경우가 많았다. 학생들은 질문을 주고받고 텍스트와 개인적인 경험을 연결하면서 의미를 구성하기 시작했다. 학생들이 이해하기 어려웠던 부분을 이야기하는 동안 나는 강의식 수업을 진행했을 때보다 더 많은 내용을 학생들에게 들려줄 수 있었다.

일주일 후 수업에서 우리는 희곡 한 편을 읽었다. 글을 읽는 동안 자신의 머릿속을 들여다본다는 개념을 강화하기 위해 나는 사고 과정을 의식하는 데 도움이 될 수업 활동을 계획했다.

나는 그 희곡에서 두 페이지를 복사해 학생들에게 나눠주었다. 분홍색과 노란색 형광펜도 한 자루씩 나눠주었다. 학생들은 복사물에 있는 모든 단어에 분홍색이나 노란색 형광펜 둘 중 하나를 칠해야 했다. 자기가 읽은 내용을 다른 학생들에게 설명할 수 있을 만큼 충분히 이해했다면 그 부분의 단어들은 분홍색으로, 읽었음에도 이해가 되지 않은 부분의 단어는 노란색으로 표시하는 것이었다.

다음 시간에 학생들은 온통 형광펜으로 표시가 된 과제물을 들고 수업에 들어왔다. 나는 학생들에게 알록달록한 각자의 과제물을 높이 들어 서로 표시한 영역이 어떻게 다른지 비교해 보게 했다. (내가 표시한 것도 학생들에게 보여주었다.) 나는 학생들에게 색깔별로 표시된 부분이 저마다 다르다는 사실을 상기시켰다. 모든 학생이 적어도 하나 이상의 이해한 부분과 이해하지 못한 부분을 가지고 있었다. 나는 텍스트를 함께 읽으며 의미를 구성해보자고 말했다.

나는 텍스트를 큰 소리로 읽어나가면서 중간중간 멈춰서 방금 내가 읽은 부분에 노란색 표시를 한 사람이 있는지 확인했다. 그때마다 몇 명의 학생이 손을 들었다. 나는 손을 들지 않은 학생들에게 그 대목을 이해하지 못한 친구들을 위해 설명을 부탁했다.

나는 노란색으로 표시를 한 부분에 대해 감점 같은 불이익은 없다는 점을 학생들에게 다시 상기시켜 주었다. 마찬가지로 분홍색으로 표시했으나 실제로는 그 대목을 잘못 해석했더라도 감점은 없었다. 감점을 받는 유일한 경우는 아무것도 표시하지 않았을 때였다.

두 페이지를 모두 읽은 뒤 나는 학생들에게 복사물 뒷면에 이 활동이 도움이 되었는지 아니면 이해에 방해가 되었는지 적어보도록 했다. 32명의 학생 가운데 28명이 이 활동이 텍스트를 더 잘 이해하는 데 도움이 되었다고 답했다. 아래에 학생 몇 명의 반응을 옮긴다.

"형광펜으로 표시를 하면서 읽으니까 집중력이 높아졌다. 내가 이해를 하고 있는지 아닌지 판단을 해야 했기 때문이다."

"어떤 부분이 이해가 안 되면 뒤로 돌아가 다시 읽으면서 내가 이해하지 못한 부분과 연결된 것을 찾으려고 했다. 분홍색 표시를 많이 하고 싶었기 때문이다."

"계속 생각을 하면서 읽어야 했기 때문에 딴생각이 들지 않았다. 두 번째 시간에 친구들과 토론을 한 것도 도움이 되었다. 내가 노란색으로 표시한 부분에 대해 다른 친구들의 설명을 들을 수 있었고 덕분에 혼자서는 알아내기 어려웠을 부분에 시간을 낭비하지 않을 수 있었다."

"형광펜 표시가 집중에 도움이 되었다. 나는 평소에 읽는 속도가 빠른데, 문제는 읽고 나서 뭘 읽었는지 잘 모른다는 것이다. 그런데 형광펜으로 표시를 하면서 읽으니까 저절로 천천히 읽게 되었고 그러다 보니 생각을 하면서 읽게 되었다."

이 활동의 유의점은 자주 하면 학생들이 지루해할 수 있다는 것이다. 횟수를 적절히 조절하면 이 활동은 읽는 내용의 이해 정도를 학생들이 스스로 돌아보도록 돕는 구체적인 방법이 될 수 있다.

4. 목소리가 들려요?

대학 진학을 준비하는 학생들은 대체로 읽기를 잘하고 자신이 어떤 부분을 이해하지 못하는지 비교적 잘 안다. 이 학생들은 머릿속에서 일어나는 사고의 과정에 귀를 기울일 줄 안다고 할 수 있다. 반면에 읽기에 어려움을 겪는 학생들은 자신의 사고 과정을 의식하지 못한다. 자신이 텍스트를 이해하지 못하고 있다는 사실 자체를 모르는 이유도 이 때문이다.

"저는 머릿속에서 아무 목소리도 안 들리는데요." 제프가 말했다. "거기에서 들리는 소리는 없고요, 저는 그냥 눈으로 읽기만 해요." 그러나 제프의 '거기'에서도 분명 어떤 일이 일어나고 있다. 제프 자신이 그것을 의식하지 못할 뿐이다. 내가 머릿속에서 항상 목소리가 들린다고 말하자 학생들이 웃음을 터뜨렸다. 학생들은 그 '목소리'가 나에게 뭐라고 말하느냐고 물었다. 정신적으로 문제가 있는 것은 아니냐는 학생들의 농담을 무시하고 나는 말을 이었다.

"사실 선생님은 책을 읽을 때 머릿속에서 두 가지 목소리가 들려요. 하나는 책을 읽는 선생님 자신의 목소리예요. 선생님은 그걸 '낭독하는 목소리'라고 불러요. 다른 하나는 '대화하는 목소리'예요. 이 목소리는 선생님이 책과 소통하도록 도와주죠." 학생들의 표정에서 장난기가 조금 걷혔다.

"선생님은 읽고 있는 내용이 잘 이해될 때 글쓴이에게 말을 걸어요. 어제 선생님이 신문을 읽는데 어느 기사에 세 살짜리 딸을 남겨 두고 코소보를 탈출한 여자의 이야기가 나왔어요. 그런데 선생님의 머릿속 목소리가 그 기사를 읽고 무척 슬프고 화가 난 거예요. 선생님의 막내딸이 그려지면서 어떻게 이 여자는 자기 딸을 두고 혼자만 도망칠 수가 있지 하는 생각이 드는 거예요. 그리고 '그럼 엄마가 떠난 뒤 이 아이는 어떻게 됐을까?' 하는 생각도 들었어요. 물론 기사가 선생님의 궁금증에 대답해주지는 않아요. 하지만 하루가 지났는데도 선생님은 여전히 그 어린아이와 엄마를 생각하고 있어요."

"어제 읽으신 걸 지금도 생각하신다고요?" 레이아가 물었다.

"물론이죠. 읽고 있는 글과 소통할 땐 항상 그래요. 이걸 다르게 표현하면 읽은 글을 선생님이 기억한다고 할 수도 있고, 그 글이 선생님 머릿속에서 떠나지 않는다고 할 수도 있어요. 그런데 단어만 줄줄 읽은 글은 선생님도 곧 까먹어요."

"제가 딱 그래요." 레이아가 말했다 "저는 읽고 돌아서면 다 까먹어요."

"선생님의 그 대화하는 목소리가 다른 얘기는 안 해요?" 제프가 물었다.

"왜 안 하겠어요? 선생님이 글을 읽다가 이해가 안 되는 대목에서 불쑥 끼어들어 질문도 하고 관련된 내용을 얘기하기도 하죠. 앞으로 펼쳐질 내용을 예측하거나 글에 나와 있지 않은 내용을 추측하기도 합니다. 무엇보다 이 목소리와 책은 항상 토론하고 논쟁해요."

"그 대화하는 목소리가 안 들리면 어떻게 되는데요?" 댄이 물었다.

"앵무새처럼 단어만 읽고 기억은 하나도 못 하는 그런 경우 말이죠?"

"네."

"선생님은 그걸 '낭독하는 목소리'라고 부르는데, 여러분 TV에서 찰리 브라운 만화 본 적 있죠? 거기에서 어른들이 하는 말은 다 '와 와, 와와와와' 하는 식으로 들리잖아요? 그런 거예요. 소리는 내지만 아무런 뜻도 전달하지 못하는 목소리인 거죠. 선생님도 복잡한 기계의 설명서나 법원 서류 같은 걸 읽을 땐 이 목소리만 들려요. 그걸 읽는 자신의 목소리는 들리지만 읽고 나서도 도대체 뭘 읽었는지 모르는 거죠."

5. 어떤 목소리를 들어야 하나요?

학생들은 의미 없는 '낭독하는 목소리'에 너무나 익숙하다. 의미를 따지지 않고 낱말의 소리만 읽는 경험을 줄곧 해온 것이다. 학생들이 '대화하는 목소리'가 어떤 것인지 배워야 할 이유가 여기에 있다.

어느 날 나는 개리 폴슨의 『나이트존(Nightjohn)』을 가지고 독자의 사고 과정이 어떻게 일어나는지 학생들에게 보여주기로 했다. 나는 분필로 칠판을 몇 개의 구획으로 나눈 뒤 44쪽을 읽기 시작했다.

하지만 농장 주인은 이따금 채찍을 휘두를 때가 있었다. 그리고 이번에는 앨리스의 등이 찢어져서 피가 흐를 때까지 채찍을 휘둘렀다. 우리는 조용히 그 광경을 지켜봐야만 했다.

나는 여기에서 읽기를 멈추고 위의 구절을 읽는 동안 머릿속에 떠오른 생각을 칠판에 적기 시작했다. (분필을 든 다음 생각을 정리해서 쓰는 것이 아니라 읽는 동안 떠오른 생각을 그대로 포착하는 것이 중요하다.) 나는 칠판에 아래와 같이 적었다.

'농장주가 다른 노예들을 세워놓고 앨리스를 채찍질한 이유는 규칙을 어기면 어떻게 된다는 본보기를 보여주려는 게 목적이었다고 생각한다. 너무나 잔인하다.'

"선생님은 여기에 적은 것처럼 생각했어요. 여기에서 선생님의 추론이 보이나요? 선생님은 머릿속에서 일어나는 생각에 귀를 기울인 거예요. 그랬기 때문에 책의 내용에 반응할 수 있었던 것이죠."
나는 농장주의 집 주변을 어슬렁거렸다는 이유로 채찍질을 당한 노예 앨리스를 묘사하는 대목을 마저 읽었다. 그리고 45쪽 마지막

줄에서 다시 멈췄다. "이번에는 선생님의 대화하는 목소리가 이런 질문을 하는군요." 나는 칠판에 아래의 두 문장을 적었다.

'앨리스는 견디는 걸까 아니면 굴복한 것일까?'
'앨리스는 왜 가서는 안 되는 곳을 기어코 가려고 했을까?'

나는 농장주가 다른 노예들에게 가한 처벌을 묘사하는 대목을 이어서 읽었다. 그리고 48쪽 하단에서 읽기를 멈추고 칠판에 아래의 내용을 적기 시작했다.

'농장주가 그 노예를 나무에 매달아 둔 것은 다른 노예들이 도망을 치지 못하도록 경고하기 위함이었을 것이다. 일부 흑인들이 백인에 대해 증오심을 품는 것은 놀랄 일이 아니다. 오늘날에도 과거사를 가지고 백인을 비난하는 흑인들이 있다. 하지만 나는 당시의 노예제도에 아무런 책임이 없다. 내가 저지른 잘못이 없기 때문이다. 노예제도의 잔혹함을 다룬 글을 읽을 때마다 역겨운 기분이 들지만, 단지 내가 백인이라는 이유로 비난을 받을 때도 화가 난다. 어떤 사람들은 내가 백인이라는 이유로 나를 인종차별주의자 취급을 하기도 한다. 나는 그것 또한 편견이라고 생각한다.'

레이아가 칠판을 보면서 내 생각이 책의 내용에서 벗어났다고 지적했다. "선생님도 저와 비슷하시네요."
"그게 무슨 뜻이죠?"

"처음에는 선생님의 생각이 책의 내용과 관련이 있었는데 점점 다른 데로 빠지고 있잖아요."

"무슨 말인지 알겠어요. 처음에는 선생님의 머릿속 목소리가 책과 이야기를 나누었어요. 그리고는 조금씩 개인적인 이야기가 책의 내용과 연결되기 시작했죠. 바로 그 대목에서 선생님의 머릿속에 인종주의가 떠올랐어요. 그러다 어느샌가 생각이 책의 내용에서 벗어나게 된 거예요."

레이아는 자기도 같은 경험을 할 때가 있다고 말했다. "책을 읽으면서 이해하려고 노력을 하는데 한참 읽다 보면 다른 생각을 하게 돼요."

"맞아요." 제프가 말했다. "선생님이 활용하라는 배경지식은 머리에 딴생각만 들게 해요."

"그래도 괜찮아요." 나는 레이아와 제프를 바라보며 말했다. "자기가 딴생각을 하고 있다는 사실을 의식할 수 있으면 다시 책으로 돌아올 수 있어요. 진짜 문제는 머릿속의 목소리가 다른 얘기를 하고 있다는 사실을 아예 알아차리지 못하는 거예요."

"저는 어젯밤에 책을 읽는데 네 페이지를 그냥 아무 생각 없이 읽고 있다는 걸 깨달았어요." 레이아가 말했다.

"좀 자세히 얘기해 볼래요?"

"역사 교과서에서 '보스턴 차 사건(Boston Tea Party)'이 나오는 부분을 읽고 있었는데 제가 배경지식이 별로 없거든요. 그래서 제 경험과 책을 연결해 보기로 했어요. 그런데 보스턴이나 차에 대해서는 아는 게 없어서 파티에 대해 생각하기로 했어요. 지난 주말에 친구네 집에서 파티가 있었는데 거기에서 재미있었던 일을 생각하다 보니까 어느새 네 페이지가 넘어가 있는 거예요. 제 머릿속 목소리가 파티에 정신이 팔렸나 봐요."

레이아의 경험은 '소통하는 목소리'와 '산만한 목소리'의 차이를 말해준다. 소통하는 목소리는 독자가 추론하고 연상하고 질문하며 정보를 종합하도록 한다. 반면에 산만한 목소리는 독자를 텍스트에서 멀어지게 만든다.

텍스트에서 멀어지는 경험은 모든 독자에게 낯설지 않다. 독자의 배경지식이 오히려 읽기를 방해하고 딴생각으로 빠지게 만드는 요인이 되는 경우는 드물지 않다. 레이아는 자신의 배경지식을 텍스트에 연결해 보려고 했지만 도리어 주제에서 멀어지고 말았다. 그 나이의 학생이 딱딱한 역사 교과서보다는 파티에 관심을 가지는 것은 충분히 이해할 만하다. 하지만 머릿속에서 들리는 목소리를 놓치지 않는 법을 알았다면 레이아는 다시 책으로 돌아가 이해의 수렁에서 탈출할 전략을 세워볼 수 있었을 것이다. 레이아가 말했듯이, "비결은 '산만한 목소리'가 선을 넘으려고 할 때 알아차리는" 것이다.

아래는 책을 읽을 때 우리가 듣게 되는 목소리의 여러 유형이다.

(1) 낭독하는 목소리: 독자가 텍스트를 읽을 때 듣는 자신의 목소리이다. 이 목소리만으로는 글에서 의미를 건져 올리지 못한다.

(2) 대화하는 목소리: 텍스트와 이야기를 주고받는 목소리로, 글과 양방향으로 대화하는 독자의 생각을 가리킨다. 이 목소리는 아래의 두 가지 유형으로 다시 나눌 수 있다.

(3) 소통하는 목소리: 연상하고 질문하며 이해가 안 되는 대목을 식별하고 찬반 의견을 나타내는 독자의 머릿속에 있는 생각으로, 텍스트에 대한 이해의 깊이를 더해준다.

(4) 산만한 목소리: 텍스트의 의미로부터 독자를 멀어지게 하는 목소리로, 처음에는 텍스트와 대화를 나누기 시작하지만 특정한 연상이나 질문, 개념의 방해를 받아 독자를 텍스트와 무관한 생각으로 이끈다.

6. 잘 듣는 것이 중요하다

다음 수업 시간에 댄이 말했다. "머릿속 목소리를 들으면 제가 이해를 하고 있는지 아닌지 알 수 있을 것 같아요."

나는 미소를 지었다. "댄의 말이 맞아요. 책을 잘 읽는 사람들은 머릿속에서 다양한 목소리를 들으면서 자신이 이해를 못 하는 순간을 알아차리고 문제를 해결할 방법을 찾죠."

"그렇다고 제가 그렇게 잘할 수 있다는 얘기는 아니에요."

"잘할 수 있을걸요. 그런 목소리는 누구나 들을 수 있거든요. 중요한 건 그 목소리에 귀를 기울여야 한다는 거예요. 그 목소리를 여러분과 책의 대화라고 생각하세요."

학생들은 머릿속에서 여러 가지 생각이 일어난다는 것을 알면서도 그것을 어떻게 포착해야 하는지 잘 모르고 있었다. 나는 학생들에게 이미 활용 연습을 한 포스트잇, 2단 메모, 독서 기록지를 떠올려보게 했다.

나는 학생들과 함께 읽은 여러 권의 책도 상기시켜 주었다.

"지난번에 읽은 신시아 라일런트의 『나는 성을 보았다(I Had Seen Castles)』 기억하죠? 여러분은 그 책과 존 허시의 『히로시마』를 비교했고, 몇 명은 자신이 알고 있는 다른 전쟁과 그 두 권의 책에서 묘사된 전쟁을 비교해 보기도 했어요. 우리는 역사에 대해 토론하면서 역사는 반복된다는 교훈도 얻었어요. 그런 대화가 가능했던 것은 우리가 책을 읽으면서 생각을 했기 때문이에요. 우리는 내면의 목소리를 듣고 서로의 생각을 주고받은 것이죠. 수업 시간에 잭 런던의 『모닥불(To Build a Fire)』을 읽고 선생님이 여러분의 생각을 물었던 기억이 나요?"

"아무도 대답을 안 했죠." 짐이 말했다.

"그랬죠. 짐은 왜 그랬다고 생각해요?"

"다른 애들은 모르겠고 저는 그 책에서 그냥 글자만 읽은 것 같아요." 짐이 대답했다.

"저도 의미를 생각하지 않고 읽었어요." 케이디가 말했다. "그냥 선생님이 읽으라고 하니까 읽었어요."

"그랬군요. 여러분이 낭독하는 목소리만 듣는 예가 바로 그런 경우예요. 케이디는 책을 읽었음에도 의미를 구성하지 못했어요. 낭독하는 목소리만 들어서는 질문하고 추론하고 책의 내용과 자신을 연결하는 일이 쉽지 않아요."

"그럼 책을 읽는 것 말고 우리가 뭘 더 해야 하죠?" 레이아가 물었다.

"좋은 질문이에요. 우리가 책에서 살아있는 의미를 얻기 위해 배경지식을 활용하거나 질문하고 추론하는 법을 배우게 되면 우리는 단순히 책을 소리 내어 읽는 것 이상을 하게 되는 거예요. 대화하는 목소리가 들리지 않을 때 책을 잘 읽는 사람들이 사용하는 사고 전략이 바로 그런 거예요. 알맞은 사고 전략을 골라서 대화하는 목소리가 다시 들리도록 만드는 것이죠."

'내면의 목소리'(3부 참조)라는 이해 구성 기록지는 학생들이 자기 생각을 구체화하고 내면의 목소리를 듣는 연습을 하는 데 좋은 도구가 된다.

학년 내내 나는 학생들에게 글을 읽을 때 머릿속의 목소리를 의식하고, 의미를 구성하기 위해 그 목소리를 활용하라고 말한다. 학년이 끝날 즈음 학생들은 그 목소리를 자연스럽게 의식하고 그것이 어떤 목소리인지 구분할 수 있게 된다.

니키는 화학 시간에도 내면의 목소리를 들으려 노력한다고 말했다. "화학이 어려운 과목이잖아요. 그런데 내면의 목소리를 들어보면 제가 어느 부분에서 이해가 안 되는지 알 수 있어요. 금방 읽고도 기억을 못 하면 그건 낭독하는 목소리만 듣고 있었던 것이거든요. 그래서 그 부분을 다시 읽어보면 대화하는 목소리가 질문도 하고 추론도 해요. 그 목소리를 잘 듣고 있으면 책을 훨씬 집중해서 읽게 돼요."

제임스는 책을 읽는 동안 집중력을 잃고 딴생각이 들기 시작하면 내면의 목소리가 들린다고 말했다. "잠깐, 이걸 이해 못 했는데. 이럴 땐 다시 돌아가서 의미를 복구해야지."

멜리사는 대수학을 공부할 때 내면의 목소리가 서술형 문제 풀이에 도움을 준다고 말했다. 이전에 배운 개념을 연결해서 생각하며 정답을 도출할 수 있다는 것이었다.

이 학생들은 모두 그들이 읽는 텍스트에서 의미를 구하려고 했다. 그들은 머릿속의 목소리를 들음으로써 텍스트의 내용을 스스로 판단할 수 있다는 것을 배웠다. 그들은 이해가 가로막힌 순간을 감지하는 것은 자신의 책임이며 머릿속에서 일어나는 이해 과정을 추적할 수 있는 것은 오로지 자기 자신밖에 없다는 사실을 알게 되었다. 그들은 교사의 독심술은 전혀 기대하지 않았다.

살 아 있 는 **독서 지도**

1. 내적 사고 과정을 의식하면서 일을 해야 하는 직업의 예를 학생들과 공유해보자. 운동선수나 음악가는 자신이 하는 일을 성공적으로 수행하기 위해 내적 사고 과정을 추적해야 한다. 자신이 '하는 일'을 의식하고 생각해야 하는 것은 글을 읽을

때만이 아니라는 사실을 학생들이 이해할 수 있도록 해야 한다. 교사 자신에게 이해가 잘 된 텍스트와 그러지 않은 텍스트의 예를 학생들에게 보여줄 필요도 있다. 무엇보다 자신이 이해하지 못하고 있다는 사실을 인식하지 못하면 읽기의 문제를 해결할 수 없다는 사실을 분명히 지적해야 한다. 교사는 텍스트를 이해할 책임을 학생들에게 돌려주어야 한다.

지도의 핵심 글을 잘 읽는 사람은 텍스트를 이해하는 사고 과정을 추적할 책임이 자신에게 있다는 것을 안다. 그들은 텍스트를 이해하고 있을 때와 그러지 못할 때 그것을 의식한다. 훌륭한 독서가는 텍스트가 이해되지 않을 때 그 사실을 숨기거나 무시하지 않는다. 그들은 그것을 인정함으로써 이해의 장애물을 제거할 수 있다.

2. 텍스트를 이해하지 못하고 있음을 보여주는 여섯 가지 신호를 학생들이 인식하도록 지도한다. 교사 자신의 개인적 경험을 사례로 들려주고, 여섯 가지 신호를 학생들이 항상 볼 수 있도록 교실에 부착해 둔다.

지도의 핵심 글을 읽으면서 아래의 상황들에 마주치면 읽기를 멈추고 의미를 복구하기 위한 계획을 세워야 한다.

• 독자의 머릿속에서 내적 목소리와 텍스트 사이의 대화가 중단된다. 이

경우 독자는 글자를 소리 내어 읽는 자신의 목소리만 듣게 된다.

- 독자의 머릿속에 있는 비디오카메라가 꺼진다. 이 경우 독자는 텍스트를 시각화하며 읽을 수 없다.
- 텍스트를 읽으면서 다른 생각을 하기 시작한다.
- 읽은 내용을 기억하거나 다른 사람들에게 들려주는 것이 불가능하다.
- 텍스트의 모호한 부분을 스스로 명료하게 설명할 수 없다.
- 같은 등장인물이 나왔음에도 그게 누구인지 기억하지 못한다.

3. 이해하기 어려운 대목을 학생 스스로 구분할 기회를 제공함으로써 텍스트에서 의미가 무너진 부분을 복구할 수 있게 한다. 텍스트에서 이해가 되지 않는 대목 바로 옆에 포스트잇을 붙이고 나중에 그 부분을 다시 찾아 읽으며 명료한 이해에 도움이 될 전략을 선택하도록 지도한다. 읽기 과제를 내줄 때는 복사한 텍스트에서 이해가 된 부분은 분홍색 형광펜으로, 이해가 되지 않은 부분은 노란색 형광펜으로 표시를 하게 한다,

지도의 핵심_텍스트의 이해를 가로막은 것이 무엇인지 학생 스스로 인식할 수 있어야 그 문제를 해결할 방법도 찾을 수 있다. 혼자 해결하기 어려운 경우 그들 곁에는 도움을 청할 선생님이 있다.

4. 글을 읽을 때 여러 목소리를 듣게 된다는 것을 학생들에게 설명한다. 교사 자신이 책을 읽을 때 어떤 목소리를 듣는지 이야

기한다. 어떤 때는 낱말의 소리만 발성하는 자신의 목소리를 듣게 된다는 사실을 지적한다. (교사 자신도 그럴 때가 있음을 인정하는 것이 중요하다.) 이 목소리를 대화하는 목소리로 어떻게 바꾸는지 교사 자신의 경험을 이야기한다. 대화하는 목소리가 독자를 텍스트에서 멀어지게 할 수도 있다는 사실을 이야기하고, 그럴 때 교사 자신은 어떻게 텍스트로 돌아오는지 설명한다.

지도의 핵심_잘 읽는 사람들은 머릿속의 목소리를 들으며 자신이 텍스트를 이해하는지 그러지 못하는지 인식한다. 내적 목소리에는 독자가 텍스트와 소통하도록 도와주는 것이 있는가 하면, 독자가 텍스트에서 멀어지도록 하는 것도 있다. 좋은 독자는 의미를 복구하는 데 도움이 되는 사고 전략을 선택함으로써 텍스트로 돌아가는 방법을 안다.

읽다가 이해가 안 되면 그냥 때려치워요. _루크 (9학년)

루크의 솔직함이 나를 놀라게 했다. 이 아이가 이토록 쉽게 읽기를 포기하는 것은 게으름 탓일까 아니면 방법을 몰라서일까? 나는 루크에게 물었다. "이해하려고 노력은 해봤어요?"

조금의 망설임도 없이 루크가 대답했다. "해봤는데 소용없어요. 다시 읽는 건 시간 낭비예요."

"그럼 다른 복구 전략을 사용해봤어요?"

"복구 전략이요?" 루크가 되물었다.

"복구 전략은 어렵고 복잡한 글을 읽으면서 이해가 망가졌을 때 그것을 고치기 위해 사용하는 수단이에요."

루크가 이번에는 잠시 뜸을 들인 뒤 말했다. "어렸을 때는 책을 읽다가 이해가 안 되면 단어를 또박또박 다시 읽었어요. 그런데 그것도 소용없더라고요."

"다른 방법은 배워봤어요?"

"아뇨."

"음," 나는 다른 학생들을 둘러보았다. "혹시 루크에게 권해줄 만한 전략을 알고 있는 사람?"

"야, 루크, 그냥 읽어." 케일라가 심드렁하게 말했다.

"케일라, 그냥 읽으라는 게 무슨 뜻이죠?" 내가 케일라에게 물었다.

"그냥 계속 읽으면서 뜻이 이해되길 바라는 거죠."

"이해가 안 되면요?"

"그럼 어쩔 수 없고요."

나는 당혹감을 느꼈다. 이 아이들은 글을 읽으면서 이해가 되는지 안 되는지를 개의치 않는 것이었다. 그리고는 이해가 안 되면 그냥 책을 내려놓았다. 독서를 어려워하는 학생들이 책을 가까이하지 않는 것은 당연해 보이지만, 내용이 어렵다고 책을 놓아버리면 그 결과는 매우 심각할 수 있다. 고등학교를 졸업하면 이 학생들은 많은 것을 스스로 읽고 처리해야 한다. 그들은 임대차계약서와 자동차 구매자금 대출계약서, 소득세 신고서와 직업과 관련된 수많은 문서를 읽어야 한다. 읽던 교과서를 내팽개치고 시험을 망칠 수는 있다. 그러나 소득세 관련 서류를 읽다가 포기하고 세금 환급을 받지 못하는 것은 오한전히 다른 문제이다. 이해가 안 된다고 텍스트를 내려놓는 습관은 책 읽기를 싫어하는 학생들의 인생을 더 힘들게 만들 수 있다.

1. 다시 읽기는 복구 전략의 시작일 뿐이다

학생들은 처음부터 이해하기를 포기했던 것은 아니며 나름 텍스트의 의미 파악을 위해 노력했다고 말한다. 그러나 안타깝게도 그들의 노력은 전략적이지 않았다. 손톱에 매니큐어를 예쁘게 칠하고 다니는 9학년 제니는 아버지가 시켜서 매일 밤 열 페이지씩 책을 읽어야 했다. 그런데 제니는 책을 읽을 때마다 졸음을 참기 힘들었다. 그래서 제니가 생각해낸 방법이 한 페이지 읽을 때마다 손톱 한 개를 손질하는 것이었다. 그것이 제니에게는 졸지 않고 책을 읽어야 할 동기가 되었다.

마크는 어떤 글이든 백 번은 읽는다고 말했다. 앰버는 이해가 안될 때는 글을 전체적으로 훑어보면서 "어떻게든 이해를 해보려고" 한다고 했다. 브랜던은 자신의 배경지식을 모두 동원해서 글을 다시 읽어보지만 그래도 이해가 되지 않으면 포기한다고 했다. 브랜던이 복구 전략의 활용 방법을 제대로 알고 있는지는 확실하지 않다. 어쩌면 내가 수업 시간에 자주 하는 얘기를 그냥 따라 해본 것일지도 모른다.

모든 학생이 다시 읽기가 도움이 된다는 사실을 아는 것 같다. 하지만 몇몇 학생은 그것을 알아도 읽는 속도가 워낙 느려서 다시 읽기를 실행에 옮기는 경우는 거의 없다고 인정한다. 읽기 과제를 한 번에 읽고 끝내는 학생이 있는가 하면 과제를 하려면 누군가의 도움이 필요하다고 말하는 학생도 있다. 누구한테 도움을 얻을 수 있느냐고 물으면 학생들은 대답한다. "선생님이요." 하지만 대부분의 고등학생은 학교 수업과 관련된 읽기를 주로 집에서 한다. 읽기 활동의 많은 부분을 집에서 하면서 항상 교사의 도움을 기대하기란 어려운 일이다.

어떤 아이들은 이해가 되지 않는 대목에서는 온 신경을 집중해서 들여다본다고 말한다. 나는 개인적으로 그 전략을 너무나 잘 안다. 정년퇴임을 벌써 오래전에 하셨어야 할 만큼 연세가 많으셨던 초등학교 5학년 때 담임 선생님께서 가르쳐주신 방법이 바로 그것이었다. 우리는 분수를 배우고 있었고 나는 공통분모를 찾는 방법을 이해하지 못해 애를 먹고 있었다.

공통분모와 씨름을 하다 결국 나는 손을 들고 선생님의 도움을 청했다. 내 책상 옆으로 오신 선생님은 몸을 낮춰 조용히 말씀하셨다. "온 신경을 집중해서 들여다봐." 선생님이 옆에서 내려다보는 가운데 나는 온 신경을 집중해서 들여다보았다. 내 머릿속에는 선생님의 입에서 나는 커피 냄새와 수학이 정말 싫다는 생각과, 빨리 집에 가서 부모님께 물어봐야겠다는 생각밖에 없었다. 이해가 안 되는 것에 온 신경을 집중해서 들여다보는 것이 초등학교 5학년생에게는 좋은 전략이 아니었다. 그것은 내 앞에 있는 학생들에게도 마찬가지이다.

2. 망가진 의미를 '복구'하는 전략

앰버가 내 귀에 음악처럼 감미롭게 들리는 질문을 했다. "책을 읽다가 이해가 안 될 때는 그럼 어떻게 해요?"

"그럴 때 사용할 수 있는 전략이 많이 있죠."

다른 학생들도 앰버와 나의 대화에 귀를 기울였다. 단순히 다시 읽어보는 것 이외의 방법이 있다는 것이 학생들에게는 생소했을지도 모른다. 나는 아래의 복구 전략 목록을 학생들에게 나눠주었다.

(1) 읽고 있는 텍스트를 자신의 삶, 세상에 대한 배경지식, 이전에 읽어본 다른 텍스트와 연결한다.

(2) 이어질 내용을 예측한다.

(3) 잠시 텍스트에서 눈을 떼고 지금까지 읽은 내용을 생각한다.

(4) 스스로 질문하고 대답한다.

(5) 읽은 내용을 글로 정리한다.

(6) 시각화한다.

(7) 글꼴과 표기법을 살핀다.

(8) 읽은 내용을 다른 사람에게 이야기한다.

(9) 다시 읽는다.

(10) 글의 구조에서 일정한 패턴을 찾는다.

(11) 읽는 속도를 조절한다. (더 빨리 혹은 더 느리게)

학생들은 눈으로 목록을 훑었다.

"책을 잘 읽는 사람들은 이런 걸 다 한단 말이에요?" 제프가 물었다.

"책 읽는 방법을 아는 사람들은 이해가 안 되는 대목에서 문제를 해결하기 위해 즉시 뭔가를 해요. 그것을 무시하고 넘어가면 문제가 더 복잡해진다는 것을 아는 거죠. 제프에게 뭐 하나 물어볼까요? 글을 잘 읽는 사람들은 어떤 글이든 한 번만 읽고도 다 이해를 한다고 생각해요?"

제프가 씩 웃었다. 그렇게 생각한다는 표정이었다. 제프는 읽기에 능한 독서가들이라면 읽는 내용을 바로 이해하는 것이 당연하다고 생각했을 것이다. 그들 역시 어려운 텍스트를 읽기 위해 엄청난 노력을 기울인다는 사실을 제프는 믿기 힘들었는지도 모른다.

레이아가 시큰둥하게 말했다. "저는 이 목록이 뭘 얘기하려는 건지 모르겠어요." 나는 목록에 있는 전략들을 앞으로 차근차근 살펴보게 될 것이라고 말했다. 학생들에게 복구 전략을 가르치기 위해서는 교사가 먼저 시범을 보여야 하며 학생들이 연습하는 데 몇 주의 시간이 필요하다.

(1) 읽고 있는 텍스트를 자신의 삶, 세상에 대한 배경지식, 이전에 읽어본 다른 텍스트와 연결한다

독자는 머릿속에 주제와 관련된 정보가 있음에도 그것을 활용하지 못할 때가 있다. 이 배경지식은 제대로 활용되기만 하면 의미를 복구하는 데 도움을 주는 강력한 도구가 될 수 있다. 글

을 잘 읽는 사람들은 자신의 경험이나 지식을 현재 읽고 있는 글과 연결하는 것이 텍스트의 이해에 큰 도움이 된다는 사실을 안다. 그들은 개인적인 추억과 경험, 주제에 관한 정보, 자신이 알고 있는 작가의 특징적인 문체와 텍스트의 구조를 활용하여 그것을 시각화하고 예측하며 질문과 추론을 하고 집중력을 유지하여 자신이 읽은 내용을 오래도록 기억한다.

예컨대 소설의 등장인물과 자기 자신을 연관 지어 생각하는 독자는 그 인물을 더 깊이 이해할 수 있다. 때로는 어떤 사실에 대한 간단한 정보를 떠올리는 것만으로도 작품에서 일어나는 사건의 배경을 이해하는 데 큰 도움이 될 수 있고, 때에 따라서는 비슷한 플롯을 가진 다른 이야기를 떠올림으로써 독자는 지금 읽고 있는 작품에서 앞으로 벌어질 일을 예측할 수도 있다. 작가의 특징적인 문체나 글의 구성 패턴을 알아차리는 것도 작가의 의도를 이해하는 데 도움이 된다.

(2) 이어질 내용을 예측한다

글을 잘 읽는 사람은 읽고 있는 텍스트의 내용이 앞으로 어떻게 전개될지 예측한다. 예를 들어 지금까지 읽은 소설의 내용을 토대로 앞으로 벌어질 사건을 예상하는 것이다. 물론 예측은 빗나갈 수 있으며 이럴 때 독자는 다시 생각하고 예측을 수정한다. 중요한 점은 잘 훈련된 독자들은 예상과 다른 전개에도 충분히 대비한다는 것이다. 이따금 오독으로 인해 예측이 빗나갈 때가 있는데, 그들은 예측하며 읽는 동안 의미와 논리적 일관성이 무너지는지 주의를 기울인다. 아울러 글의 전개 방향이 예측과 다를 때는 새로운 추측을 시도한다. 예측은 독자가 텍스트에 집중하도록 도와주기도 한다. 독자는 자신의 예측이 맞는지 틀리는지 텍스트를 읽어나가면서 확인해야 하기 때문이다.

(3) 잠시 텍스트에서 눈을 떼고 지금까지 읽은 내용을 생각한다.

이 전략은 너무 쉬운 까닭에 학생들이 무시할 때가 있다. 하지만 이것은 가장 유용한 복구 전략이다. 잘 읽는 사람들은 음미하고 곱씹으며 읽는다. 그들은 새로 얻은 지식과 이미 알고 있던 지식을 이어 붙인다. 잠시 멈춰 생각하기는 독자에게 새로운 정보를 통합할 여유를 제공한다. 독자는 이 전략으로 질문하고 시각화하며 무엇이 중요한지 판단할 기회 또한 갖게 된다.

(4) 질문한다

잘 읽는 사람은 글을 읽으며 스스로 질문한다. 그리고 그 질문에 답하기 위해 계속 읽는다. 이런 질문에 대한 답은 텍스트에서 쉽게 얻어질 때도 있고, 숨겨진 의미가 전혀 생각지도 않은 곳에서 드러날 때도 있다. 텍스트의 의미를 명확히 이해하기 위한 질문은 대체로 등장인물, 배경, 사건, 선후 관계 등을 '누가', '어디서', '무엇을', '언제'의 형태로 묻는다.

텍스트에서 쉽게 답이 얻어지지 않는 질문들은 독자를 곰곰이 생각하게 만든다. 이런 유형의 질문들은 '어떻게'와 '왜'를 묻는다. 이때 독자는 텍스트 밖에 있는 답을 찾기 위해 추론이나 다른 경로에서 정보를 구해야 한다.

읽기를 어려워하는 학생들은 흔히 모든 질문의 답이 텍스트 안에 있을 것이라 기대한다. 이런 학생들은 "이 글에 어울리는 제목은?"이나 "이 글의 주제는?" 같은 질문에 답하는 것을 어려워한다. 그들은 답을 얻기 위해서는 텍스트에 있는 단서나 배경지식의 활용과 추론이 필요하다는 사실을 모르고 있다.

질문을 던지고 그 답을 어디에서 찾아야 하는지 아는 독자의 독서는 더 풍요로우며, 어려운 텍스트와 씨름할 때도 추론과 결론 도출을 통해 읽기의 주도권을 빨리 회복한다.

(5) 읽은 내용을 글로 정리한다

독자는 읽은 내용을 자신의 언어로 옮기면서 생각을 명료하게 정리할 수 있으며 이는 성찰의 기회가 된다. 읽은 것을 자신의 글로 옮겨볼 때 이해는 더 깊어진다. 그 글은 요약이 될 수도 있고 텍스트에 대한 독자의 의견이나 주장이 될 수도 있다. 때로는 간단한 메모만으로도 텍스트의 의미가 명료하게 정리될 수 있다.

(6) 시각화한다

훈련된 독서가들은 글의 의미를 이해하기 어려울 때 의식적으로 그 부분을 이미지로 만들어본다. 예컨대 소설에서 일어나는 사건을 이해하기 위해 독자는 이전에 본 영화나 TV 또는 개인적인 경험을 활용한다. 시각적으로 변환된 텍스트는 대체로 이해가 쉬워진다. 그 이미지는 독자의 머릿속에서 한 편의 동영상이 되는데, "그것을 볼" 수 있다면 그것을 이해할 수도 있다.

지난여름, 나는 졸업반 진급을 앞둔 제이슨이라는 학생을 따로 가르친 적이 있다. 학생의 어머니는 책을 읽어도 읽은 내용을 기억하지 못하는 아들을 걱정했다. 나는 일주일에 한 시간 제이슨에게 배경지식을 활용하는 방법과 읽은 내용을 시각화하는 요령을 가르쳤다.

나는 제이슨에게 (UFO를 연구하는 비밀 기지로 흔히 알려진) 51구역에 관한 잡지 기사를 읽어오라는 개인 과제를 내주었다. 나는 제이슨이 UFO에 관한 영화를 본 적이 있다면 별 어려움 없이 과제를 해낼 것이라 기대했다. 일주일 뒤에 찾아온 제이슨은 그 주제에 대해 아는 것이 없어서 기사 내용을 이해하기 힘들었다고 말했다.

나는 기사 내용을 시각화하는 데 도움이 될 만한 영화나 TV 프로그램을 본 적이 없느냐고 물었다. 제이슨은 대수롭지 않은 듯 대답했다. "본 적 있죠. 윌 스미스가 지구를 공격하는 외계인들과 싸우는 영화요." 그런데 제이슨이 이어서 한 말이 나를 놀라게 했다. "그런데 책을 읽을 때 영화 내용을 써먹으면 안 되잖아요. 그건 숙제를 베껴서 내는 거나 마찬가지니까요."

"베끼다니?" 나는 제이슨의 생각을 이해하기 힘들었다.

제이슨은 영화나 TV에 시간을 허비하지 말라는 선생님들의 잔소리를 언급했다. 그러면서 51구역이 등장하는 영화가 여러 편 생각났지만, 선생님의 '숙제'에 그 내용을 쓸 수는 없었다고 말했다.

제이슨은 영화 내용을 아주 상세히 기억했다. 기지를 둘러싼 사막의 지형과 철저한 보안 시설에 관해 나에게 설명을 할 수 있을 정도였다. 나는 제이슨에게 기사를 다시 읽어보면서 영화 장면들을 가지고 기사의 내용을 시각화해보라고 했다. 그러자 제이슨은 어렵다고 불평하던 기사를 별다른 어려움 없이 이해하기 시작했다. 그룸 레이크(Groom Lake)에 물이 없는 이유와 그곳이 선사시대에는 호수였기 때문에 그런 이름이 붙었다는 사실도 이해하게 되었다. 제이슨은 마침내 사막 한가운데에 있는 비밀 기지를 머릿속으로 그려냈고 기지가 그곳에 위치한 이유는 사람들의 접근을 막기 위함이라는 추론까지 할 수 있었다. 글을 읽을 때 머릿속의 영상 자료를 얼마든지 활용해도 된다는 사실을 깨달은 제이슨은 텍스트를 훨씬 쉽게 시각화하게 되었다.

(7) 글꼴과 표기법을 살핀다.

볼드체, 이탤릭체, 대문자 그리고 다양한 표기법은 독자의 이해를 돕기 위해 사용된다. 활자와 관련된 이런 약속들은 저자 나름의 의도를 전달하는 장치이지만, 독자에게는 글 속에서 무엇이 중요한지 그리고 저자가 어떤 것에 가치를 두는지 판단하는 기준이 되기도 한다. 그런 약속에는 특정 단어나 문장을 특별하게 읽어달라는 저자의 목소리가 담겨 있다. 글을 잘 읽지 못하는 사람들은 이런 약속들이 어떤 기능을 하는지 모르기 때문에 이를 흘려버리는 경우가 많다. 이런 약속을 잘 활용하면 텍스트를 읽는 능력이 향상될 뿐만 아니라 독자 자신이 쓰는 글에서도 의미와 의도를 더 효과적으로 전달할 수 있다.

(8) 읽은 내용을 다른 사람에게 이야기한다

읽은 내용을 다른 사람에게 전달하는 과정에서 독자의 기억과 사고는 촉진된다. 이것은 독자의 배경지식을 살려낼 뿐만 아니라 텍스트를 제대로 이해했는지 독자 스스로 점검할 기회도 제공해 준다. 텍스트를 읽었음에도 다른 사람에게 그 내용을 전달할 수 없다면 그것은 글을 읽는 동안 딴생각을 했거나 의미 파악에 실패했다는 뜻이 된다. 텍스트를 읽는 도중에 이 방법을 활용하면 독자는 그때까지 읽은 부분을 점검하고 다음 부분을 읽을 준비를 할 수 있다. 이 전략은 특히 텍스트를 끝까지 못 읽고 일정 기간 후 이어서 읽을 때 유용하다. 학생들은 흔히 뭔가를 읽다가 내려놓고 며칠이 지나 그것을 다시 읽는다. 이때 이전에 읽은 내용을 빨리 떠올릴 수 있다면 시간을 절약하는 데 도움이 된다. 이미 읽은 부분을 확실히 점검하지 않고 계속 앞으로 나아가기만 하면 독자는 새로운 텍스트 또는 같은 텍스트의 다음 부분을 읽는 동안 끊임없이 이전에 읽은 부분을 다시 들춰봐야 하며 이는 줄곧 집중력을 떨어뜨리는 요인이 된다.

(9) 다시 읽는다

글을 읽으면서 의미를 제대로 파악할 수 없을 때는 잠시 읽기를 멈추고 어느 부분을 다시 읽어야 내용 이해에 도움이 될지 판단해야 한다. 이것은 대부분의 독자가 알고 있는 전략이기 때문에 긴 설명이 필요 없을 것이다. 다만 이 전략을 활용할 때 주의할 점은 읽었던 텍스트를 처음부터 끝까지 다시 읽을 필요는 없다는 것이다. 텍스트의 일부 — 한 문장이나 한 단어 — 를 다시 읽는 것만으로도 이해에 도움이 될 수 있다. 읽기를 어려워하는 학생들은 흔히 다시 읽기를 말 그대로 처음부터 끝까지 한 번 더 읽는 것으로 생각하는 경향이 있다.

(10) 글의 구조에서 일정한 패턴을 찾는다

글의 장르는 나름의 구조적 형식을 갖는다. 글이 어떻게 구성

되어 있는지 알면 필요한 정보를 찾는 시간이 절약된다. 큰딸과 작은딸이 학교 대표로 배구 경기에 나갔을 때 나는 지역 신문에서 그 경기에 관한 기사를 찾아보기 위해 신문의 지면 구성 방식을 활용했다. 스포츠면은 신문의 뒷부분에 있으며, 고교 팀에 관한 기사는 매주 목요일 프로와 대학팀 기사 다음에 실린다. 나는 원하는 정보를 찾기 위해 일주일 내내 신문 전체—심지어는 스포츠면 전체—를 뒤적일 필요가 없었다.

잘 읽지 못하는 학생들은 모든 글—심지어 비문학 장르까지—을 첫 페이지에서 마지막 페이지까지 다 읽어야 한다고 믿는다. 글이 구성되는 방식을 이해하는 학생들은 정보를 어디에서 찾아야 하는지, 그리고 무엇이 중요한지 알 수 있다. 글을 읽다가 의미 파악이 어려울 때는 읽기를 잠시 멈추고 텍스트의 구조에서 이해의 단서를 찾아볼 필요가 있다.

(11) 읽는 속도를 조절한다 (더 빨리 혹은 더 느리게)

통념과는 달리 훌륭한 독서가들의 읽는 속도는 항상 빠르지만은 않다. 그들은 글의 성격에 따라 읽는 속도를 조절한다. 많은 학생이 자기가 좋아하는 잡지와 교과서를 같은 속도로 읽는다. 하지만 잘 훈련된 독서가들은 어렵거나 낯선 주제의 텍스트를 천천히 읽는다. 의미를 구성하는 데 평소보다 많은 시간이 요구된다는 것을 알기 때문이다. 마찬가지로 그들은 익숙하거나 단순한 텍스트는 빨리 읽는다. 때로는 빨리 읽어야 집중력이 유지되는 텍스트도 있기 때문이다. 잘 읽는 사람들은 텍스트의 난이도와 읽기의 목적 그리고 주제의 익숙한 정도에 따라 읽는 속도를 <u>스스로</u> 조절한다.

지금까지 살펴본 복구 전략들이 모든 상황에 똑같이 적용될 수 있는 것은 아니다. 독자가 겪는 어려움의 성격에 따라 무엇이 가장 효과적인 전략인지는 달라질 수 있다. 학생들이 기억해야 할 것은 훌륭한 독서가들은 글을 읽다가 장애물을 만나도 쉽게 포기하지 않는다는 사실이다. 그들은 잠시 멈춰서 어떤 복구 전략을 사용할지 생각한다. 의미의 복구와 이해의 재구성을 위한 계획이 많을수록 독자는 그 텍스트를 더 단단히 붙잡을 수 있다.

3. 운전과 읽기

내 친구이자 동료인 로라 벤슨이 언젠가 읽기를 운전에 비유한 적이 있다. 읽기의 핵심을 말해주는 그보다 더 적절한 비유는 없을 것이다. 글을 읽으면서 자신의 이해 정도를 확인하고 유용한 복구 전략을 사용하는 것이 얼마나 중요한지 강조하기 위해 나는 그 비유에 살을 붙여 학생들에게 들려주곤 한다.

자동차의 시동을 거는 순간 이미 내 머릿속에는 목적지가 있다. 나는 차창을 스치는 주변의 풍경에 호기심을 느낀다. 속도계를 자주 확인하며 내 차의 속도와 내가 달리는 도로의 제한 속도를 비교한다. 과속 단속 구간에서는 속도를 줄이다가 나 자신이나 다른 운전자들에게 위험을 초래하지 않는 범위에서 제한 속도를 초과해서 달리기도 한다. 라디오에서 내가 좋아하는 노래가 나오면 음량을 높이고 싫어하는 노래가 나오면 얼른 다른 방송으로 주파수를 바꾼다. 연료계의 바늘이 적정한 수준에 있는지 확인한다. 백미러와 사이드미러를 통해 주변 차량의 움직임도 살핀다. 목적지를 향해 달리는 동안 나는 줄곧 운전이라는 행위를 한다.

그런데 운전 중 문제가 발생하면 차를 세우고 문제를 해결하기 위해 노력한다. 타이어에 펑크가 나거나 과속으로 단속에 걸렸다면 차를 더 몰아선 안 된다. 펑크가 난 타이어로 계속 달린다면 휠은 망가지고 얼라인먼트는 엉망이 될 것이다. 내 차 뒤에 붙은 순찰차의 경광등을 무시하고 속도를 낸다면 유치장 신세를 질 수도 있다. 이럴 때는 선택의 여지가 없다. 차를 더 몰아서는 안 된다. 일단 차를 멈추고 뭘 해야 할지 계획을 세워야 한다.

이 계획이 대단히 정교할 필요는 없다. 그 상황의 요구에 맞는 계획을 세우는 게 중요할 뿐이다. 이런 상황에서 생각은 유연해야 한다. 우선 이 상황에 대처하는 데 도움이 될 몇 가지 전략을 생각해내야 한다. 어떤 경우에도 운전석에 그대로 앉아 울고 있을 수만은 없다. 운다고 해결될 일이 아니기 때문이다. 나는 여러 가지 선택을 저울질한 뒤 가장 도움이 될 만한 것을 결정해야 한다.

만일 타이어를 손봐야 한다면 가장 확실한 방법은 타이어를 교환

하는 것이다. 하지만 나는 타이어 탈착에 필요한 렌치는 물론이고 스페어타이어가 어디에 있는지도 모른다. 그렇다면 타이어 교환은 전혀 도움이 안 되는 계획이다. 그렇다고 손을 놓고 있을 수는 없다. 뭔가 다른 방법을 찾아야 한다.

누군가에게 전화를 걸어 도움을 청해야겠다는 생각이 든다. 그런데 전화기가 어디에 있는지 찾다가 이 계획 역시 틀려졌음을 깨닫는다. 누군가에게 잠시 빌려준 전화기를 돌려받지 못한 것이다. 이제 가장 가까운 주유소까지 걸어갈 것인지 결정해야 한다. 그런데 날이 어두워지기 시작했고 안전을 장담할 수 없는 동네에서 혼자 길을 걷는 것은 현명한 선택이 아닐 수 있다는 생각이 든다. 마침내 나는 보닛을 들어 올리고 비상등을 켠 채 차 안에서 문을 잠그고 순찰차가 지나가기를 기다리기로 한다. 중요한 것은 어쨌든 내가 포기하지 않았다는 사실이다. 어떤 계획이 실패로 돌아갈 때마다 나는 계속해서 다른 계획을 궁리한 것이다.

글을 읽으면서 자신의 이해 정도를 계속 확인하고 문제를 발견했을 때 복구 전략을 사용하는 것은 많은 면에서 운전과 비슷하다. 운전자가 목적지에 안전하게 도착하기를 바라는 것처럼 텍스트를 읽는 사람은 의미에 도달하기를 기대한다. 글을 읽는 사람의 궁극적인 목적은 의미를 획득하는 것이다. 그러려면 독자는 텍스트를 읽는 동안 자신의 사고 과정을 살펴야 하고 의미 구성에 고장이 발생하면 그것을 수리해야 한다.

4. 의미의 복구

학생들은 문제의 성격에 따라 복구 전략을 선택할 수 있어야 한다. 모든 경우에 다 통하는 복구 전략은 없다. 복구 전략을 유연하고 자연스럽게 사용하기 위해 학생들은 우선 문제를 감지하고 그 요인이 무엇인지 분석할 수 있어야 한다. 의미의 복구를 시도할 방법을 고르는 것은 그다음의 일이다.

글을 읽다가 모르는 단어를 발견했을 때 그 단어를 수십 번 반복해서 읽는다고 뜻을 알 수 있는 것은 아니다. 그럴 때는 누군가에게 물어보거나 사전을 찾아야 한다. 어떤 복구 전략을 사용할 것인지는 상황에 따라 다르다. 만일 독자가 혼자서 텍스트를 읽는다면 다른 사람의 도움을 기대하기 힘들다. 사전을 가지고 있지 않거나 사전을 찾는 것이 익숙하지 않다면 다른 방법을 찾아야 한다. 이때 독자는 그 단어의 앞뒤 문맥을 통해 의미를 유추해볼 수 있다. 그 단어가 중요하지 않다고 판단할 만한 근거가 있다면 의식적으로 건너뛸 수도 있는데, 한 차례 나오고 다시 보이지 않는 단어라면 글 전체의 이해에 필수적인 것이 아닐 수 있다. 만일 그 단어가 반복해서 등장한다면 그 단어는 전체 글의 이해에 중요하다고 판단할 만하다. 이때 독자는 그 단어에 중요 표시를 해 놓고 나중에 누군가의 도움을 청할 수 있다. 이처럼 독자는 여러 가지 대안을 의식하며 텍스트를 읽는 동안 마주치는 문제들을 다룰 수 있다.

어느 날 나는 칠판에 복구 전략의 목록을 적어놓고 텍스트 이해에 어려움을 겪는 몇몇 학생들의 사례를 들으며 그들의 문제에 복구 전략을 적용해 보는 수업을 진행했다.

"짐의 문제는 천민(pariah)이라는 단어의 뜻을 모른다는 거예요. 짐은 어떻게 해야 할까요?"

"그냥 건너뛰라고 하세요." 브랜던이 말했다.

"브랜던이 그냥 건너뛰라고 하네요." 내가 말했다. "그런데 그게 꼭 알아야 할 단어라면 어떡하죠?"

"사전을 찾아봐요." 짐이 말했다. 하지만 우리 교실에는 초등학교 저학년용 사전밖에 없었고, 짐이 모르는 단어는 그 사전에서 찾을 수 없었다.

"그럼 이제 어떻게 하면 좋을까요?" 내가 물었다.

짐이 칠판을 쳐다보면서 대답했다. "다른 사람에게 가르쳐달라고 하든가 아니면 그냥 넘어가야죠."

그 단어의 뜻을 알아내려고 나름 애쓰는 모습을 보면서 나는 짐의 궁금증을 풀어주기로 했다. "천민은 사회적으로 멸시받는 계층을 뜻해요." 짐은 포스트잇에 그 단어의 뜻을 적어넣었다. 하지만 나는 거기에서 멈추지 않고, 간혹 모르는 단어를 건너뛰어도 괜찮을 때가 있지만 어떤 단어가 반복해서 등장한다면 그 단어는 중요한 것일 수 있다고 말했다. 다른 사람에게 그 단어의 뜻을 물어보는 것도 좋은 방법이지만, 만일 주위에 도움을 청할 사람이 없다면 스스로 문제를 해결할 방법을 아는 것이 중요하다는 얘기도 덧붙였다. 아래는 그럴 때 시도해볼 수 있는 몇 가지 전략이다.

(1) 익숙한 접두사나 접미사 또는 어근이 단어에 포함되어 있는지 살핀다. 선생님들이 단어의 구조를 가르치는 이유는 그것이 신나고 재미있어서가 아니다. 그런 정보를 알고 있으면 어려운 단어를 해독하거나 그 의미를 추정할 수 있기 때문이다.

(2) 권말 부록에 용어 풀이가 있다면 이를 적극적으로 활용한다. 모르는 단어가 나올 때마다 사전을 찾는 사람은 많지 않다. 용어 풀이는 거추장스러운 사전보다 쉽고 편리하게 활용할 수 있다.

(3) 모르는 단어 앞뒤의 낱말들을 읽어본다. 그 단어 대신 다른 단어를 넣었을 때 어떤 의미가 만들어지는지 살핀다.

(4) 그 단어를 포스트잇에 적어놓았다가 교사나 도움을 줄 수 있는 다른 사람에게 물어본다.

다음은 앰버 차례였다. 앰버는 우리가 함께 읽던 책에서 한 단락을 모두가 들을 수 있게 큰 소리로 읽었다. "이 부분을 읽을 때 딴생각이 들었어요."

"앰버가 책을 읽는 동안 딴생각이 났다고 하는데 사실 선생님도 그럴 때가 있어요. 그런데 중요한 것은 앰버가 딴생각에 빠졌다는 사실을 스스로 알아채고 문제를 해결하기 위해 읽기를 멈췄다는 거예요." 나는 앰버에게 스스로 이해를 놓치고 있다는 사실을 어떻게 알았는지 물었다.

"노예들의 삶을 다룬 부분을 읽고 있었거든요. 책에 노예들이 동물 취급을 받았다는 구절이 나오는데 그때 우리 집 강아지가 생각났어요. 제가 딴생각을 하고 있다는 걸 깨달았을 땐 이미 멍한 상태로 한 페이지를 읽은 뒤였어요."

이번에도 나는 칠판에 적혀 있는 복구 전략을 가리키며 말했다. "앰버가 문제를 해결하려면 어떻게 해야 할까요?"

"다시 읽습니다." 캔디스가 말했다.

앰버는 좋은 의견이라고 화답했지만 흡족한 대답을 들은 표정이 아니었다. 나는 학생들에게 다시 물었다. "다른 의견 있나요?"

커티스는 앰버가 마지막으로 기억하는 대목으로 돌아가서 노예들의 비참한 상황을 머릿속에 그리며 그 대목을 읽어야 한다는 의견을 제시했다. "앰버, 선생님께서 책의 내용을 시각화하라고 하셨잖아?" 커티스가 말했다. "머릿속에 그림을 그리면서 읽으면 집중하기가 더 쉽지 않겠냐?"

마지막으로 『나이트존』을 읽고 있던 디안드레 차례였다. 디안드레는 인물들 간의 대화를 읽을 때 말하는 사람이 누군지 헷갈린다고 말했다. 디안드레가 어려움을 겪은 이유는 글꼴과 문장부호에 주의를 기울이지 않은 것과 관련이 있었다. 나는 인용부호와 새 단락의 들여쓰기를 잘 살피면 '그가 말했다' 또는 '그녀가 말했다' 같은 문구가 없더라도 말하는 인물이 누구인지 알 수 있다고 이야기했다. 다른 인물이 이야기할 때는 단락이 바뀌고 인용부호로 각 인물의 대화를 구분한다는 간단한 사실만 알아도 해결될 수 있는 문제였다.

나는 디안드레에게 이해가 되지 않은 대목으로 돌아가서 그 부분을 큰 목소리로 읽어보라고 했다. 디안드레가 첫 문장을 읽었을 때 나는 지금 대화문은 누구의 말이냐고 물었다. 노예 소녀인 사니라고 대답한 디안드레는 계속해서 대화문을 읽었다. 조금 더 듣다 보니 디안드레가 등장인물들을 구분하지 못하고 있다는 느낌이 들었다. 나는 다시 같은 질문을 던졌다.

"모르겠는데요. 사니 아니면 나이트존이겠죠, 뭐."

나는 인용부호를 짚어주며 사니가 마지막으로 말한 문장으로 돌아가라고 했다. 그리고 더 천천히 읽으면서 문단이 바뀌는 곳을 살펴보라고 했다. 디안드레는 인용부호와 단락이 바뀌는 곳을 살펴면서 느린 속도로 다시 읽기 시작했다. "아, 이건 사니가 말하는 거네요." 계속 읽으면서 디안드레가 말했다. "이건 나이트존이고요." 문장부호를 잘 살피면 대화문에서 이해가 막히는 일은 없게 된다.

5. 연습이 완벽함을 만든다

학생들이 텍스트를 읽으면서 겪게 되는 문제점을 스스로 인식하고 어떤 복구 전략을 사용해야 할지 알게 되었다면 이제 아래의 이해 구성 기록지를 활용하여 생각하는 책 읽기를 연습할 차례다.

(1) 내가 이해하지 못한 대목

: (이해하지 못한 부분을 그대로 옮겨 적는다)   / ( )페이지

(2) 내가 이해하지 못한 이유

   : (이해하지 못한 이유를 자가진단한다)   / (　)페이지

(3) 내가 시도해볼 복구 전략

   : (시도해볼 복구 전략의 유형을 기록한다)   / (　)페이지

(4) 복구를 거쳐 이해한 내용

   : (복구 전략을 통해 이해한 내용을 적는다)   / (　)페이지

나는 학생들에게 이해 구성 기록지를 작성하도록 하기 전에 먼저 내가 읽는 책을 가지고 위의 네 항목을 어떻게 채웠는지 예를 보여준다. 별다른 설명 없이 학생들에게 첫 번째 항목을 작성하도록 하면 '전부 다'라고 쓰는 학생도 있다. 하지만 OHP 화면으로 교사가 직접 작성한 실례를 보여주면 학생들은 이해 구성 기록지의 작성 요령을 직관적으로 이해한다. 9학년 수업에서 『나이트존』을 읽은 조이는 첫 번째 항목에 '내가 할 일은 담배를 씹어서 장미꽃에 뱉는 것이었다'라는 구절을 옮겨 적었다.

두 번째 항목에서 학생들은 '어려워서'라고 한 줄 쓰고 마는 경우가 있다. 나는 첫 번째 항목에 적은 구절을 자신이 이해하지 못한 이유가 무엇이라고 생각하는지 여기에 적으라고 설명한다. 조이는 여기에 '해충을 죽이려고 담배를 씹어서 식물에 뱉는다는 얘기를 한 번도 들어본 적이 없어서'라고 적었다.

세 번째 항목에는 문제를 해결하기 위해 자신이 시도할 복구 전략을 기록한다. 조이는 여기에 '다시 읽기, 연결하기, 멈춰서 생각하기

를 시도하겠다'라고 적었다.

마지막 항목에서 학생은 생각을 정리하고 자신이 시도한 복구 전략이 문제 해결을 어떻게 도왔는지 스스로 판단하게 된다. 조이는 이 항목에 이렇게 적었다. '나는 씹는 담배가 담뱃잎과 물을 섞어서 만들어진다는 것을 알게 되었다. 씹는 담배는 입안에서 침을 만들어내는데 침과 섞인 담뱃진은 곤충의 위를 녹이기 때문에 장미에 붙어 있는 해충을 죽일 수 있다. 그래서 사람도 씹는 담배를 삼키지 않는 것이다, 사람의 위에 해로우니까 곤충에게는 매우 해로울 것이다.'

비록 씹는 담배와 구충(驅蟲)에 관한 추론이 100% 정확하지는 않았지만 조이는 책을 계속 읽어가기에 충분할 정도로 복구에 성공할 수 있었다. 조이는 읽다가 이해가 안 되면 그냥 책을 내려놓은 학생 중 하나였다. 조이는 이해 구성 기록지를 활용하여 몇 가지 사고 과정을 거치면서 스스로 의미를 복구할 수 있었다. 무엇보다 이 모든 과정을 혼자서 해냈다는 데 큰 의미가 있다. 머릿속의 사고 과정에 집중함으로써 조이는 처음 읽을 때 이해하지 못한 부분을 온전히 읽어낼 수 있었다.

~~~~~~

살아있는 독서 지도

1. 의미 파악이 쉽지 않은 짧은 텍스트를 학생들과 공유한다. 잘 읽는 사람들 역시 글의 의미를 명확하게 이해하지 못할 때가

있음을 학생들에게 상기시킨다. 교사 자신은 그런 상황에 어떻게 대처하는지 예시를 통해 보여주고, 이해되지 않는 단어나 문장에 표시를 붙이는 방법도 알려준다. 어려운 내용의 텍스트를 큰 목소리로 읽어주면서 어떤 복구 전략을 활용해야 의미 파악이 가능할지 학생들이 생각해 보게 한다.

지도의 핵심_좋은 독서가는 의미 파악이 되지 않는 대목을 구분해서 의미를 복구하기 위한 계획을 세운다. 그들은 의미가 모호한 대목을 놔두고 계속 읽어나가면 텍스트의 이해가 점점 더 어려워진다는 것을 안다.

2. 학생들에게 복구 전략 목록을 나눠준다. 학교 수업이나 과제와 관련된 학습 자료를 읽을 때 그 전략을 사용하게 한다. 수업 시간에 다루는 텍스트의 이해가 어려울 때 담당 교사에게 도움을 요청하기 전에 먼저 한 가지 이상의 복구 전략을 사용해 보도록 지도한다.

지도의 핵심_책을 잘 읽고 못 읽고의 차이는 이해가 안 될 때 책을 내려놓느냐 아니냐에 있다. 잘 읽는 사람들도 이해에 어려움을 겪을 때가 있지만 그들은 복구 전략을 통해 문제를 해결하기 위해 노력한다.

3. 머릿속 목소리는 어떤 복구 전략을 사용해야 할지 판단하는 데 도움을 준다. 모든 상황에 적용되는 복구 전략은 없다. 학생

들에게 의미 파악에 도움이 되지 않는 복구 전략을 고집할 필요가 없다는 점을 상기시킨다.

지도의 핵심_잘 읽는 사람은 복구 전략을 유연하게 활용한다. 그들은 한 가지 전략이 통하지 않으면 다른 전략을 시도한다.

6장

새로 알게 된 것과
이미 알고 있는 것의 연결

나는 『콩나무(Bean Trees)』를 읽으면서 나와 테일러의 삶을 연결해 보았다. 내가 테일러의 상황이었다면 나와 우리 가족은 어떻게 했을까 궁금했다. 나는 내가 읽는 모든 것과 나의 삶을 연결한다. 나의 삶을 생각하며 책을 읽으면 내용을 이해하는 데 도움이 될 때가 많다. _베키 (12학년)

지난가을 나는 11학년과 12학년의 화학 수업을 참관했다. 학생들은 각자 자기 책상에서 화학 반응식의 계수를 맞추고 한 사람씩 앞에 나가서 자신의 답을 칠판에 적었다. 그런데 한 학생이 정답을 쓰지 못해 쩔쩔매고 있었다. 화학 교사는 그 학생의 풀이 과정이 적힌 종이를 살펴보더니 대수학(代數學)을 응용하면 간단히 풀 수 있을 거라고 속삭이듯 조언했다. "대수학이요? 이건 화학 반응식인데 무슨 대수학이요?" 나는 혼잣말처럼 중얼거리는 학생의 반응에 놀랐다.

그 학생은 과학 시간에 수학을 활용할 수 있다는 사실이 낯설었는지도 모른다.

수업 종료를 알리는 종이 울렸다. 나는 그 학생을 다시 만날 수 없었지만, 교사가 대수학과 화학 사이에 어떤 연관성이 있는지 학생들에게 잠시 설명해주었더라면 얼마나 좋았을까 하는 아쉬움을 지울 수 없었다. 어쩌면 그 교사는 화학 수업을 듣는 학생이라면 수학과 화학의 상관관계쯤은 당연히 알고 있을 것으로 생각했는지도 모른다. 나는 이후에라도 그 학생이 화학 반응식을 공부하면서 과연 선생님의 조언을 활용했을지 궁금하다. 그 학생은 교실을 나서는 순간 선생님이 건넨 조언을 잊었을지도 모른다. 교사나 학생 모두 두 과목의 분명한 연관성에 충분한 주의를 기울이지 않는 모습을 보면서 나는 사물과 현상의 패턴이나 상관관계를 배움으로써 학생들이 얼마나 많은 것을 얻을 수 있을지 생각했다.

오랫동안 나는 학생들이 한 과목에서 배운 정보를 다른 과목 수업에서 얻은 정보와 당연히 연관 지어 공부할 것으로 생각했다. 나는 학생들이 내 수업에서 배운 내용을 다른 수업에 활용할 뿐만 아니라 실생활에도 적용하기를 기대했다. 하지만 학생들에게 읽기를 가르치면서 현실은 내가 기대한 것과 다르다는 사실을 깨달았다. 학생들은 배워서 이미 알고 있는 것을 깡그리 무시하고 새로운 영역에 백지상태로 뛰어든다. 그들은 어려운 텍스트를 읽을 때도 이미 자신의 머릿속에 강력한 도구가 있다는 사실을 잊는다.

1. 경계 허물기

중학교와 고등학교에서 과목 간의 경계는 뚜렷하다. 정해진 시간의 짧은 수업은 학생들의 사고체계에 칸막이를 만든다. 50분마다 이 수업에서 저 수업으로 옮겨 다니며 학생들은 과목별로 그들이 얻은 정보를 머릿속에 따로 저장한다. 학생들은 1교시 대수학 수업을 마치고 2교시에 영어 수업을 듣는다. 이어서 지구과학과 미국사 수업을 듣는다. 그것은 학생들에게 10분간의 쉬는 시간마다 한 과목에서 다른 과목으로 두뇌 회로의 변환을 요구하는 것처럼 보인다. 학생들이 한 영역에서 배운 내용을 다른 영역에 연결 짓는 것을 어려워하는 것도 이상한 일이 아니다.

교사들은 과목 간의 경계를 허무는 데 특별히 관심을 기울이지 않는다. 하지만 지식이 상호 밀접하게 관련되어 있다는 사실을 가르친다면 학생들은 한 과목에서 얻은 정보를 다른 과목 수업에 활용할 수 있을 것이다. 교사들이 협력해서 수업을 설계하고 학생들에게 이미 알고 있는 정보를 어떻게 활용해야 할지 가르친다면 방대한 수업 내용을 소화해야 하는 학생들의 부담도 줄어들 것이다. 잘 훈련된 독자는 텍스트를 이해하기 위해 배경지식에 의존한다. 화학 수업에서 대수학의 개념을 활용하는 학생은 화학 반응식의 계수를 더 쉽게 맞출 수 있을 것이다. 과학 시간에 수학은 필요 없다는 생각은 전략적이지 않다. 마찬가지로 이미 알고 있는 지식을 무시하는 것은 독자에게 매우 불리하게 작용한다. 텍스트의 이해를 위해서라면 가능한 모든 것을 동원해야 하는데도 그렇게 하지 않으면 이해에 제한을 받기 때문이다. 저자와 장르, 관련된 역사적 사실 등의 배경지식을 고려하지 않고 낯선 텍스트를 읽기란 매우 어렵다. 학생들이 과목 간의 경계를 넘나들며 사고하는 것은 매우 중요하며 그것을 가르치는 것은 교사의 몫이다.

독서를 지도하는 교사들은 새로운 정보는 기존의 경험과 배경지식을 활용할 때 가장 잘 기억된다는 사실을 알고 있다. 나는 학생들에게 배경지식이란 이미 머릿속에 있는 정보를 뜻한다고 말한다. 그것은 단순한 기억 이상의 것이며, 학생들에게 종합적인 정보를 제공하는 지식 창고와 같은 것이다. 배경지식은 기억과 경험과 사실이 쌓여 있는 창고이다. 새로운 정보가 기존의 지식과 연결되지 않을 때 우리의 뇌는 그것을 중요하지 않은 것으로 간주하고 쉽게 잊어버린다. 독자가 새로운 정보를 소화하기를 원한다면 무엇보다도 기존의 지식과 경험을 꺼내는 것이 중요하다.

9학년생 에스트렐라는 산드라 시스네로스(Sandra Cisneros)의 소설 『망고 스트리트(The House on Mango Street)』에서 '내 이름'이라는 장(章)을 읽고 느낀 점을 이렇게 적었다. "이 책의 주인공 에스페란사는 자기 이름을 바꾸고 싶어 한다. 나도 내 이름을 바꾸고 싶다. 사람들이 내 이름이 이상하다고 말하기 때문이다. 에스페란사가 어떤 느낌일지 나는 알 것 같다." 그러면서 에스트렐라는 옆자리의 친구에게 이렇게 속삭였다. "진짜 이상해. 나는 나랑 관련이 있는 것만 기억해." 하지만 책의 내용에 자신의 이야기를 연결함으로써 에스트렐라는 책의 내용을 잘 기억할 수 있었을 뿐만 아니라 등장인물에 감정을 이입하는 데에도 성공했다. 일단 배경지식을 활용하기 시작하면 학생들은 추론과 질문, 비교와 대조도 더 잘하게 된다.

2. 영어가 역사와 무슨 상관이에요?

글을 잘 읽는 사람은 자신이 읽는 내용을 이해하기 위해 그 주제에 관해 알고 있는 정보를 '깨워서' 사용할 줄 안다. 하지만 많은 학생이 그렇게 하는 방법을 모른다. 내 딸 사라도 중학교에 다닐 때 그랬다. 사라는 어떤 과목에서 얻은 정보를 다른 과목에 사용할 수 있다는 생각을 한 번도 해보지 않은 학생이었다.

어느 날 오후, 사라가 씩씩대며 집에 들어오더니 책 한 권을 탁자 위에 내던지며 전화기 쪽으로 가면서 소리쳤다. "내일까지 이 망할 소설을 40페이지나 읽어 오래요."

나는 주방 조리대 청소를 계속하면서 무슨 책이길래 그러느냐고 물었다. 사라는 퉁명스럽게 대답했다. "몰라요. 무슨 전쟁에 관한 건데 독립전쟁인지 남북전쟁인지 알 게 뭐예요?"

사라가 책을 읽고 이해하려면 우선 이 책이 어느 전쟁에 관한 것인지부터 알아야 했다. 나는 책을 집어 들고 표지를 살폈다. 독립전쟁을 다룬 하워드 패스트(Howard Fast)의 소설 『4월의 아침(April

Morning)』이었다. "엄마가 어떻게 도와주면 되겠니?" 내가 물었다.

"제가 어떻게 알아요?" 사라는 어깨를 으쓱했다. "엄마는 독서 전문가잖아요."

"좋아." 나는 숨을 크게 쉬었다. "네가 학교에서 뭘 배우고 있는지부터 생각해 보자. 다른 과목에서 배우는 내용 중에 이 책을 이해하는 데 도움이 되는 게 있을까? 역사 과목은 어때?"

"엄마, 이건 영어 수업 과제예요. 역사랑 상관이 없다고요."

"상관없을 수도 있는데 그래도 혹시 모르니까 역사 시간에 뭘 배우는지 얘기해봐."

사라가 시큰둥하게 대답했다. "독립전쟁 배워요." 그게 다였다.

"그래, 독립전쟁에 대해 뭘 알고 있는데?"

"별로 없어요. 식민지랑 조지 국왕이요. 아, '가재 등딱지(Lobster Back)'도요. 당시 사람들이 영국 군인들을 그렇게 불렀대요." 그러더니 사라는 보스턴 차 사건과 식민지 주민들이 독립을 얻기 위해 싸운 이유를 설명했다. 사라는 독립전쟁에 관해 꽤 많이 알고 있었다. 사라도 한참 얘기를 하다 보니 자신이 의외로 많은 걸 알고 있고 그것이 소설을 읽는 데 도움이 될 수 있겠다는 사실에 놀라는 눈치였다.

학생들이 새로운 사실을 습득하는 데 교사의 역할은 더없이 중요하다. 그런데 먼저 학생들에게 이미 알고 있는 정보의 활용법을 가르친다면 교사의 어깨는 훨씬 가벼워질 것이다. 사라는 소설을 이해하는 데 충분한 배경지식을 가지고 있었다. 다만 그것을 활용하지 못했을 뿐이다.

내가 소설의 40페이지 분량을 하나하나 짚어가면서 함께 읽었다면 그때 한 번만 돕는 것이었겠지만 내가 원한 것은 사라가 글을 더 잘 읽고 이해하는 것이었다. 나는 다른 상황에도 적용할 수 있는 전략을 가르쳐 주고 싶었다. 달리 말하자면 나는 『4월의 아침』이 아니라 한 사람의 독자를 가르치고 싶었다. 좋은 독자는 새로운 정보와 이미 알고 있는 정보를 연결할 줄 안다. 내가 이 점만 지적해도 사라는 스스로 독해 능력을 키울 수 있을 것이었다. 나는 사라에게 영어 선생님과 역사 선생님이 서로 의논을 해서 역사 시간에 독립전쟁을 배우는 시기에 영어 수업 과제로 이 소설을 읽게 한 것 같다고 말했다. 두 선생님은 학생들이 한 가지 내용을 배울 때 두 번의 기회를 제공한 것이었다.

나는 사라에게 역사 시간에 배운 내용을 활용하면서 『4월의 아침』을 읽는다면 이해하기가 훨씬 쉬울 거라고 말했다. 사라는 미소를 띠며 고개를 끄덕였다. 우리는 그 소설을 큰 소리로 함께 읽기 시작했다. 사라는 독립전쟁에 관해 역사 수업에서 배운 내용을 끌어오면서 조금 전까지 '망할 소설'로 보였던 책을 이해하며 읽을 수 있었다.

물론 사라 혼자서 그런 전략을 활용하려면 더 많은 연습이 필요할 것이다. 그리고 모든 과목에서 새로운 정보와 이미 알고 있는 정보를 연결하는 법을 깨우치려면 선생님들이 보여주는 더 많은 예시와 사라 자신의 더 큰 노력이 필요할 것이다.

다행히도 사라의 선생님들은 통합교과수업의 가치를 이해하는 분들이었다. 역사 선생님이 배경지식을 구축하면 영어 선생님은 그것을 강화하는 식이었다. 다만 두 선생님 모두 이에 대해 학생들에게 사전에 충분한 설명을 해주지 않았다는 점은 아쉽다. 나는 두 개의 다른 내용 영역이 서로를 떠받치고 있다는 사실을 깨닫지 못한 학생이 사라 혼자만은 아니었을 것으로 생각한다.

학생들이 새로운 정보와 이미 알고 있는 정보를 연결하도록 돕는 두 가지 간단한 요령이 있다.

(1) 벤다이어그램을 그려서 겹치거나 구분되는 과목들의 영역을 학생들에게 보여준다. 벤다이어그램은 교과서의 내용과 이와 관련된 다른 텍스트를 연결해서 설명할 때도 활용할 수 있다.

(2) 칠판에 (예를 들어 '독립전쟁'이라는) 수업의 주제를 적는다. 출석이나 개별 과제 점검을 하는 동안 학생들이 앞으로 나와서 그 주제에 대해 아는 것을 쓰게 한다. 학생들은 이런 활동을 매우 좋아한다. 이것은 학생들의 배경지식을 끌어내고, 배경지식이 별로 없는 학생들에게 자연스럽게 정보를 제공하는 효과적인 방법이다.

단지 상관관계가 분명하다고 해서 학생들이 두 가지 내용 영역을 쉽게 연결할 수 있으리라 가정해서는 안 된다. 교사는 두 가지 영역의 패턴과 유사성을 명시적으로 지적해야 한다. 서로 다른 텍스트 사이의 연관성과 글의 구조, 사실 정보를 전달하는 데 들이는 잠깐의 시간은 충분한 가치가 있다.

학생들이 많은 배경지식을 가지고 있을 것이라는 가정 또한 주의 해야 한다. 여러 해 동안 같은 교과서와 읽기 자료를 활용하는 교사 라면 특히 그러하다.

새로운 텍스트를 처음 읽는 느낌이 어떤 것인지 우리는 쉽게 잊곤 한다. 교과서는 어느 정도 피상적일 수밖에 없고 학생들은 선생님처 럼 빈칸을 쉽게 채울 수 있는 배경지식을 갖추고 있지 못할 때가 많 다. 학생들은 필사적으로 절벽에 매달려 있는데 교사들은 학생들이 자신의 뒤를 잘 따라오고 있다고 생각하기 쉽다.

학생들은 인지 과정에 대한 자세한 설명에 큰 도움을 받는다. 교 사는 훈련된 독자로서 자신이 배경지식을 어떻게 활용하는지 잠시 되짚어 보아야 한다. 나는 텍스트를 읽기 전에 주제와 관련된 기억 을 되살려 보는가? 나는 텍스트의 내용과 나의 삶을 연결하는가? 이 렇게 연결한 것을 나는 시각화하고 추론하는 데 사용하는가? 교사 는 주제와 관련된 배경지식이 많을 때와 적을 때 혹은 아예 없을 때 읽기가 어떻게 달라졌는지 돌아보아야 한다. 기존 지식과 새로운 지 식을 연결하는 독자로서 자신이 거치는 사고 과정을 살핌으로써 교 사는 같은 전략을 학생들에게 가르치기 위한 단서와 통찰을 얻을 수 있다.

3. 지식인가 경험인가?

학생들에게 배경지식의 활용법을 가르치기는 비교적 쉽다. 이것이 어려워지는 순간은 학생들이 배경지식이 거의 또는 전혀 없다면서 아무것도 하지 않으려 할 때다. 이런 학생들은 대개 개인적 지식과 개인적 경험을 혼동한다. 콜로라도의 저명한 독서 지도 전문가인 랜디 앨리슨은 이 두 가지의 차이를 명쾌하게 설명한 바 있다. 그녀는 도서, 영화, TV 또는 지식을 간접적으로 취득하도록 도와주는 모든 매체로부터 독자가 얻는 정보가 개인적 지식이며, 독자가 직접 경험으로 얻은 정보는 개인적 경험이라고 설명한다. 학생들은 개인적인 경험과 아무런 관련성도 없는 글을 읽어야 할 때가 많다. 하지만 그들에게도 영화나 TV 또는 다른 책에서 얻은 개인적 지식은 있다.

예를 들어서 나는 전쟁을 직접 경험하지 못했지만, 전쟁에 관한 지식은 가지고 있다. 나는 전쟁에 관한 영화와 다큐멘터리를 보았고 참전 군인들과 대화를 나눴으며 전쟁을 소재로 한 책도 많이 읽었다. 전쟁에 대해 내가 아는 지식이 그것을 직접 경험한 사람만큼 강렬하거나 직관적이지는 않을 것이다. 그렇지만 전쟁에 관한 소설을 읽을 때 그 작품을 깊이 이해하기 위해 내가 동원할 수 있는 정보는 많다.

학생들이 낯선 주제의 텍스트를 읽을 때 갈피를 잡지 못하는 것은 그들 스스로 그 주제에 관해 아는 게 없다고 생각하기 때문이다. 이런 모습은 특히 그들이 태어나기 전에 일어난 사건을 다룬 텍스트를 읽을 때 자주 나타난다. 많은 중고생이 과학이나 사회 관련 교과에서 다루는 텍스트의 주제가 너무 생소하다고 불평한다. 그들은 텍스트의 내용과 자신의 삶 사이에서 어떤 연관성도 발견하지 못한다. 그러다 보니 쉽게 싫증을 내고 텍스트 읽기를 포기하는 것이다. 주제가 흥미롭다고 해도 마찬가지다. 텍스트에서 자기 자신과 관련된 부분을 찾아 연결하지 못하는 한 집중력은 오래갈 수 없기 때문이다.

학생들이 텍스트와 상호작용하도록 돕는 가장 좋은 방법은 그들과 텍스트의 교집합이 있음을 보여주는 것이다. 텍스트에 붙이는 표시는 어떤 식으로든 학생 자신과 관련이 있는 부분을 찾게 만드는 도구 중의 하나이다. 읽고 있는 교과서나 소설 또는 시의 한 페이지를 OHP 화면에 띄워보자. 그것을 큰 목소리로 읽으면서 교사 자신이 어떤 연결을 하는지 학생들에게 보여주자.

익숙한 주제의 글을 읽을 때는 연결되는 내용도 개인적이고 세부적이다. 하지만 어려운 글이나 어려운 정보를 포함하고 있는 글을 읽을 때는 연결되는 내용도 단순하고 투박해진다. 그런 경우일지라도 나는 어떻게든 글과 연관된 부분을 내 안에서 끄집어내 학생들에게 보여준다. 글을 큰 목소리로 읽어주다가 내가 경험하거나 알고 있는 것과 관련된 대목을 마주치면 나는 읽기를 멈추고 그 이야기를 들려준다. 그것은 심지어 노래일 수도 있다. 나는 학생들이 보는 OHP 화면의 텍스트에서 내가 연관성을 발견한 부분에 정해진 표시를 하고 그 내용을 OHP 필름에 적는다. 아래는 수업 시간에 나오미 쉬하브 나이(Naomi Shihab Nye)의 시 「어니스트 만을 위한 밸런타인데이 선물(Valentine for Ernest Mann)」을 다루며 붙인 표시이다.

어니스트 만을 위한 밸런타인데이 선물

시(詩)는 타코처럼 주문할 수 없어.
카운터에 다가가서 "두 개 주세요."
한다고 반짝이는 접시에 담겨 나오지 않아.
시는 그럴 수 없어.

그래도 네 씩씩함이 마음에 들어.
"이 주소로 시 한 편 보내주세요."
불쑥 말하던 네게 이렇게 답장을 보내,
시 대신 비밀 하나를 적어서.
시는 숨어 있어, 신발 바닥에.
우리가 잠에서 깨기 전에
천장을 둥둥 떠다니기도 해.
우리가 할 일은
우리를 시로 안내하는 삶을 사는 거야.

밸런타인데이에 아내에게
스컹크 두 마리를 선물한 남자가 있어.
그는 아내가 왜 우는지 알 수 없었지.
"나는 스컹크의 눈이 예쁘다고 생각했다오."
그는 진심이었어.

BK 샌디에이고의
드라이브스루에서
음식을 주문한 일이 생각난다.
그곳은 해변에 있었고
수영하는 사람들이 걸어와서
음식을 주문하기도 했다.

BK 남편이 성탄절에
카푸치노 메이커를
선물로 사 온 일이 생각났다.

그는 진심으로 사는 진실한 사람이었어.

세상에는 미추(美醜)가 없다는 말을

그대로 믿었을 뿐.

그래서 그는 스컹크를 밸런타인*으로 다시 빚었어.

그러자 스컹크가 아름답게 변했지,

적어도 그에게는 말이야. 이렇게 숨어서

까마득한 세월 스컹크의 눈 속에 있던 시가

꼬물꼬물 기어 나와 그의 발밑에 몸을 웅크렸어.

우리 삶이 우리에게 주는 것을 다시 빚어낼 때

우리는 시를 발견해. 차고 속을, 서랍 속의 외짝 양말을,

멀지도 가깝지도 않은 사람을 가만히 들여다봐.

그리고 무언가를 찾거든 내게도 알려주렴.

(*여기에서의 '밸런타인'은 애정을 담은 글이나 예술품을 뜻한다.-옮긴이)

> BK 차고 바닥에 떨어져 있는 검은색 엔진오일을 아름답다고 생각한 일이 기억난다.

내가 위의 시를 읽으며 표시한 내용은 지극히 개인적이며 나에게만 의미가 있다. 하지만 한 사람의 독자로서 나는 다음의 것들을 얻을 수 있다.

(1) 머릿속의 기억을 시각화할 수 있다.

(2) 글자만 웅얼거리며 읽는 대신 시와 대화를 나누는 까닭에 더

흥미롭게 시를 읽을 수 있다.

(3) 의미가 활자 안에 그대로 갇혀 있게 하는 대신에 스스로 시어에 의미를 부여할 수 있다.

이런 식으로 몇 차례 예를 보이면 학생들은 스스로 연결하기를 해볼 준비가 된다. 배경지식이 전혀 없다고 아우성치는 학생들도 의식적으로 연결하기를 시도해보면 스스로 텍스트와 연결되는 고리가 있다는 사실을 발견한다.

콜린 버디(Colleen Buddy)는 독자가 글을 읽는 동안 찾거나 생각해내는 연결의 유형을 '텍스트와 자신', '텍스트와 세상', '텍스트와 다른 텍스트'로 분류했다.(Keene and Zimmermann, 1997; Harvey and Goudvis, 2000)

텍스트와 독자의 연결 방식

1. 텍스트와 자신: 텍스트와 독자의 경험이나 감정 사이의 연결로서, 해당 주제에 대한 독자의 경험이나 추억이 많을수록 텍스트는 더 쉽게 읽힌다.
2. 텍스트와 세상: 텍스트와 독자가 세상에 대해 알고 있는 것(사실과 정보)의 연결이다.
3. 텍스트와 다른 텍스트: 두 개 이상의 텍스트를 독자가 연결하는 것이다. 텍스트를 연결하는 기준은 플롯, 내용, 글의 구조, 문체 등이 될 수 있다.

텍스트와 자신의 연결은 텍스트의 내용을 이해하기 위해 독자가 자신의 경험이나 기억에서 무엇인가를 활용할 때 일어난다. 「어니스트 만을 위한 밸런타인데이 선물」을 읽으면서 나는 성탄절에 남편이 카푸치노 커피 메이커를 선물해 준 일이 생각났다. 남편은 내가 그 선물을 받고 기분이 언짢아지리라는 생각은 전혀 하지 못했다. 오히려 내가 새로운 주방 기구를 갖게 되어 좋아할 것으로 생각했다. 내가 그에게 줄 선물—산악자전거—을 마련하기 위해 몇 달간 열심히 돈을 모았다는 사실도 남편은 모르고 있었다. 내가 남편에게 섭섭했던 이유는 내가 원래부터 커피를 마시지 않는 사람이었기 때문이다. 그 선물을 받았을 때의 느낌을 떠올리자 시에 나오는 여자가 스컹크를 선물로 받았을 때 왜 울음을 터뜨렸는지 알 것 같았다.

"세상에는 미추(美醜)가 없다는 말을" 믿었다는 구절에서 나는 텍스트와 자신을 다시 한번 연결했다. 나는 차고의 바닥이나 자동차 정비소에서 윤활유를 교환할 때 본 반짝이고 부드러우며 끈끈한 검은 액체가 아름답다고 생각했다. 그런데 자동차 정비를 배우는 한 학생은 그 검은 기름은 더럽고 자동차 엔진에 매우 좋지 않다고 말했다. 그에게는 그것이 추한 것이었다.

텍스트와 세상의 연결은 독자가 세상에 관한 자신의 지식 창고에서 텍스트와 관련이 있는 것을 찾아낼 때 일어난다. 이는 구체적 사실에 관한 것이며 과거와 현재, 미래의 작용에 대해 독자에게 정보를 제공한다. "시(詩)는 타코처럼 주문할 수" 없다는 구절에서 나는 샌디에이고의 드라이브스루를 떠올렸다. 운전석에 앉아 주문하고 차를 조금만 앞으로 움직이면 저녁 식사가 준비되어 나오는 과정이 얼마나 간편한지를 머리에 그린 것이다. 이를 통해 나는 시를 쓴다는 것은 드라이브스루에서 패스트푸드를 주문하는 것과 비교할 수 없을 만큼 어려운 일임을 이해했다.

텍스트와 다른 텍스트의 연결은 독자가 현재 읽고 있는 글을 이해하기 위해 글로 쓰인 다른 텍스트나 영화와 노래 등을 떠올릴 때 일어난다. 독자는 두 편의 시가 어떤 구조로 쓰였는지 비교할 수 있고, 작가나 주제의 접근 방식이 갖는 유사성을 살필 수도 있다. 예컨대 「어니스트 만을 위한 밸런타인데이 선물」을 읽기 전에 나는 시가 어떻게 구성되는지 생각했다. 시인들은 시각적 이미지와 은유를 즐겨 사용한다는 사실을 떠올리며 나는 그러한 이미지와 은유에 집중했다. 시인이 "이렇게 숨어서 까마득한 세월 스컹크의 눈 속에 있던 시가 꼬물꼬물 기어 나와 그의 발밑에 몸을 웅크렸다"라고 말할 때, 나는 스컹크를 내려다보며 '아름다움은 바라보는 사람의 눈 속에' 있음을 새삼 생각하는 한 남자를 머릿속에 그렸다. 시어를 있는 그대로 해석하면서도 나는 시어 너머에 있는 깊은 의미에 다다를 수 있었다.

연결은 독자가 자신의 배경지식을 돌아보도록 만든다. 어떤 식으로든 텍스트와 연결된 독자는 더 풍부한 독서 경험을 누린다. 그리고 텍스트와 더 많이 연결될수록 독자는 텍스트를 더 잘 이해하게 된다.

4. 저는 연결할 게 아무것도 없어요: 수업의 적용 사례

학생들에게 베트남전쟁을 소재로 한 팀 오브라이언의 단편소설 「우물가의 남자」를 읽게 했더니 너무 어렵다는 불만의 목소리들이 들려왔다. 베트남전쟁은 자기들이 태어나기 한참 전의 일이라는 것이었다. 학생들은 직접 경험하지 못한 일은 이해하기 어렵다고 생각한다. 그럴 때마다 나는 학생들에게 지난 15년 사이에 일어난 일에 관한 글만 읽을 수는 없다고 말한다. 이제 학생들이 이미 가지고 있는 정보를 활용하는 방법을 가르칠 차례다.

「우물가의 남자」는 눈이 안 보이는 어느 베트남 노인이 전투에서 돌아온 미군 병사들에게 친절을 베푸는 장면으로 시작한다. 이야기가 진행되면서 덩치가 큰 어느 "건방지고 멍청한" 병사가 노인의 얼굴에 우유 팩을 집어 던지는 바람에 노인의 입술에 피가 흐르는 사건이 일어난다. 잠시 침묵이 흐른 뒤 노인은 미소를 지으며 다시 우물물을 길어 올린다. 이야기는 그렇게 끝나지만, 독자의 마음은 어딘가 불편하고 혼란스럽다. 이 이야기를 이해하기 위해 베트남전쟁에 대해 많은 것을 알 필요는 없다. 물론 베트남전쟁에 대한 지식이 이 작품에 대한 이해를 높여주기는 하겠지만 그것이 필수적이라고 할 수는 없다.

니코가 말했다. "저는 베트남전쟁에 대해 아는 게 아무것도 없어요."

"그럴 리가?" 나는 믿을 수 없다는 표정으로 말했다. 니코는 자신이 생각하는 것 이상을 알고 있었을 것이다. 노인, 동양 문화, 인간의 잔혹성이나 약자를 괴롭히는 본성 같은 것들은 니코도 충분히 알고 있는 것들이었으며, 그러한 소재들은 모두 작품의 이해에 도움을 주는 것이었다.

어떻게 하면 니코가 「우물가의 남자」와 자신을 연결하도록 도울 수 있을까? 더 중요한 문제는, 어떻게 하면 교사가 옆에 없어도 학생 스스로 배경지식을 활용할 수 있도록 돕느냐는 것이었다. 나는 학생들에게 말했다. "선생님은 잘 모르는 주제를 다룬 소설을 읽을 때 그 작품과 관련된 다른 배경지식을 생각해요. 일반적인 전쟁이나 우리 주위의 노인들, 약한 친구를 괴롭히는 학생을 생각하면 이 작품이 좀 더 친숙하게 느껴지죠. 여러분도 전쟁에 관한 영화와 다큐멘터리를 본 적이 있을 거예요. 전쟁에 관해 책을 읽거나 어른들의 얘기를 들은 사람도 있을 것이고요. 자, 전쟁에 대해 뭔가 아는 게 있는 사람?" 모든 학생이 손을 들었다. 나는 학생들의 발표 내용을 OHP 필름 위에 옮겨 적기 시작했다. 한 학생은 아버지가 걸프 전쟁에 참전했다고 말했다. 영화 〈풀 메탈 자켓(Full Metal Jacket)〉과 〈특공대작전(The Dirty Dozen)〉을 봤다는 학생도 있었다. 이 학생의 발표에 다른 여러 학생이 자신이 본 TV 프로그램과 다큐멘터리를 떠올렸다. 몇몇 학생은 할아버지와 친척 어른들한테서 들은 전쟁 이야기를 옮기기도 했다.

나는 다른 질문을 했다. "그러면 왕따나 집단 괴롭힘에 대해 아는 사람?" 이번에도 모든 학생이 손을 들었다. 학생들은 초등학교와 중학교 때 그들을 괴롭힌 악당들을 성토했다. 각자의 개인적 경험을 이야기하는 동안 학생들은 그 잔인한 미군 병사가 힘없는 노인에게 폭력을 행사한 이유를 조금씩 이해하기 시작했다.

니코가 말했다. "처음에는 그 군인이 노인에게 왜 우유 팩을 집어던졌는지 이해가 안 됐거든요. 그런데 제가 본 전쟁 영화들을 생각해보니까 이해가 되더라고요. 베트남에 싸우러 간 군인들은 스트레스를 너무 많이 받아서 마약에 중독된 사람도 많았대요. 그리고 우리보다 겨우 한두 살 많은 군인도 많았대요. 그 사람들은 거기에 가고 싶어서 간 것도 아닐 거예요. 우유 팩을 던진 군인은 평소에 스트레스와 분노를 잔뜩 가지고 있다가 그걸 노인에게 쏟아부은 것 같아요."

"여러분, 방금 니코가 무슨 짓을 했는지 아세요?" 내가 질문했다.

학생들은 니코가 뭘 잘못했나 싶어서 어리둥절했고, 니코는 나를 빤히 쳐다보고 있었다. 나는 잠시 뜸을 들인 뒤, 우리는 방금 훌륭한 독서가가 책을 읽는 방식을 목격했다고 말했다. 니코가 씩 웃었다. 나는 니코가 낱말들 너머의 의미를 읽고 군인의 행동에 대해 나름의 추론을 했다는 점을 지적했다. 니코는 자신의 배경지식을 활용했고 그 군인의 마음속에 들어가 우유 팩을 던진 이유까지 설명한 것이었다. "니코가 그냥 낱말만 줄줄 읽었다면 우리에게 그런 얘기를 들려주지 못했을 거예요. 니코는 머릿속에 있는 정보와 우리가 읽은 작품을 연결한 것이죠."

이번에는 존이 나섰다. "베트남전쟁은 남부와 북부가 자기들의 정치적 이익을 위해 싸웠다는 점에서 남북전쟁과 비슷한 점이 있다고 생각합니다."

라이언은 질문을 던졌다. "우리 군대가 왜 베트남까지 가서 싸운 거죠? 베트남은 우리와 아무 상관도 없는 나란데."

캔디스는 강렬한 시각적 연결을 경험했다. 최근에 본 영화의 이미지가 이 작품을 집중해서 읽는 데 도움을 준 것이다. "〈라이언 일병 구하기(Saving Private Ryan)〉에 나온 군인들이 계속 생각나서 이 소설을 끝까지 재미있게 읽을 수 있었어요."

나는 학생들의 반응에 주목하고 싶다. 학생들의 발표와 질문 속에는 텍스트를 더 깊이 이해하는 데 필요한 전략들이 담겨 있었다. 니코는 추론했고 존은 비교했으며 라이언은 질문했다. 캔디스는 시각적 이미지를 만들어냈다. 이 학생들은 사고 전략을 통해 텍스트를 더 잘 이해할 수 있었다.

5. 연결이 무슨 도움이 돼요?

에릭은 설명문 읽기를 어려워하는 학생이었다. 어느 날 에릭이 이맛살을 찡그리며 손을 들었다. "선생님, 저는 1년 내내 선생님이 시키시는 대로 배경지식과 경험을 적었거든요. 표시도 하고 책과 저의 인생을 연결하는 것도 다 했어요. 제가 연결한 걸 발표할 수도 있는데, 솔직히 이걸 왜 하는지 모르겠어요. 책과 제 인생을 연결한다고 제가 책을 더 잘 읽게 돼요?"

에릭의 질문에 나는 망치로 한 대 얻어맞은 기분이 들었다. 아이들은 텍스트에 자신의 경험과 배경지식을 연결했고 포스트잇을 사용하여 자기 생각을 단단히 붙들 수도 있었다. 하지만 나는 그런 방법들이 구체적으로 어떤 도움을 주는지 가르친 적이 없었다. 학생들은 내가 제안하는 활동을 수행하며 과제를 제출하고 점수를 받았다. 하지만 그들 스스로 더 나은 독자가 되기 위해 그 모든 활동에 참여했는지 나는 확신할 수 없었다.

단순히 텍스트에 자신의 경험과 지식을 연결하는 방법만 가르쳐서는 안 되겠다는 생각에 나는 학생들에게 그것이 어떤 도움이 되는지 묻기 시작했다. 처음에는 아무도 대답하지 않았다. 사전 지식을 활용하는 것이 자신의 독서 능력 향상에 어떤 도움이 되는지 학생들도 모르고 있었기 때문이다.

나의 독서 이력을 돌아보면서 나는 연결의 방식에 따라 이해에 도움이 되는 정도가 달라진다는 사실을 깨달았다. 예를 들어 개가 등장하는 소설을 읽을 때 단순히 우리 집 개가 생각나더라는 식의 연결은 텍스트의 이해에 별 도움이 되지 않는다. 반면에 연결이 구체적일수록 ("이 글을 읽으면서 우리 가족의 반려견 몰리가 죽은 날이 생각났다. 그날 동물병원 수술대에 오른 몰리는 마취에서 영영 깨어나지 못했다. 비슷한 일이 이 소설 속의 개에게도 일어날지 궁금하다.") 텍스트는 더 잘 이해되었다. 잘 이해된 텍스트를 읽었을 때는 감정이입, 질문, 추론이 늘 동반됐으며 하나의 연결에도 여러 가지 사고 과정이 이어지곤 했다.

처음에 학생들이 시도하는 연결은 피상적이지만 교사의 예시와 몇 차례의 연습을 거치면 대체로 구체성과 깊이가 더해진다. 연결하기는 독자들에게 아래의 도움을 준다.

(1) 감정을 이입할 수 있다. 독자는 등장인물의 감정과 행동 이면
에 있는 동기를 이해하게 된다. 아울러 자기 자신에 대한 이해
가 깊어지고 비슷한 상황에서 자신이라면 어떻게 행동할지 깊
이 생각하게 된다.

(2) 시각화할 수 있다. 독자는 읽고 있는 내용을 이미지로 만들어
낸다. 이에 따라 텍스트에 대한 몰입도가 높아져서 중간에 쉽
게 포기하지 않게 된다.

(3) 싫증을 덜 낸다. 읽고 있는 텍스트에 개인적인 연관성과 의미
를 부여함으로써 읽기에 흥미가 생긴다.

(4) 집중력이 높아진다. 텍스트를 읽는 목적이 뚜렷해지고 딴생각
에 빠지지 않게 된다.

(5) 다른 사람의 말에 귀 기울이게 된다. 독자는 다른 사람들의 연
결 방식을 관찰하며 그들의 의견에 더 많은 관심을 두게 된다.

(6) 능동적으로 읽게 된다. 건조한 활자에 대고 '젖기' 이상의 것
을 해야 한다는 것을 의식할 때 독자는 더 능동적인 태도로 텍
스트를 읽는다.

(7) 읽은 내용을 기억한다. 읽기에 개인적 의미가 생길 때 독자는
자신이 읽은 내용을 더 잘 기억하게 된다.

(8) 질문한다. 질문은 흔히 추론으로 이어진다.

6. 연결은 혼선을 복구한다

연결은 혼선을 복구하고 텍스트를 새로운 관점으로 읽게 해준다. 소설가이자 래프팅 가이드인 팸 휴스턴(Pam Houston)이 뉴욕타임스에 기고한 「그들 사이로 강이 흐른다(A River Runs Through Them)」를 학생들과 함께 읽었을 때의 일이다. 글쓴이는 이 기고문에서 유타주의 어느 강을 따라 내려가는 6일간의 래프팅에 독자들을 초대한다. 나는 학생들에게 글을 읽으며 이해가 되지 않는 부분을 형광펜으로 표시해 보도록 했다. 학생들이 표시한 부분을 비교하며 읽어본 결과 나는 다수의 학생이 어느 한 대목에서 글쓴이의 유머를 놓치고 있을 뿐만 아니라 그 대목을 아예 이해하지 못하고 있음을 알게 됐다.

문제의 대목에서 글쓴이는 도시에서 온 래프팅 참가자들이 물속에 뛰어드는 것을 꺼리는 모습을 묘사한다. "한낮의 뜨거운 열기에도 첫날은 아무도 물속에 들어가려 하지 않았다. 그들은 옷을 겹겹이 입고 있는 데다 다시 보트로 올라오기 위해 발버둥치는 모습을 보여주기 싫은 눈치였다."

"이 대목은 따분하고 재미없어요." 조이가 말했다. "아마 이 글을 쓴 사람도 자기가 무슨 소리를 하는지 모를 거예요."

나는 팸 휴스턴이 노련한 래프팅 가이드이기 때문에 자신이 무슨 말을 하는지 잘 알 거라고 말했다.

"그럼 보트에 탄 사람들이 멍청한 거겠죠." 조이의 반응은 내가 기대한 수준이 아니었지만, 덕분에 나는 자신이 아닌 다른 사람의 반응을 이해하기 위해서는 다른 관점에서 텍스트를 읽어야 한다는 얘기를 할 수 있었다.

"여러분의 어머니나 도시에만 살던 어른이 그 상황에 있다면 그분들은 어떻게 할 것 같아요? 조이가 대답해볼래요?"

조이가 히죽거리며 말했다. "저의 엄마는 아무리 날씨가 더워도 머리 손질한 게 망가질까 봐 물에는 절대 안 들어가실 분이에요. 그리고 절대 그럴 리 없지만, 혹시라도 엄마가 물에 들어가면 보트에 다시 끌어 올리느라 아빠가 고생 좀 하실 거예요."

나는 학생들에게 각자 살면서 경험한 난처하고 창피했던 순간을 떠올려보게 했다. 그리고는 조이가 따분하다고 했던 대목을 다시 한번 크게 읽은 뒤 내가 어느 여름방학에 아이들을 데리고 수영장에 갔다가 겪은 일을 이야기하기 시작했다. 나는 수영장 한가운데 있는 고무보트 위에 올라가려고 안간힘을 쓰고 있었다. 아이들은 계단을 오르내리듯 쉽게 고무보트에 올랐다가 물속에 뛰어들기를 반복하고 있었는데 그게 나한테는 왜 그리 어려웠는지 모른다. 양손에 힘을 주고 고무보트 가장자리를 짚으면 고무보트는 물속으로 푹 꺼졌다. 혹시 그 모습을 본 사람이 없나 주위를 살피며 나는 한두 차례 더 시도했지만 실패하고 말았다. 더는 웃음거리가 되고 싶지 않아 그만 포기하고 나는 물 밖으로 나왔다.

학생들은 고개를 저으며 내 경험담이 그 기고문을 이해하는 데 무슨 도움이 되느냐고 물었다. 나는 수영장에서 내가 겪은 일이 래프팅 참가자들이 물속에 들어가지 않으려 한 이유를 이해하는 데 도움이 되었다고 설명했다. 참가자들은 창피를 당하고 싶지 않았다. 나는 옷을 입은 채 물에 흠뻑 젖고 싶지 않은 도시 성인들을 이해할 수 있었다. 그들이 다시 보트에 오르려고 발버둥 치는 모습을 다른 참가자들에게 보이고 싶지 않은 것도 이해가 되었다. 만일 내가 보트에 상반신을 간신히 걸친 채 엉덩이를 쳐들고 발버둥을 치고 있다면 어떤 느낌이 들까? 그 모습을 남편이 본다면 그만 좀 웃기라고 놀릴 게 뻔했다.

내 머릿속의 생각들을 이야기하는 동안 여기저기서 학생들이 킥킥대는 모습이 보였다. 학생들은 이제 그 대목을 이해하기 시작했다. 내가 연결한 기억을 가지고 글의 내용을 시각화한 것이다. 같은 글을 다른 관점에서 보게 되면서 학생들은 그 글을 더 잘 이해할 수 있었다. 이럴 때 학생들은 글에서 생동감을 느낀다. 교사의 적절한 예시는 글을 더 흥미롭게 읽으려면 자신의 경험과 텍스트를 어떻게 연결해야 하는지 학생들 스스로 깨닫게 한다.

존은 이렇게 적었다. "이 글을 읽으면서 〈흐르는 강물처럼(A River Runs Through It)〉이라는 영화가 생각났다. 아직 보지는 못했지만 내가 알기로는 낚시와 가족애를 소재로 한 영화이다. 좋은 이야기일 것 같아서 한번 보려고 한다." 존은 텍스트와 영화를 연결하고 예측까지 했다. 읽기에 능한 독자는 끊임없이 예측하고 또 끊임없이 그 예측이 맞는지 확인한다. 존은 어느 래프팅 참가자가 "작년에 여기서 래프팅을 하다가 죽은 사람이 있다던데 사실인가요?"라고 글쓴이에게 묻는 대목에서 또 다른 연결을 했다. "그 대목을 읽는 순간 내가 어렸을 때 형들이 해주던 얘기가 생각났다. 나는 형들의 얘기를 믿어야 할지 말아야 할지 늘 혼란스러웠다. 이 글에서 누가 죽었다는 얘기도 사실이 아닐 것 같다." 형들이 자신을 놀리던 기억이 추론으로 이어진 것이다. 존은 도시에서 온 래프팅 참가자들이 헛소문에 겁을 먹은 모습을 시각화하고 그 소문이 신빙성이 없으리라는 나름의 추론을 했다.

연결, 질문, 추론 그리고 시각화는 학생들의 이해도를 파악하기 위한 교사의 따분한 질문들을 대체할 수 있다. 사실 수업 시간에 학생들은 텍스트를 읽지 않고도 선생님의 뻔한 질문에 눈치껏 대답하는 요령을 알고 있다. 독서나 문학 시간에 선생님이 내는 서술형 문제에 책을 읽지 않고도 정답을 써냈다며 허세를 부리는 학생들이 있는 것도 같은 이유에서이다.

자기 생각을 단단히 붙들어 놓을 수 있는 수단이 있으면 독자는 토론에도 더 적극적으로 참여한다. 지난해 가을 나는 신규 임용 교사들을 대상으로 독서 지도 연수를 한 적이 있다. 연수 대상자 일부는 이미 인턴으로 학교에서 수업을 맡고 있기도 했다. 나는 미리 계획한 지도안이 실제 수업에서 전혀 먹히지 않은 경험이 있는지 물었다. 나는 만일 토론 수업을 예고하며 정해진 텍스트를 읽어오라는 과제를 낸다면 교사는 다음 시간에 교실에서 눈만 끔뻑끔뻑하는 좀비들을 보게 될 것이라고 말했다. 예비 교사들은 웃음을 터뜨렸지만, 아마 그들은 내 말을 곧이곧대로 믿지 않았을 것이다. 그들은 텍스트만 흥미롭다면 학생들이 왜 활발하게 토론에 참여하지 않겠느냐고 반문했지만, 나는 그들이 교실에서 곧 좀비들을 만나게 될 것임을 알고 있었다.

내가 초등학교 교단을 떠나 처음으로 고등학생들을 가르치게 되었을 때 나는 지식을 주입해주기만을 기다리며 조용히 앉아 있는 학생들 앞에서 숨이 막힐 것 같았다. 나는 초등학생들보다 나이도 많고 아는 것도 많은 이 학생들이 서로의 생각을 활발하게 공유하는 모습을 머릿속에 그리고 있었지만 내 기대는 완전히 빗나갔다. 나는 학생들이 토론에 적극적으로 참여하게 만들려면 텍스트나 저자와 소통할 수 있는 도구를 그들에게 쥐여줘야 한다는 사실을 깨달았다. 그리고 가장 쉬운 방법은 어떻게 텍스트와 소통하는지 직접 보여주는 것이었다.

이따금 학생들은 다양한 방식의 연결하기가 오히려 글을 읽는 데 방해가 된다고 불평한다. 이는 머릿속에서 벌어지는 사고 과정을 의식해보는 훈련을 이전에 받아본 적이 없기 때문이다. 의미 파악에 혼선이 생길 때 학생들은 어떤 전략이 복구에 도움이 되고 어떤 전략이 그렇지 않은지 알아야 한다. 나는 텍스트가 이해되지 않을 때 스스로 이해 전략을 적용할 수 있도록 학생들이 수업 시간에 연결하기를 연습할 기회를 많이 주려고 한다.

살 아 있 는 **독서 지도**

1. 과목과 과목 사이의 연관성을 보여준다. 한 과목에서 얻은 정

보를 다른 과목의 학습에서 확장할 수 있도록 과목 간의 경계를 허물고 논리적 연관성을 찾도록 가르친다. 학생들이 글의 구조, 저자, 장르, 사실 정보에 주의를 기울이도록 한다. 두 개 이상의 텍스트에서 구성 방식의 유사성을, 여러 작가의 글에서 문체의 유사성을, 그리고 특정 장르에서 공통으로 보이는 특징을 학생들이 발견할 수 있도록 지도해야 한다.

지도의 핵심_좋은 독자는 새로운 정보를 이해하기 위해 텍스트, 문체, 장르, 그 밖의 내용 영역에서 패턴을 찾는다.

2. 텍스트를 읽기 전, 읽는 도중 그리고 읽은 후에 배경지식과 경험을 활용하는 방법을 가르친다. 먼저 글의 제목이나 주제에 대한 브레인스토밍으로 학생들의 배경지식을 꺼낸다. 학생 개개인이 계속 추가할 수 있는 양식에 자신이 연결한 경험이나 배경지식을 적는다. '여러분이 (　　　)에 대해 알고 있는 것을 모두 적어보세요'라는 첫 번째 질문만으로도 학생들은 스스로 연결 전략을 사용하기 시작한다. 학생들에게 자신의 배경지식을 끄집어내는 데 선생님의 도움이 필요 없다는 점을 상기시킨다. 교사가 먼저 자신의 배경지식을 끄집어내는 시범을 보여준다. 학생들에게 텍스트를 읽기 전부터 생각이 시작되어야 한다는 점을 가르친다.

지도의 핵심_좋은 독자는 다른 사람이 자신의 배경지식을 꺼내주기를 기다리지 않는다. 그들은 텍스트를 읽기 전, 읽는 도중 그리고 읽은 후에 이 정보를 활용하는 것이 텍스트의 이해를 높여준다는 것을 안다.

3. '텍스트와 자신', '텍스트와 세상', '텍스트와 다른 텍스트'를 연결하는 예를 보여준다. 각자의 기억과 경험, 사실적 정보 그리고 다른 텍스트의 연결이 지금 읽는 글에 집중하는 데 도움이 된다는 사실을 알려준다. 학생들이 읽는 텍스트를 가지고 교사 자신이 연결의 예를 보여준다. 지난 경험이 지금의 읽기를 풍요롭게 해준다는 사실을 학생들이 깨닫도록 돕는다.

지도의 핵심_좋은 독자는 다양한 방식의 연결을 활용하여 텍스트를 이해한다. 그들은 텍스트의 이해에 필요한 유용한 정보가 그들의 머릿속에 이미 들어 있다는 사실을 안다.

4. 텍스트에 대해 구체적으로 아는 것이 없을 때는 주제와 관련된 일반적인 측면들을 생각해 보는 것만으로도 읽기에 도움이 된다는 사실을 알려준다. 이때는 개별 활동보다는 학급 전체의 브레인스토밍으로 학생들의 집단 지식을 모을 필요가 있다.

지도의 핵심_좋은 독자는 어떻게든 주제에 접근할 연결 통로를 찾는다. 그들은 텍스트의 이해에 도움이 된다면 어떤 지식이든 활용하려고 노력한다. 어떤 주제에 대한 독서량과 배경지식은 비례한다.

5. 연결을 통해 실제로 얻는 이점을 명확히 알려준다. 이를 교실에 게시하여 학생들이 볼 수 있게 한다. 연결이 텍스트의 이해에 어떤 도움이 되었는지 질문함으로써 학생들 스스로 연결의 효용을 깨닫게 한다. 피상적인 연결은 글의 이해에 도움이 되지 않을 수 있다는 사실에 유의하도록 한다.

지도의 핵심_좋은 독자는 연결이 가져다주는 실제적인 이점을 안다. 그들은 등장인물에 대한 감정이입, 내용의 시각화, 텍스트에 대한 집중력 향상, 적극적인 토론 참여, 정보의 기억, 텍스트에 관한 질문, 내용 추론, 결론 도출 등 많은 점에서 배경지식의 활용이 도움이 된다는 사실을 안다.

6. 학생들에게 연결을 연습할 기회를 제공한다. 교사가 먼저 시범을 보이고 이어서 학생들이 스스로 연습할 시간을 준다. 학생들의 연결에 칭찬과 격려를 보내고 이를 발표하고 공유하도록 한다.

지도의 핵심_좋은 독자는 사고와 연결의 결과물을 기록한다. 이 기록은 이후 토론과 글쓰기에 중요한 기초가 된다.

지적 호기심

학교 밖 세상에서 물어보는 것이야말로 진짜 질문이다. 그런 질문은 세상과 사람들에게 진정한 영향을 미친다. 하지만 학교에서 선생님들이 하는 질문은 대답하기도 쉽고 이해력이 부족한 애들한테나 영향을 미칠 뿐이다. _어맨다(12학년)

월요일 아침 수업을 시작하면서 학생들에게 얼핏 단순하게 들리는 질문을 했다.

"여러분은 뭐가 궁금해요?"

"뭐가 궁금하냐고요? 그게 무슨 말씀이세요?" 아디스가 되물었다.

"여러분에게 호기심이 생기는 게 뭔지, 질문하고 싶은 게 뭔지 묻는 거예요."

"뭐에 관한 질문을 말씀하시는 건지 모르겠어요." 다시 아디스가 말했다.

"뭐든요. 궁금한 거라면 뭐든."

"저는 질문하고 싶은 거 없는데요."

"그럴 리가, 아디스도 질문하고 싶은 게 분명히 있을 거예요. 정답 같은 게 없을 때도 있어요. 그냥 궁금한 걸 묻는 거죠." 아디스는 팔짱을 끼면서 내 시선을 피했다. "좋아요. 답을 알 수 없는 그런 질문 가진 사람 없어요?" 다른 학생들도 내 시선을 피했다. 나는 누구라도 나서주기를 기다렸다.

마침내 짐이 손을 들었다. 나는 안도의 한숨을 쉬며 멈춰 있는 공이 짐의 질문으로 다시 굴러가기를 바랐다. 짐이 말했다. "저는 우리가 지금 뭘 하는 건지 궁금한데요."

몇몇 학생이 킥킥거렸지만, 다수의 반응은 여전히 시큰둥했다. 한동안은 공이 굴러갈 것 같지 않았다.

앞선 두 달 동안 독서 워크숍 수업을 듣는 학생들은 배경지식과 경험을 끄집어내는 방법을 집중적으로 배웠다. 학생들은 그들의 삶과 텍스트의 연결을 꽤 잘 해내고 있었다. 그리고 이제 그들의 배경지식과 활자로 마주치는 새로운 정보의 통합도 곧잘 해냈다. 중간고사 기간이 다가올 즈음 나는 학생들에게 새로운 이해 전략을 소개하려고 마음먹고 있었다. 그것은 자문(自問)하기였다. 나는 학생 스스로 질문을 만들어내는 것이 이해력을 높여준다는 연구 결과를 알고 있었다.(Dole et al., 1991, p. 246) 나아가서 학생들이 더 나은 질문을 스스로 만들어낼 수 있다면 시험 출제자처럼 사고할 수 있고 그렇다면 시험 문제를 예측할 수도 있으리라 생각했다.

나는 학생들에게 질문하는 방법을 가르치는 것이 즐겁다. 학생들은 웃음거리가 되거나 그것도 모르냐는 친구들의 핀잔이 두려워 처음에는 하나같이 질문하기를 거부한다. 하지만 내가 지금까지 가르친 학생 중에 학년이 끝날 즈음 자신이 읽은 텍스트에 관해 이런저런 질문을 만들어내지 못한 학생은 하나도 없었다.

하지만 나를 늘 괴롭히는 것은 십 대 아이들의 호기심이 부족하다는 것이다. 학생들은 처음부터 궁금한 게 전혀 없다는 태도로 입을 굳게 닫는다. 상식적으로 그것은 말이 되지 않는다. 그들이 정치나 국제관계에 관심이 없을 수는 있다. 하지만 몇 가지, 이를테면 운동이나 음악, 종교, 성(性) 같은 문제에는 묻고 싶은 게 있을 수밖에 없다. 그래도 여전히 아이들은 냉담하다. 아이들은 정말 궁금한 게 없는 걸까? 아이들은 열세 살이 되면 질문하는 능력을 상실한다는 누군가의 말이 맞는 걸까?

초등학교에서 10년을 가르친 나로서는 이런 무관심이 낯설다. 초등학생들은 모든 것에 관해 질문한다. 모르는 것을 알고 싶어 하는 초등학생들의 열의는 끝이 없다. 십 대가 되면서 생기는 무관심은 학습에 새로운 장애물로 등장한다. 학교와 관련된 어떤 것에도 호기심을 보이지 않는 것은 중고등학교 학생들의 특징인지도 모른다.

1. 질문하고 답하는 사람은 누구인가?

자신을 둘러싼 이 놀라운 세상에 그토록 무관심한 학생들을 가르치는 교사들이 좌절감을 느끼는 것은 그리 놀랄 일이 아니다. 이해력이 부족해서 누구보다도 질문을 많이 해야 할 학생들이 정작 질문을 전혀 안 한다고 교사들은 불평한다.

반응이 없는 학생들을 가르칠 때 교사들은 혼자 진도를 나가면 그만이라는 유혹을 받는다. 초등학교에 근무할 때 나는 학생들이 수업 시간에 읽는 소설을 제대로 이해하는지 알아보기 위해 형성평가 문항을 만드는 데 많은 시간을 보냈다. 어쩌면 아이들이 해야 할 사고를 내가 했고 아이들이 얻어야 할 독서의 이점도 내가 얻었다고 할 수 있다. 주말이면 나는 새로운 한 주의 수업을 준비하면서 교과서를 단원별로 분석하고 어려운 어휘를 따로 뽑아서 학습지를 만들고 사고를 자극하는 데 도움이 될 만한 질문들을 만들었다. 나는 교과서를 읽기만 하면 누구나 대답할 수 있는 문제부터 추론이 필요한 문제까지 다양한 문제를 만들었다. 나는 내가 준비한 수업 자료를 소화했다면 그 학생은 읽고 있는 텍스트를 완벽하게 이해한 것으로 간주했다. 하지만 나는 친구의 답을 베껴서 제출하거나 모르는 것도 아는 것처럼 답을 쓰는 것이 얼마나 쉬운 일인지 모르고 있었다.

나는 지식, 이해, 적용, 분석, 종합, 평가로 인간의 인지 영역을 분류한 블룸(Benjamin Bloom)의 이론을 충실히 따르며 높은 사고 수준을 측정하는 '영리한' 질문을 만들었다. 하지만 높은 사고 수준을 측정하는 질문이 반드시 높은 사고 수준의 답을 얻는 것은 아님을 곧 깨달았다. 학생들의 답은 대개 피상적이고 무성의했다.

하지만 답이 정해진 문제를 푸는 학생들이 흥미를 잃는 것은 당연한 일이었다. 그때만 해도 나는 호기심에서 나온 아이들의 엉뚱한 질문을 그리 반기지 않았다. 미리 계획한 수업의 틀에서 벗어나는 것을 원치 않았기 때문이다. 학생들이 스스로 질문할 때 배우는 내용을 더 잘 기억하고 독서에도 더 큰 흥미를 느낄 수 있다는 사실을 그때는 알지 못했다. 내가 준비한 질문만 중요하게 여겨지는 수업에서 답에 관심이 있는 사람이 나밖에 없게 된 것은 어쩌면 당연한 일이었다.

많은 교실에서 질문은 오로지 교사의 몫이고 학생들은 질문할 권리를 박탈당했다. 교사는 수사관이 되어 누가 지난 시간의 과제를 해왔고 방금 배운 내용을 누가 이해했는지 알아보기 위해 질문을 퍼붓는다. 물론 누가 과제를 제대로 해왔는지 확인하는 것이 중요할 때도 있다. 평가를 위해 누가 수업 내용을 이해했고 누가 못했는지 확인할 필요도 있다.

하지만 교실에서의 질문이 여기에서 그쳐서는 안 된다. 교사의 입에서 속사포처럼 쏟아지는 질문 게임에 참여할 수 있는 학생은 손으로 꼽을 정도밖에 안 된다. 그리고 과제 제출 방법이나 마감기한에 관한 질문 이외에는 질문의 기회가 주어지지 않는 교실에서 나머지 학생들은 소외된다.

정해진 교육과정에 따라 방대한 교과 내용을 소화하기에 바쁜 교사들은 학생들의 질문을 일일이 받아줄 시간이 없다고 불평한다. 하지만 학생의 호기심을 허락하지 않는 교사는 학생이 스스로 발견할 기회를 제한하는 것이다. 불확실한 것을 묻고 탐구할 기회가 주어지지 않을 때 학생들은 새로운 사고를 향한 길로 나아갈 수 없다. 자유롭게 질문할 수 있는 분위기에서 교실은 생기를 되찾는다.

2. 학교 밖 세상의 질문

희망적인 것은 어떤 과목이나 어떤 수준의 학생에게도 질문하기는 효과적인 학습 전략이라는 사실이다. 자신이 읽는 글에 대해 질문하는 법을 배운 학생은 단순히 낱말의 뜻만 이해하거나 교사가 가르치는 내용을 수동적으로 받아들이는 학생보다 추론을 더 잘하고 의미의 혼선을 해결하는 능력도 더 높다. 새로운 이해 전략을 학생들에게 가르칠 때 그 전략이 학교 밖에서 어떻게 활용될 수 있는지 구체적인 사례로 보여주는 것은 매우 중요하다. 학교 밖의 세상에서는 학습자, 즉 정보를 원하는 사람이 먼저 질문을 하고 자신에게 도움을 줄 수 있는 누군가를 먼저 찾는다. 때때로 그것은 사람이 아닌 책일 수도 있다. 그것이 사람이든 책이든 학습자가 먼저 질문해야 한다는 사실은 변하지 않는다. 학습자가 한 가지 질문에 대한 답을 얻으면 자연스럽게 다음 질문이 생긴다. 아는 것이 많아질수록 질문은 더 구체적이고 정교해진다. 질문을 통해 학습자는 더 많은 정보를 얻고 자신이 배운 것을 활용하는 능력도 높아진다.

내가 주방의 바닥을 새로 깔기 위해 건축업자에게 연락했을 때 나는 화강암과 점판암 중 어느 쪽의 내구성이 더 좋은지 물었다. 그의 대답을 들은 후 나는 공사비가 얼마나 들지 물었다. 그런 식으로 질문과 대답이 오간 뒤 나는 충분한 정보를 바탕으로 결정을 내릴 수 있었다.

때로는 학습자가 전문가에게 질문을 던질 때 전문가는 바로 대답을 하는 대신 정확한 답을 주기 위해 학습자에게 뭔가를 되물을 때가 있다. 내가 정원에 꽃밭을 새로 가꾸기로 마음먹고 묘목장을 찾았을 때 어떤 꽃을 심는 게 좋을지 묻는 나에게 묘목장 주인은 대답 대신 질문을 했다. "꽃밭에 볕이 드는 시간이 얼마나 돼요?" 건축업자나 묘목장 주인 모두 나에게 일방적으로 따라야 하는 정보를 주지 않았다. 두 전문가와 나는 질문과 대답을 주고받으며 함께 학습에 참여했다.

아디스가 궁금한 게 없다고 말한 이유는 내 질문의 의도를 몰랐기 때문이다. 아디스는 학교에서 질문은 으레 선생님의 몫이라고 생각했을 것이다. 그런 아이들에게 나는 질문을 어떻게 하는지 보여주어야 했다. 수업 활동이 실패하는 것은 교사가 보이는 시범이 충분하지 않은 탓일 때가 많다. 교사가 직접 보여주는 예는 학생이 생각의 틀을 마련하는 데 토대가 된다. 교사가 자기 주변의 세상에 지적 호기심을 가지고 있는 한 이를 학생들과 공유하는 것은 그리 어려운 일이 아니다. 나는 머릿속에 떠오른 맥락 없는 질문들을 학생들 앞에서 쏟아내고 그것을 칠판에 옮겨 적었다. 그리고 생각에 꼬리를 무는 모든 질문에 '나는 궁금하다'라는 말을 붙였다.

- 나는 컬럼바인 고등학교 총기 난사 사건이 왜 일어났는지 궁금하다. 그 학생들은 무엇 때문에 그렇게 분노했을까?
- 나는 아나사지(Anasazi)족이 어디로 갔는지 궁금하다. 그들은 정말 오늘날 인디언의 조상일까?
- 나는 집에서 학교 이메일 계정을 어떻게 사용하는지 궁금하다.
- 나는 미국이 왜 세계의 경찰 역할을 떠맡아야 하는지 궁금하다.
- 나는 과연 큰딸이 고등학교 교사가 될 수 있을지 궁금하다.

학생들은 내가 열거한 질문들을 보면서 무엇인가를 궁금해하고 질문한다는 것이 별것 아니라는 생각을 하게 되었다.

"저희한테 뭐가 궁금하냐고 물으신 게 저런 걸 말씀하신 거예요?" 케이티가 물었다. "그런 거라면 저도 물어볼 게 있죠."

"그렇다니까요." 나는 케이티를 바라보며 말했다. "칠판에 적은 선생님의 질문에는 정답이 따로 없는 질문이나 시간이 흘러야 답을 알 수 있는 질문도 있어요. 우리는 꼭 정답을 얻으려고 질문하는 게 아니에요."

곧 학생들은 자신이 궁금해하던 것을 꺼내놓기 시작했다. 내 믿음이 다시 확인되는 순간이었다. 15년을 살면서 성인 대다수가 평생 경험하는 것보다 훨씬 많은 폭력을 경험한 아디스가 고개를 들며 대답할 수 있으면 한번 대답해보라는 말투로 질문을 꺼냈다. "왜 흑인들은 항상 흑인들만 죽이는 걸까요?"

나는 OHP 필름에 그의 질문을 옮겨 적었다. 교실에 침묵이 흘렀다. 나는 대답 대신 다른 질문을 기다렸다.

티나가 침묵을 깨고 완전히 다른 성격의 질문을 했다. "아스피린은 우리 몸에서 아픈 곳을 어떻게 알고 찾아가서 낫게 할까요?"

"아스피린은 우리 몸에서 아픈 곳을 어떻게 알고 찾아가서 낫게 할까요?" 누군가 놀리듯 티나의 말투를 흉내 냈다. 동시에 장난과 농담이라면 빠지지 않는 몇몇 학생이 경쟁하듯 엉뚱한 대답을 내놓았다. 나는 농담을 멈추게 하고 오늘은 대답이 아닌 질문에만 집중하자고 말했다.

평소 말이 없던 샬롯의 질문이 장난기가 가득했던 교실을 순식간에 얼어붙게 했다. "저의 오빠는 왜 마약을 하는 걸까요?" 이번에는 아무도 농담을 던지지 않았다. 샬롯의 질문에 존중의 태도를 보여준 것이다. 롤러블레이드를 탈 장소가 왜 그렇게 적은지 궁금하다는 앤디의 질문으로 분위기는 다시 밝아졌다.

딘은 반딧불이가 어떻게 빛을 내는지 궁금했고, 로이는 사람이 죽으면 어떻게 되는지 궁금했다.

프랭크도 궁금한 게 있었다. "왜 재미있게 놀 때는 시간이 빨리 가고 따분할 때는 시간이 느리게 갈까요?" 나는 모든 질문을 OHP 필름에 빠르게 옮겨 적었다. 기록함으로써 그들의 질문을 인정한다는 것을 보여주고 싶었다. 이제 세상엔 답이 정해져 있지 않은 질문이 많으며 모든 질문은 가치가 있다는 사실이 분명히 드러났다.

논픽션 작가이자 시인인 조지아 허드(Georgia Heard)는 "질문은 시의 씨앗"이라고 말했다. 그녀의 말을 시험해본다는 생각으로 나는 학생들에게 각자의 궁금증을 시로 써보게 했다. 학생들은 '시'라는 말에 겁을 먹었지만 일단 시도해보기로 했다. 학생들에게 예를 보여주기 위해 나는 칠판에 적힌 내 질문들을 재료로 시를 쓰기 시작했다. 내가 '시'를 쓰는 모습을 지켜보던 학생들도 하나둘 자신의 시를 쓰기 시작했다.

질문으로 시를 쓰는 것은 지적 흥미를 일으킨다. 이 형식의 시를 통해 학생들은 자신의 질문에 가치를 부여하고 지적 호기심을 긍정적으로 받아들이게 된다. 종종 잘 쓰인 시는 교사나 학생 모두에게 학교가 질문을 격려하고 존중하는 곳이어야 함을 새삼 일깨워 주기도 한다.

다음 시간, 학생들은 자신의 시를 옮겨 적은 색종이를 교실 출입문 옆에 붙였다. 나는 그 위에 큰 글씨로 '우리가 궁금한 것들'이라는 제목을 써 붙였다.

나는 궁금하다   티파니

사람들은 왜 옷차림으로 사람을 판단할까?
하나님은 왜 사람들의 피부색을 다르게 만드셨을까?
사람들은 왜 친하지도 않으면서 친한 척을 할까?

내 사촌오빠는 왜 사는 게 그 모양일까?

하나님은 왜 나를 이렇게 만드셨을까?

나는 궁금하다   섀넌

우주는 어디에서 끝나고

그 너머에는 무엇이 있을까?

영원 후에는 무엇이 있을까?

천국과 지옥은 어디에 있을까?

하나님은 누가 만들었을까?

3. 텍스트에서 질문하기

일단 학생들이 그들을 둘러싼 세상에 대해 질문하기 시작했다면 다음은 그들이 읽는 텍스트에 관해 질문하는 법을 가르칠 차례다. '점진적으로 책임을 양도하기(gradual release of responsibility)' 모델에 따라 나는 학습의 초기 단계에서는 내가 중추적인 역할을 담당하기로 했다.(Pearson and Gallagher, 1983) 한동안은 텍스트를 읽는 동안 내가 질문하는 모습을 학생들에게 보여줘야 했다. 이후 점진적으로 질문의 주도권을 학생들에게 넘겨주는 것이었다.

나는 실제로 내가 읽고 있던 신문 기사를 선택했다. 이 기사는 짝을 잃은 슬픔으로 먹이를 거부하다 굶어 죽은 일흔두 살짜리 암컷 코끼리의 이야기를 다루고 있었다. 나는 OHP 화면에 기사를 띄워 놓고 큰 목소리로 읽기 시작했다. 나는 한두 줄 읽다가 텍스트에서 눈을 떼고 머릿속에 떠오른 질문을 학생들에게 그대로 들려줬다. "나는 이 코끼리가 정말 짝을 잃은 슬픔으로 죽은 건지 궁금하다." 기사 어딘가에 답이 있으면 다시 돌아오기 위해 나는 그 질문을 칠판에 적어두었다. 나는 다시 읽다가 질문하기 위해 멈추기를 반복했다. "나는 슬픔으로 죽을 수 있을 정도로 동물에게도 사랑의 감정이 있는지 궁금하다." "나는 그 코끼리가 죽은 곳이 동물원인지 야생인지 궁금하다."

나는 모든 물음에 '나는 궁금하다'라는 말을 붙였다. 이 두 단어는 학생들의 호기심을 질문의 틀에 담아 추론을 하게 만드는 효과가 있다. 처음 질문을 만들어보게 하면 학생들은 질문보다 정해진 답을 예측하는 것에 더 관심을 둔다. 하지만 '나는 궁금하다'라는 말은 예측을 질문으로 바꿔서 학생들이 텍스트를 뛰어넘는 추론적 사고를 하게 해준다.

중고등학교 학생들은 대개 논리적 예측 능력을 갖추고 있다. 예측이란 맞을 수도, 틀릴 수도 있다. 반면에 추론적 사고는 맞는지 틀리는지가 텍스트에서 바로 확인이 되지 않기 때문에 그만큼 더 어려운 일이다. 그러므로 텍스트에 관한 질문을 할 수 있다면 독자는 텍스트가 답을 주지 않을 때 스스로 결론을 도출하려고 노력하게 된다.

자신의 질문에 대한 답을 찾기 위해 독자는 다른 텍스트를 찾아야 할 때도 있다. 나는 죽은 코끼리에 관한 기사를 마저 읽으며 두 가지 질문을 추가했다. "야생에서 밀렵꾼에 의해 코끼리 한 마리가 죽었을 때 무리의 다른 코끼리들은 어떤 반응을 보일까?" "코끼리들은 죽은 가족의 유골을 보고 가족임을 식별할 수 있을까?" 이 질문들은 기사에서 답을 찾을 수 없었고 추론을 해봐도 마찬가지였다. 기사에는 밀렵꾼이나 죽은 코끼리의 유골 같은 것이 전혀 언급되지 않았기 때문이다. 이 질문의 답을 찾으려면 다른 텍스트를 찾아봐야 했다.

나는 두 질문을 칠판에 적고 학생들에게 나름의 질문을 생각할 시간을 주었다. 학생들은 칠판과 나를 번갈아 쳐다보았다. 마치 독서 수업 시간에 코끼리에 관한 기사를 읽어주는 이유가 뭔지 궁금하다는 듯한 표정이었다. 학생들은 그들을 둘러싼 세상에 대한 호기심과 텍스트에 관한 호기심이 어떻게 연결되는지 몰랐다. 나는 우리가 생각해낸 중요한 질문들을 상기시키면서 앞으로는 텍스트에 관해 질문하는 방법을 배우게 될 것이라고 말했다. 그때 수업 종료를 알리는 종이 울렸다. 학생들이 교실을 빠져나가는 동안 테레사가 나에게 다가오더니 한마디를 툭 던졌다. "선생님, 안 그래도 책을 억지로 읽는데 궁금한 게 어떻게 생기겠어요?"

"걱정하지 마, 테레사." 나는 대답했다. "곧 생길 테니까."

4. 좋은 독자는 항상 질문한다

좋은 독자는 텍스트에 질문을 던진다. 텍스트를 읽기 전, 읽는 도중 그리고 읽은 후에도 질문은 계속된다. 죽은 코끼리에 관한 기사의 제목("슬픔에 빠진 코끼리 동물원에서 스스로 굶어 죽어")을 읽고 나는 코끼리의 죽음을 둘러싼 세부적인 내용이 궁금했다. 몇 살이었지? 늙어서 죽거나 병으로 죽은 건 아닐까? 이런 궁금증은 그 기사를 읽어야할 목적을 제공해 준다. 나는 기사를 읽음으로써 답을 얻고 싶었다.

어렵거나 흥미가 덜한 글일수록 질문은 집중하는 데 도움이 된다. 의문을 품고 읽는 텍스트는 독자가 딴생각을 할 여지를 주지 않는다. 질문은 읽기를 어려워하는 학생들이 학습의 주도권을 되찾도록 돕는 역할도 한다.

때때로 질문은 처음 읽었을 때 놓친 내용을 건지는 데도 도움이 된다. 예컨대 나는 코끼리가 죽은 장소가 궁금했는데, 사실 기사 제목에 그 정보가 이미 나와 있었음에도 나는 제목을 읽을 때 그 부분을 놓치고 지나간 것이었다.

질문이 복잡해질수록 답을 찾기도 어려워진다. 소설을 읽을 때 나는 등장인물에게 어떤 일이 일어날지 궁금해진다. 이야기 속에서 어떤 사물이 반복해서 등장하면 거기에 어떤 상징이 있지 않을까 궁금해진다. 논픽션을 읽을 때는 사건의 진행 과정이나 배경이 궁금하다, 질문이 읽기의 동력이 되는 것이다.

좋은 독자는 읽기를 마친 뒤에도 질문을 계속한다. 이런 질문은 숙고와 성찰을 요구하며 답도 간단하지 않다. 때로는 텍스트를 벗어나 답을 추론하거나 다른 텍스트에서 답을 구해야 할 수도 있다. 하지만 이 과정에서 독자는 그 텍스트를 더 분석적으로 바라볼 수 있게 된다. "이 작품을 읽고 느낀 점은?" 같은 질문에만 익숙한 학생들에게는 낯선 개념이겠지만, 책의 마지막 페이지에 있는 "끝"은 사실 시작이다.

5. 왜 질문하기를 가르쳐야 하는가?

텍스트를 읽으며 질문하는 학생들은 학습의 주도권이 자기 자신에게 있다는 사실을 기꺼이 받아들인다. 그들은 또한 아래의 네 가지 방식으로 스스로 이해 능력을 키운다.

(1) 텍스트와 소통한다. 학생들은 소설보다 논픽션을 읽는 것을 더 싫어한다. 읽기에 집중하거나 읽은 뒤에 내용을 기억하는 것이 어렵다고 느끼기 때문이다. 하지만 의식적으로 질문하며 읽는 독자들은 읽기의 목적이 있는 까닭에 더 집중해서 읽을 수 있다. 학생들은 질문이라는 지분을 가지고 있을 때 텍스트에 시간과 노력을 더 투자한다. 자신의 질문이 텍스트에 대한 집중력을 높여주는 것이다.

(2) 읽어야 하는 동기를 스스로 부여한다. 텍스트에 질문을 던지

는 법을 익힌 독자는 답을 얻기 위해 텍스트의 의미와 씨름하는 것을 피하지 않는다. 질문과 호기심의 상승작용으로 독자는 텍스트를 붙들고 늘어질 줄 알게 된다. 질문이 읽기의 동력이 될 때 독자는 읽기의 재미를 발견한다.

(3) 텍스트의 정보를 명확히 한다. 누가, 무엇을, 왜, 언제, 어디에서 했는지에 관한 질문은 플롯과 등장인물 그리고 배경의 요소들을 더 깊이 이해하게 해준다. 독자는 이러한 질문에 대한 답으로 텍스트의 모호한 부분을 명확하게 정리하고 빠져 있는 정보의 틈새를 메운다. 이 질문들에 대한 답은 대체로 텍스트 안에서 쉽고 빨리 찾을 수 있다.

(4) 글자 그대로의 의미를 넘어서는 추론을 한다. 교사들은 종종 추론할 줄 모르는 학생들을 보며 탄식한다. 하지만 궁금한 것이 없다면 추론도 할 수가 없다. 질문을 던지지 않는 학생들에게 추론을 기대하는 것이 오히려 비합리적이다. 추론은 행간에 숨어 있거나 작가가 남겨놓은 단서에 독자가 자신의 배경지식을 더해서 답을 찾아가는 과정이라고 할 수 있다. 질문을 통해 독자는 활자 너머의 추론적 사고에 참여하게 된다.

6. 질문하는 연습

질문하는 방법을 실례로 충분히 보여준 뒤 나는 학생들에게 질문하기를 연습할 기회를 주었다. 연습을 위한 자료는 고등학생 11명이 아무 이유 없이 말 한 마리를 학대하다가 죽인 사건을 다룬 워싱턴 포스트의 기사였다. 기사에서 묘사된 폭력은 끔찍했다. 당시 독서 워크숍 수업에는 교내에서 폭력을 저질러 문제가 된 학생 여러 명이 있었다. 나는 학생들에게 질문하기를 연습시키는 목적 이외에도 그 기사에 학생들이 어떤 반응을 보이는지 보고 싶기도 했다. 학생들은 그 아이들의 행동을 잔인한 폭력으로 인식할까 아니면 재미있는 놀이로 생각할까?

나는 복사한 기사를 학생들에게 나눠주고 OHP 화면에도 띄운 뒤, 신문을 읽다가 불편한 기사를 발견했으며 그 기사 내용에 궁금한 점이 많이 생겼다고 이야기했다. 이어서 학생들이 기사를 직접 읽으면서 궁금증이 생기는 대목의 여백에 묻고 싶은 내용을 적어보도록 했다. (질문을 기록해두면 그 대목에서 자신이 무슨 생각을 했는지 나중에 기억하는 데 도움이 된다.) 기사를 읽고 질문을 기록하는 것까지 마치면 나는 학생들의 생각을 들어보고 싶었다.

나는 학생들이 여기저기 표시를 해가며 기사를 읽고 질문을 적는 동안 내가 궁금했던 점들을 칠판에 적었다. 중간중간 학생들의 반응을 살펴보니 몇몇 학생은 읽기만 하고 적지는 않았다. 어떤 학생들은 기사를 읽으며 표정이 일그러지기도 했다. 몇 분이 지나자 여기저기서 반응이 나왔다.

"얘들 완전히 미쳤네요. 왜 말 콧구멍에 꼬챙이를 찔렀대요?"

"선생님도 그게 궁금했어요." 내가 말했다. "방금 그 질문을 잊지 않게 여백에 적어두세요."

"질문을 쓰고 답도 적어야 해요?" 미켈이 물었다. "답도 적어야 하는 거면 저는 질문할 거 없어요." 수업 활동을 힘 안 들이고 편하게 하는 요령을 아는 미켈은 스스로 할 일을 더 만들 생각이 없는 것 같았다.

나는 미켈에게 질문에 답을 적을 필요는 없으며, 종종 질문은 답보다 훨씬 강한 힘을 가질 때가 있다고 대답했다. 학생들은 기사를 계속 읽으며 각자의 질문을 적었다. 학생들 사이를 천천히 지나가며 어깨 너머로 살펴본 질문 중에는 깜짝 놀랄 만한 것들도 있었다. 이제 자신의 질문을 공유하고 다른 친구들의 질문을 들으며 배움을 얻을 차례였다. "좋아요. 여러분이 질문을 얘기하면 선생님은 모두가 볼 수 있게 OHP 필름에 적을게요."

사만다가 가장 먼저 손을 들었다. "얘들은 어렸을 때 아동학대를 겪은 게 아닐까?"

이어서 킴벌리가 자신의 질문을 이야기했다. "이 아이들은 어떤 가정에서 자랐을까?"

존이 킴벌리의 질문에 답하려고 한두 마디 꺼냈을 때 내가 끼어들었다. "지금은 질문에만 집중했으면 해요. 질문에 대한 답은 나중에 생각하기로 하고 일단 각자의 질문을 계속 들어보죠."

미켈도 질문을 꺼냈다. "얘들은 왜 경찰에 잡히는 걸 겁내지 않았을까?"

"잡혀서 주목받고 싶었나 보지." 제러미가 말했다.

"제러미는 방금 우리에게 질문이 아니라 예측이 뭔지 보여줬어요. 제러미, 그걸 질문으로 바꿔서 말해 볼래요?" 나는 제러미에게 공을 넘겼다.

"어, 이렇게 하면 돼요?" 제러미가 잠시 머뭇거리다가 대답했다. "나는 얘들이 주목받고 싶었는지 궁금하다."

"제러미, 잘했어요."

"나는 말 주인이 이 아이들한테 뭔가 잘못한 게 있는 건 아닌지 궁금하다." 린제이가 말했다.

발표할 차례를 엿보고 있던 짐이 손을 들었다. "얘들은 잔인했나?"

나는 짐이 장난을 치는 건지 아니면 수업 활동을 이해 못 하는 건지 판단하기 위해 짐의 표정을 잠시 살폈다. "짐, 혹시 그 질문에 대한 답을 알고 있어요?"

"그럼 알죠. 얘들은 너무 잔인해요."

나는 짐 덕분에 주의할 점을 말할 기회를 얻었다. "간혹 우리는 무의미한 질문을 할 때가 있어요. 질문하는 사람이 답을 알고 있다면 그 질문이 무슨 의미가 있을까요? 그건 시간 낭비죠."

"하지만 선생님들은 항상 답을 알면서도 질문을 하시잖아요." 짐이 말했다.

짐의 말이 틀리지는 않았다. 그렇다고 아무 설명 없이 넘어갈 수는 없었다. "짐의 말도 맞아요. 하지만 선생님들은 학생들이 배운 내용을 이해했는지 확인하려고 그런 질문을 하시는 거죠." 한편으로 짐이 한 말을 곱씹어보면 뻔한 질문이 던져지는 수업에서 과연 학생들이 얼마나 많은 생각의 기회를 가질 수 있을까 하는 생각도 하지 않을 수 없었다. 나는 짐에게 다른 질문을 생각해 보라고 했다. "이번에는 정말 궁금한 걸 질문해 보세요."

짐은 잠시 생각한 다음 말했다. "동물에게 이런 짓을 할 수 있는 사람이라면 힘없는 어린아이에게는 과연 무슨 짓을 할까?"

"좋은 질문이에요." 나는 고개를 끄덕였다. 학생들은 짐의 질문에 조용히 마음속으로 답을 찾고 있는 듯했다.

생각이 담긴 질문들을 접하며 나는 반가운 마음이 들었고, 그 기사 내용에서 학생들이 잔인함을 분명하게 인식하고 있다는 사실에 안도하기도 했다. 학생들의 질문을 OHP 필름에 실시간으로 적는 것은 그들의 생각을 인정한다는 의미도 있고, 학생들이 나중에 그들의 질문을 다시 볼 수 있는 기회를 제공한다는 점에서 유용하다.

다음 시간에 우리는 직전 시간의 활동을 이어갔다. 나는 학생들의 질문을 적은 OHP 필름을 꺼내 다시 화면에 띄우고 질문을 계속 읽어나갔다. 수업을 마칠 즈음 세 장의 필름은 50개의 질문으로 가득했고, 그중 기사 내용에서 답을 확인할 수 있는 질문은 하나밖에 없었다. 49개의 질문은 모두 기사 밖에서 답을 찾아야 했다.

학대받은 말에 관한 기사에서 훌륭한 질문들이 나왔지만, 학생들이 스스로 질문하는 데 익숙해지기 위해서는 연습이 더 필요했다. 연습을 위해 내가 준비한 두 번째 텍스트는 신시아 라일런트의 소설 『나는 성을 보았다』였다. 소설은 제2차 세계대전에 참전한 군인의 회고 형식을 띠고 있으며, 도입부를 잘 읽지 않으면 뒤로 갈수록 이해하기가 어려워지는 작품이었다.

먼저 나는 책을 읽기 전에 이런저런 질문을 미리 떠올려보는 것이 왜 중요한지를 보여주었다. 모든 학생에게 책을 한 권씩 나눠주면서 나는 표지와 목차를 훑어보게 했다. 그리고 책을 전체적으로 넘겨보면서 궁금한 점이 생기는지 중간중간 한 문단씩 읽어보라고 했다. 칠판에 '좋은 독자는 읽기 전에 질문한다'라는 글귀를 적어놓고, 나는 학생들의 '읽기 전' 질문들을 기록하기 시작했다.

"이야기가 펼쳐지는 장소는 어디인가?"
"전쟁이 벌어지는 중인가? 무슨 전쟁인가? 누가 싸우는가?"
"표지에 있는 인물은 누구인가?"
"사랑 이야기가 있는가?"
"전투 중에 사람들이 죽는가?"
"이 작품의 주인공과 작가는 무슨 관계인가?"
"이 소설은 해피엔딩인가?"
"제목의 성(城)은 무엇을 뜻하는가?"

학생들의 질문을 하나하나 살펴보면서 나는 작품 속에서 답이 보일 것 같은 질문과 추론으로 답을 구해야 할 질문을 지목했다. 우리는 소설을 이해하는 데 어떤 질문이 도움이 되고 어떤 질문이 도움이 되지 않을 것 같은지 토론했다. 이어서 나는 책을 잘 읽는 사람들은 첫 페이지부터 많은 질문을 한다고 이야기했다. 만일 작가가 책의 앞날개나 뒤표지에 할 얘기를 다 적어놓았다면 독자로서는 굳이 그 책을 읽을 이유가 없을 것이다. 작가는 독자들이 스스로 묻고 답하며 책을 읽을 수 있도록 정보를 천천히 풀어 놓는다.

소설의 첫 장을 몇 줄 소리 내어 읽다가 나는 읽기를 멈춰야 했다. 머릿속에 질문이 하나 떠올랐기 때문이다. 수업용 도서에 뭔가를 적는 것은 허락되지 않기 때문에 나는 교구 캐비닛에서 포스트잇을 꺼내 학생들에게 나눠주며 말했다. "책 여백에 직접 적을 수 없을 때는 포스트잇에 생각을 기록해서 붙이세요." 나는 모든 학생에게 포스트잇을 세 장씩 나눠준 다음 조금 전 내 머릿속에 떠오른 질문을 포스트잇에 적어 책에 붙이는 과정을 학생들에게 그대로 보여주었다. 포스트잇은 책을 덮은 상태에서 옆으로 조금 튀어나오게 붙여야 한다. 이렇게 해야 메모를 남긴 페이지를 나중에 찾기 쉽다. "궁금한 점이 생긴 대목에서 가까운 곳에 포스트잇을 붙이세요. 그리고 질문과 함께 몇 페이지인지도 적어놓으면 포스트잇을 떼어내도 나중에 다시 찾아보기가 쉽겠죠." 나는 책을 계속 읽어나가면서 질문을 멈추지 않았다. "이 대목에서 궁금한 게 있는 사람?"

"질문할 게 있어요." 테레사가 말했다. "지금 말하고 있는 사람은 젊었을 때의 주인공인가요 아니면 현재의 주인공인가요?"

"그 질문을 적어서 지금 읽고 있는 페이지에 붙여 놓으세요."

몇 페이지를 더 읽으며 몇 개의 질문을 더 던진 다음 나는 학생들에게 말했다. "이제 여러분이 스스로 읽으면서 질문을 기록해 보세요."

학생들이 책을 읽는 동안 나는 교실을 천천히 돌아보면서 손을 놓고 있는 몇몇 학생들에게 말을 걸었다. 폴이 대답했다. "전 궁금한 게 없는데요." 나는 폴이 방금 읽은 부분을 직접 읽으면서 내 머릿속에 떠오른 질문을 얘기했다. 그리고는 폴에게 다음 단락을 읽고 어떤 질문이 떠오르는지 얘기해 보라고 했다. 잠시 다음 단락을 훑은 폴이 말했다. "여기에도 궁금한 거 없어요." 그 단락은 무척 평이해서 궁금한 게 없을 법했다. 나는 책을 읽다 보면 어떤 대목에서는 궁금한 게 없는 것이 자연스러운 일이라고 말하며 한 단락을 더 읽어보라고 했다. 다음 단락을 읽은 폴이 이번에는 질문할 게 있다고 말했다. 그 질문은 텍스트에 답이 나와 있지 않기 때문에 나는 폴을 칭찬했다. 수업을 마치며 나는 책을 모두 걷어서 학생들이 끼워 놓은 포스트잇을 살펴보았다.

나는 학생들이 적은 질문들을 무작위로 빨간색과 파란색 펜으로 카드에 옮겨 적고 맨 아래에 질문한 학생의 이름을 써넣었다. 그러고 나서 펼친 신문지 크기의 종이 다섯 장을 칠판에 붙이고 그 위에 제목을 하나씩 붙여 놓았다. 세 개의 제목('글 속에서', '내 머릿속에서', '다른 출처에서')은 빨간색 마커펜으로, 네 번째 제목('생각이 필요한 질문')과 다섯 번째 제목('확인이 필요한 질문')은 파란색 마커펜으로 적었다.

다음 시간, 학생들에게 각자의 질문이 적힌 카드를 돌려주면서 나는 칠판에 붙인 종이가 무엇이고 지난 시간에 작성한 자신의 질문을 어떻게 분석할 것인지 설명했다. 먼저 실례를 보여주기 위해 자원자가 필요했다. 브랜던이 나서서 자신의 질문 카드를 읽었다. "이 말을 하는 사람은 현재의 주인공인가 아니면 젊었을 때의 주인공인가?"

나는 브랜던에게 그의 카드가 빨간색으로 쓰였는지 아니면 파란색으로 쓰였는지 물었다. 브랜던은 빨간색이라고 대답했다. 나는 빨간색으로 제목이 붙어 있는 세 장의 종이('글 속에서', '내 머릿속에서', '다른 출처에서')를 가리키며 그의 질문에 대한 답이 어디에 있을지 생각해 보라고 했다.

옆에 있는 친구들과 몇 마디 주고받은 브랜던은 책을 조금 더 읽어보면 자신의 질문에 대한 답이 '글 속에서' 나올 것 같다고 말했다. 나는 브랜던에게 칠판으로 가서 그의 카드를 '글 속에서'에 붙이게 했다. 이어서 내가 물었다. "브랜던과 같은 질문이 파란색 펜으로 적혀 있는 사람?"

케이티가 손을 들었다. "저요."

"케이티, 그 질문은 생각이 필요할까요, 아니면 확인이 필요할까요?"

"생각이 필요하다는 게 정확하게 뭘 의미하는지 모르겠어요." 케이티가 말했다.

"생각이 필요한 질문은 답을 쉽게 찾을 수 없는 질문을 뜻해요. 때에 따라서는 답이 아예 없을 수도 있어요. 예를 들어서 '인생의 의미는 뭘까?'라고 묻는다면 그건 생각이 필요한 질문이죠."

"음," 케이티는 잠시 생각했다. "그렇다면 제 질문은 확인이 필요한 질문이겠네요. 브랜던처럼 저도 계속 읽다 보면 말하는 사람이 누군지 책에서 확인할 수 있을 것 같아요." 케이티는 자신의 질문 카드를 '확인이 필요한 질문'에 붙였다.

나는 브랜던과 케이티가 활동의 시범을 잘 보여줘서 고마웠다. 이제 좀 더 나아갈 차례였다. 빨간색 글씨로 쓰인 카드를 들고 있는 아디스가 눈에 들어왔다. "아디스의 질문을 들어볼까요?"

아디스가 자신의 질문을 읽었다. "작가가 '아침 식사를 할 때가 하루 중 가장 좋은 시간이다.'라고 한 건 무슨 뜻일까?"

"그 질문의 답은 어디에서 찾을 수 있을까요?" 내가 물었다.

아디스는 주저 없이 대답했다. "글 속에서요."

나는 학생들에게 아디스의 질문이 나온 9페이지를 펼쳐서 질문의 답을 함께 찾아보자고 했다. 아무도 답을 찾을 수 없었다. 아디스는 조금 실망한 표정이었다.

"자, 그럼 '내 머릿속에서'와 '다른 출처에서'가 남았네요."

"다른 책이나 사전을 찾아봐도 답이 나올 것 같지는 않아요." 나는 '다른 출처'는 전문가의 의견이나 주장을 가리킬 수도 있음을 상기시켜 주었지만 아디스는 전문가도 이 질문에는 답을 할 수 없을 것 같다면서 '내 머릿속에서'를 선택했다. "선택할 게 이것밖에 없는데 사실 머릿속에서 어떻게 답을 찾는지는 모르겠어요."

"머릿속에서 답을 찾는다는 것은 책에 있는 단서에 자기가 가지고 있는 배경지식을 더해서 생각한다는 거예요. 그런데 9페이지를 아무리 봐도 답의 단서는 보이지 않았어요. 그렇다면 아디스의 머릿속에 이 질문에 답하는 데 필요한 배경지식이 있어야 해요."

"있는 것 같아요." 아디스가 말했다. "저는 이 남자가 아침에 음식을 먹는 걸 정말 좋아해서 아침 식사를 할 때가 가장 좋은 시간이라고 말했을 것 같아요."

"그럴듯한 답이네요." 내가 말했다.

아디스는 자신의 카드를 가지고 의기양양하게 칠판으로 걸어가며 말했다. "애들아, 이 질문의 답은 '내 머릿속에서' 찾았다."

"저도 같은 질문을 냈는데 선생님께서 파란색 글씨로 적어 주셨어요." 저스틴이 말했다. "그런데 제 질문은 생각이 필요한 것 같지는 않아서 '확인이 필요한 질문'에 붙일게요."

나는 '다른 출처에서' 답을 찾아야 할 질문이 나오기를 기대하면서 그에 해당하는 질문을 적어낸 사람이 있는지 물었다.

디마리오가 손을 들었다. "저요, 제 질문은 '우라늄 원자란 무엇인가?'예요."

"그게 '다른 출처에서' 답을 찾아야 할 질문이라고 생각한 이유는요?"

"책 속에 우라늄에 대한 아무런 설명이 없어요. 작가는 독자들이 우라늄 원자에 대해 다 알고 있을 것으로 생각하는 것 같아요. 그래서 글 속에 단서도 없고요. 제 결론은 이 질문에 대한 답은 다른 출처에서 찾아야 한다는 겁니다."

나는 학생들에게 디마리오의 의견에 동의하느냐고 물었다.

"제 생각은 달라요." 슬라바가 말했다. "저는 우라늄 원자가 뭔지 알아요. 저의 경우라면 이 질문은 '내 머릿속에서' 답을 찾을 수 있는 질문이 되는 거잖아요?"

"그렇다면 슬라바는 처음부터 이 질문을 안 했겠죠?" 나는 학생들에게 독자가 이미 답을 알고 있는 경우라면 질문이 무의미하다는 점을 상기시켜 주었다. "이 책에는 우라늄 원자가 무엇이라는 얘기가 나오지 않아요. 그렇다면 우라늄에 관한 정보가 전혀 없는 사람은 어떤 추론도 할 수 없겠죠. 디마리오에게 유일한 선택은 다른 출처에서 확인하는 것밖에 없을 거예요." 디마리오는 내 말이 끝나자마자 '다른 출처에서'를 향해 질문 카드를 들고 나갔다.

디마리오와 같은 질문을 파란색 카드로 가지고 있던 테레사는 자신의 질문이 '확인이 필요한 질문'에 해당한다는 것을 쉽게 이해했다. 학생들은 자기들이 '생각이 필요한 질문'보다 '확인이 필요한 질문'을 훨씬 많이 가지고 있다는 사실을 깨닫기 시작했다. 나는 학생들에게 소설이나 논픽션을 처음 읽을 때는 '확인이 필요한 질문'이 많이 생겨나는 게 당연하다고 말했다. 소설에서는 먼저 플롯을 이해하려고 할 것이고, 논픽션의 경우라면 어떤 사건이 일어나는지 파악하려고 할 것이기 때문이다. 하지만 그 글을 다시 읽게 되면 독자는 사실 정보의 확인을 이미 마쳤기 때문에 생각이 필요한 질문을 더 많이 할 수 있다. 나는 이것이 '다시 읽기'의 이점이라고 학생들에게 말했다.

존은 질문하면서 책을 읽는다는 것에 대해 근본적인 의문을 제기했다. "선생님, 답을 찾지 않을 거라면 굳이 질문해야 할 이유도 없지 않아요?" 좋은 지적이었다. 단순히 질문을 위한 질문이라면 그것은 시간 낭비일 뿐이다. 질문의 전략을 가르치는 첫 번째 목표는 학생들이 질문할 수 있게 돕는 것이다. 답을 찾도록 돕는 것은 두 번째 목표이다. 교사가 지식과 정보를 일방적으로 떠먹이는 한 학생들은 진정한 의미의 학습에 참여할 수 없다. 질문을 통해 학생들은 스스로 생각하고 학습에 참여할 수 있다.

"존은 시험을 볼 때 답을 도무지 알 수 없는 문제를 접한 적이 있나요?"

"그런 문제야 항상 접하죠, 뭐." 존이 배시시 웃으며 대답했다.

"그럴 때 답이 어디에 있는지 알았으면 좋겠다는 생각은 안 들었어요?"

"어…." 존은 내가 뜸을 들이지 말고 할 얘기를 해줬으면 하는 표정이었다.

"그런데 문제의 답은 사실 존이나 여러분 모두의 머릿속에 있을 때가 많아요."

"답이 저희 머릿속에 있다고요?"

"여러분 초등학교 다닐 때 답안지의 동그란 보기에 사인펜으로 답을 칠하는 문제 풀어본 적 있죠?" 내 질문에 학생들은 이구동성으로 그런 시험이 정말 싫었다는 반응을 보였다. "선생님도 초등학생들을 가르칠 때 그런 문제를 많이 냈어요. 그런데 그중에서도 학생들이 특히 싫어하는 문제가 있었어요."

"어떤 문제였는데요?" 존이 물었다.

"어떤 이야기에 가장 잘 어울리는 제목을 고르라는 문제였어요."

"난 그런 문제 진짜 싫더라." 사만다가 말했다.

"나도." 존이 말했다.

"재미있는 건 말이죠, 초등학생들은 그 문제의 답을 찾으려고 글을 처음부터 다시 읽더라는 것이에요."

"글 속에 제목이 있는 건 아니잖아요?" 존이 말했다.

"바로 그거예요. 그럼 제목은 어디 있을까요?"

존이 미소를 지었다. "머릿속에 있다는 말씀 하시려는 거죠?"

"맞아요." 나도 존에게 웃어 보이며 말했다. "만일 답이 머릿속에 있다는 걸 알았다면 제목을 찾으려고 이미 읽은 글을 두 번 세 번 다시 읽지는 않겠죠. 그건 시간 낭비이니까요. 이야기의 제목이 머릿속에 있다는 걸 알았다면 아이들은 잠시 읽기를 멈추고 추론을 해봤을 거예요. 더군다나 답이 다른 출처에 있다는 걸 안다면 자기가 읽고 있는 글에서 답을 찾느라 시간을 낭비하지도 않겠죠."

몇몇 학생이 고개를 끄덕였다. 나는 눈에 보이는 낱말 뒤에 숨어 있는 의미를 찾으려면 스스로 생각해야 한다는 점을 다시 한번 강조했다.

글 속에서 흥미를 끄는 요소를 찾으려고 노력하면 질문하기도 그만큼 쉬워진다. 독자가 가치를 부여하거나 꼭 이해하고 싶은 마음이 생기는 글을 읽을 때도 질문은 저절로 생겨난다. 하지만 흥미가 없는 주제를 다룬 텍스트를 읽을 때는 '이게 무슨 뜻이지?' 같은 질문 이외의 질문다운 질문이 나오기 어렵다. 이런 경우에 나오는 질문들은 대개 피상적이고 호기심이 엿보이지 않는다. 개중에는 낯선 주제의 글을 읽으면서 질문을 하면 바보같이 보일까 봐 눈치를 살피는 학생들도 있다.

선택은 교사의 몫이다. 우리는 정해진 교육과정에 따라 진도를 마치는 데 급급할 수도 있고 학생들에게 질문하는 방법을 가르치는 쪽을 선택할 수도 있다. 만일 우리가 학생들에게 질문하는 방법을 가르친다면 학생들은 정보를 길어 올릴 우물을 갖게 될 것이고 스스로 학습의 목적을 찾게 될 것이다. 우리 학생들의 호기심을 끌어내고 그들을 질문으로 이끄는 것은 교사인 우리의 의무이다.

단언컨대 질문하지 않는 사람치고 성공한 사람은 드물 것이다. 기업가든 변호사든 의사든 예술가든 어떤 분야에서 성공한 사람들은 묻고 또 묻는다. 독서를 가르치는 교사로서 내가 학생들에게 물리나 화학에 관한 질문을 하도록 만들기는 쉽지 않다. 나 자신이 그 분야에 대해 아는 것이 없을 뿐만 아니라 특별한 관심이나 흥미도 없기 때문이다. 하지만 학교에는 스스로 질문하는 모습을 보여줌으로써 학생들의 흥미에 불꽃을 일으키고 그들의 호기심을 끌어내는 물리 교사들과 화학 교사들이 있다.

만일 교사가 스스로 질문하는 모범을 보이며 질문이 갖는 위력을 증명한다면 학생들은 그 교사의 수업에 관심과 열의를 쏟아부을 것이다. 너무나 많은 학생이 그저 구경꾼이 되기 위해 수업에 들어온다. 그들은 수동적으로 자리에 앉아 교사가 그들에게 지식을 채워주기만을 기다린다. 학생들을 이 중요한 일에 참여시키자. 그들을 질문하게 만들자.

~~~~~~

ⓢⓐⓘⓝ 독서 지도

1. 질문이 일상생활에 어떻게 적용되는지 보여준다. 취미로 뭔가를 새로 배울 때를 떠올려보자. 그럴 때 교사 자신이 품었던 궁금증을 학생들과 공유하고 질문이 어떻게 도움이 되었는지 이야기해 보자. 일상의 경험과 읽기를 연결해 보고, 학생들에게 질문이 텍스트의 이해를 높여준다는 사실을 상기시킨다. 어떤 텍스트를 처음 읽었을 때 교사 자신이 어떤 질문을 품었는지 학생들과 공유한다. 학생들이 수업 시간에 읽는 텍스트를 가지고 질문하는 법을 연습해보게 한다. 적절한 질문은 이해의 장애물을 치우는 효과적인 방법임을 학생들에게 상기시킨다.

   지도의 핵심_잘 읽는 독자는 새로운 것이나 낯선 것을 접할 때 질문한다. 질문은 학습과 새로운 정보의 습득을 촉진하고 더 복잡한 질문으로 이어진다.

2. '나는 궁금하다'가 붙는 시를 짓는다. 이 활동은 새로운 텍스트나 단원을 시작할 때 학생들이 그 주제에 대해 가지고 있는

배경지식을 파악하는 데 유용하다. 학생들의 질문을 끌어내는 데에도 도움이 된다.

지도의 핵심 잘 읽는 독자들은 그들을 둘러싼 세상에 호기심이 많다. 궁금한 것을 묻고 더 많은 정보를 열망하는 것은 그들에게 책을 읽을 이유가 된다.

3. 글을 잘 읽는 사람은 읽기 전, 읽는 동안, 읽은 후에 끊임없이 질문한다는 것을 보여준다. 몇 시간의 수업을 통해 여러 텍스트를 활용하여 다양한 질문의 실례를 제시한다. 교사 자신이 읽기의 여러 단계에서 어떻게 질문하는지 보여준다. 예를 들어서 새로운 장이나 단원을 시작하기 전에 주제와 관련하여 자신이 가지고 있는 궁금증을 칠판에 브레인스토밍으로 쏟아낸다. 이때 학생들이 궁금해할 만한 질문도 자연스럽게 드러낸다. 텍스트를 다 읽은 뒤에 남은 궁금증을 질문으로 들려준다. 때로는 이런 질문들이 정해진 답을 갖고 있지 않다는 사실을 지적한다. 교사가 어떻게 질문하는지 학생들이 "보게" 해야 한다. 처음에는 이렇게 보여주는 데 한 시간이 필요할 수도 있지만 반복하다 보면 2~3분으로 줄일 수 있다. 학생들의 호기심을 유발하는 짧은 텍스트—시, 신문 기사, 책의 한 대목—를 골라 질문하는 시범을 보이고, 이어서 학생들에게 질문의 주도권을 넘긴다.

지도의 핵심 글을 잘 읽는 사람은 읽기 전, 읽는 동안, 읽은 후에 끊임없이 질문한다.

4. 질문에 대한 답을 글 속에서, 머릿속에서, 다른 출처에서 찾을 수 있음을 알려준다. 각각의 예도 함께 보여준다.

   지도의 핵심 글을 잘 읽는 사람은 텍스트 안에서 답을 얻을 수 없을 때 다른 출처를 찾아봐야 한다는 사실을 안다.

5. 질문할 내용을 텍스트에 표시하는 방법을 가르친다. 책에 직접 적을 수 없을 때 접착식 메모지를 활용하는 방법을 보여준다.

   지도의 핵심 글을 잘 읽는 사람은 텍스트에 질문을 표시해두고 나중에 답을 찾기 위해 돌아온다. 질문을 표시해두면 읽기의 목적이 명확해져서 집중하는 데에도 도움이 된다.

8장

엉뚱한 답
: 너무 멀리 나간 추론

이게 끝이에요? 저자가 뭘 얘기하고 싶은 건지 전혀 모르겠어요. _**케이디 (9학년)**_

1. 제 생각에는요

셰리 갈런드(Sherry Garland)의 『나는 너의 이름을 몰랐다(I Never Knew Your Name)』를 읽고 케이디가 책상을 내리치며 짜증이 난 목소리로 말했다. "저는 이렇게 결말을 분명히 알 수 없는 책이 진짜 싫어요." 케이티는 결말이 확실하지 않은 책은 나쁜 책이라는 간단한 결론을 내렸다. 하지만 이 책에는 십 대 주인공이 아파트 옥상에서 뛰어내려 목숨을 끊었음을 알려주는 분명한 단서들이 있다. 케이티는 결말을 추론하는 데 필요한 그 단서들을 놓쳤을 뿐이다.

나는 소설 속에서 무슨 일이 일어났는지 이해하지 못한 학생이 또 있는지 알아보기 위해 각자가 생각하는 이 책의 결말을 적어보라고 했다. 몇몇 학생은 내 말이 떨어지기가 무섭게 소리쳤다. "주인공은 죽었어요." 어떤 학생들은 친구가 쓴 결론을 베껴 쓰고 있었다. 적어도 주인공이 자살했다는 사실은 모두 이해했으리라는 나의 예상은 완전히 빗나갔다. 놀랍게도 학생들의 결론은 정말 다양하고 엉뚱했다.

"소년은 다른 데로 이사했다." 타일러의 결론이었다.

"아니야. 소년은 아파트 옥상에서 비둘기와 노는 걸 좋아했지만 어느 날부터 옥상에 올라가지 않은 거야." 팀이 타일러의 결론을 반박했다.

크리스티는 주인공이 마약을 과다복용했다고 확신했다.

"아니야. 주인공은 총에 맞은 거라고." 라티바가 말했다.

샘슨은 라티바의 의견에 동의했다. "맞아, 누가 주인공을 총으로 쏜 거야."

"내 생각엔 소년이 차에 치인 것 같아." 코리가 말했다.

키언이 답답하다는 표정으로 소리쳤다. "야, 다 틀렸어. 그 미친 관리인이 소년을 옥상에서 밀어버린 거야." 시끌시끌하던 교실이 갑자기 조용해지면서 모두 키언을 쳐다봤다. 처음엔 키언이 장난으로 그런 말을 했다고 생각한 학생들은 키언의 진지한 표정을 본 뒤 비로소 모두가 뭔가를 빠뜨리고 있는 게 아닌가 생각하기 시작했다. 학생들은 키언이 농담으로 한 말이 아니라는 것은 알았지만 그의 결론이 완전히 틀렸다는 사실은 알아차리지 못했다. 키언의 추론은 너무 멀리까지 간 것이었다.

나는 학생들의 대답이 재미있어서 그들이 어떻게 그런 결론에 도달했는지 더 들어보기로 했다. 나는 학생들에게 각자의 추론을 뒷받침할 증거가 있는지 물었다.

"증거요?" 크리스티가 되물었다.

"작가들은 독자들이 찾을 수 있는 단서를 텍스트에 남겨놓아요. 이야기가 어떤 식으로 이어질지 독자들에게 아무런 단서를 제공하지 않고 결말을 짓는 작가는 없어요. 좋은 독자는 이런 단서들을 놓치지 않죠." 내가 말했다.

크리스티가 잠시 뜸을 들인 뒤 말했다. "선생님, 이 책에서는 어떤 일이 일어나고 있는지 제대로 알려주는 단서가 없어요. 제 생각에는 주인공이 마약을 과다복용한 것 같은데 이건 그냥 제 의견이에요. 원래 의견에는 맞고 틀리고가 없는 거잖아요."

"물론 의견은 중요해요." 내가 말했다. "하지만 여러분이 나이가 더 들어서 사실에 근거하지 않은 의견을 말하면 사람들은 여러분이 하는 말을 진지하게 받아들이지 않을 거예요. 근거를 제시할 수 없는 말을 하면서 사람들이 그 말에 동의해 주기를 바랄 수는 없겠죠. 선생님은 여러분이 자기의 생각을 입증하도록 가르쳐야 할 책임이 있어요. 여러분은 사실과 정보를 가지고 자기 생각을 뒷받침해야 해요."

나는 크리스티에게 우리가 읽은 책에도 결말에 대한 작가의 힌트가 있다고 말했다. 나는 크리스티에게 책을 건네주며 결말의 근거를 텍스트 안에서 찾아보라고 했다. 몇 분 후 크리스티는 나에게 책을 돌려주며 주인공이 마약을 과다복용했다는 근거를 책에서 찾을 수 없다고 인정했다. 그러면서도 이렇게 덧붙였다. "제 의견에 근거는 없지만 그래도 그런 일이 정말 벌어졌을지도 모르잖아요."

"그런 일이 벌어졌을지도 모른다니?"

"작년에 제 친구 중에서 자기 엄마가 복용하던 알약을 한 움큼 삼키고 자살한 애가 있어요. 그런 일이 이 소설의 주인공에게 일어나지 않았으리라는 법이 없잖아요?"

크리스티 같은 학생들은 이해의 단서를 텍스트 안에서 찾으려 하지 않는다. 그들은 플롯과 개인적 경험에만 매달리며 텍스트가 이해되지 않을 때는 자의적인 추론을 한다. 크리스티는 실제 텍스트의 결말이 자신이 생각한 결말과 일치하지 않았을 때 "의견"일 뿐이라는 말로 자신의 책임을 회피했다. 글을 읽는 사람의 기분에 따라 글의 의미와 분석, 해석이 달라져서는 안 된다는 것을 크리스티는 이해하지 못했다. 읽기를 어려워하는 학생들은 결론을 도출하고 논리적 사고를 적용할 책임이 자신에게 있다는 사실을 깨닫지 못하는 경우가 많다. 좋은 독자는 텍스트 안에서 단서를 찾고 텍스트의 정보와 자신의 배경지식을 연결함으로써 작가와 협업을 하는 것이 글을 깊이 이해하는 길임을 이해한다. 독자가 논리적으로 텍스트의 결말을 이해할 수 있다는 개념이 크리스티 같은 학생들에게는 생소한 것이었다.

2. '무엇을'에 관해 가르칠 때 '어떻게'를 잊지 말자

학생들은 자신이 읽는 텍스트와 관련된 모든 것을 교사가 이야기해주길 바란다. 교사들 역시 텍스트의 내용과 결론을 학생들에게 친절하게 알려준다. 일부 학생은 그렇게라도 해야 이해할 수 있다고 생각하기 때문이다. 초등학교 4학년 때 나는 결말이 잘 이해되지 않는 책을 들고 가서 선생님의 도움을 청했다. 선생님은 웃으면서 이렇게 말했다. "크리스, 한 줄 한 줄 사이를 잘 읽어봐." 나는 선생님이 나에게 비법을 알려주셨다고 생각하며 기분 좋게 자리로 돌아와 책을 펴고 열심히 행간을 살폈다. 물론 행간에는 하얀 여백밖에 없었다.

교사들은 '행간을 읽어라, 추론해라. 결론을 도출해라, 생각을 해봐라'라고 학생들에게 말하지만, 정작 어떻게 추론하는지 방법을 알려주지 않는다. '행간'을 읽는 법을 배우지 않으면 학생들은 자신의 배경지식에 과도하게 의존하거나 엉뚱한 추측만 한다. 셰리 갈런드의 작품을 읽은 학생들이 결말을 엉뚱하게 해석한 것도 그 때문이었는지도 모른다.

문맥의 단서를 무시하는 학생들은 자신의 경험에만 의존하는 경향이 강하다. 물론 독자의 배경지식이 추론 능력에서 큰 비중을 차지하는 것은 사실이다. 하지만 배경지식만으로는 충분하지 않다. 독자는 자기 생각을 뒷받침하기 위해 텍스트를 활용해야 한다. 무턱대고 '제 생각에는요'라고 주장한다고 해서 그 생각이 받아들여질 수 있는 것은 아니다.

나는 크리스티에게 받은 책을 들고 내가 결말을 이해한 과정을 학생들에게 보여주었다. 나는 첫 페이지에서부터 책장을 넘기며 중간중간에 있는 단서들을 지적했다. 주인공은 늘 혼자 농구를 했다. 그는 학생들이 무리를 지어 학교 무도회에 가는 모습을 길모퉁이에 앉아 물끄러미 지켜봤다. 그는 혼자 아파트 옥상에서 비둘기들에게 모이를 주었다. 그리고 마지막으로 등장하는 장면에서 그는 울고 있었다. 나는 경광등을 켜고 달리는 구급차와 충격을 받은 행인들의 모습이 삽화로 실린 페이지를 학생들에게 보여주었다. 그리고 그의 친구가 중얼거리는 말을 크게 읽어주었다. "넌 그렇게 나쁜 애가 아니었어. 도대체 왜 그런 짓을 저질렀어?"

이어서 내가 가지고 있는 배경지식과 경험을 통해 내가 발견한 단서들을 어떻게 이해했는지 보여주었다. "선생님이 방금 지목한 여러 가지 정보를 종합하면 우리는 주인공이 외톨이였다는 사실을 알 수 있어요. 선생님이 알기로는 외톨이로 지내거나 우울증이 심한 사람들은 자살할 확률이 일반적인 사람들보다 높아요. 결론적으로 선생님은 주인공이 아파트 옥상에서 뛰어내렸다고 생각해요." 나는 학생들에게 자의적인 추측이 아니라 텍스트를 근거로 추론을 하는 예를 보여주었다. 내 말을 듣고 있던 크리스티가 약물 과다복용으로 자살한 친구의 이야기를 다시 꺼냈다. "사람들은 외롭거나 아무 희망이 없다고 느낄 때 자살을 해요." 나는 작가가 주인공의 외로움을 묘사한 몇몇 다른 대목을 학생들과 함께 다시 읽었다.

"이제 알 것 같아요." 제니가 말했다. "작가는 주인공이 외롭고 우울하다는 것을 보여주는 단서를 여기저기에 남기고 있네요."

코리는 주인공이 아파트 옥상에서 비둘기들에게 모이를 주는 장면을 언급했다. "옥상에서 뛰어내린 게 맞는 것 같아요. 작가가 옥상을 자꾸 이야기한 데에는 이유가 있었던 거네요."

수업이 끝날 무렵 크리스티를 포함한 거의 모든 학생은 주인공의 비극적인 최후에 대해 같은 결론을 내리게 되었다.

3. 개연성 있는 결론의 도출

교사는 학생들의 대답을 무조건 수용함으로써 자의적이고 비논리적인 결론도 옹호하는 것으로 비쳐서는 안 된다. 이것은 내가 초등학교에 근무할 때 학생들의 의욕을 짓밟을까 두려워서 자주 저지르던 잘못이기도 하다. 초등학생들은 경쟁하듯 자기 생각을 발표하는데, 아이들의 자존감에 상처를 주면 안 된다는 생각에 나는 터무니없는 대답에도 늘 칭찬으로 반응했다. 나는 대답이 없는 것보다는 차라리 엉터리 대답이 낫다고 생각했지만, 그것은 학생들을 의미로 이끌기는커녕 오히려 의미에서 멀어지게 한다.

우리는 매일 배경지식을 조금씩 늘려간다. 새로운 경험은 텍스트를 읽을 때 새로운 의미를 부여하게 만든다. 몇 년 전 나는 도널드 그레이브스의 워크숍에 참석한 적이 있는데, 그곳에서 들은 그레이브스의 독서 습관은 결코 잊을 수가 없다. 그는 톨스토이의 『안나 카레

니나』를 매년 다시 읽는데 그때마다 텍스트에서 전에 안 보이던 것이 새롭게 보이고 자기 자신에 대해 전에 몰랐던 것을 발견하는 경험을 한다고 고백했다. 그는 1년마다 똑같은 텍스트에서 전년과 다른 의미를 발견하는 것을 즐기고 있었다. 해가 바뀌어 그가 『안나 카레니나』를 다시 읽을 때 자기 자신과 세상에 대해 새로운 것을 발견하지 못하게 된다면 그의 실망감이 얼마나 크겠는가!

4. 단어에 얽매일 때

교사들은 플롯에만 매달리는 학생들이 추론하는 방법을 익힐 수만 있다면 그들을 가르치기가 훨씬 쉬워질 거라고 말한다. 추론은 문맥의 단서와 독자의 배경지식이 적절하게 맞물릴 때 작동한다. 킨과 지머맨은 『생각의 모자이크』에서 이렇게 말한다. "추론하기 위해 독자는 단어를 살짝 들어 올리고 그 밑으로 지나가야 한다." 십 대 시절 나의 독서는 단어 하나하나에 얽매여 있었다. 문학 시간에 나는 텍스트에 대한 선생님의 설명을 들을 때마다 선생님은 어떻게 그런 결론에 도달했는지 궁금했다. 나는 심층적인 의미를 발견하기 위해 활자 아래로 지나가는 방법을 몰랐고 텍스트의 단서를 어떻게 활용하는지 몰랐으며 배경지식이 얼마나 중요한지도 알지 못했다.

나는 글을 분석하는 방법을 배운 적이 없다. 그저 분석하라는 얘기만 들었을 뿐이다. 나 자신의 부정확한 해석으로 텍스트를 이해하지 못했을 때도 그것을 텍스트의 난해함 탓으로 돌렸다. 나는 선생님들이 '숨은 의미'를 어떻게 찾아내는지 궁금했지만 그런 건 선생님이나 책벌레들에게나 필요한 것으로 여겼다. 하지만 마음속으로는 추론적 사고의 문을 열 열쇠를 간절히 원했다.

5. 추론이란 무엇인가?

성인들도 추론이 뭔지 설명하기는 쉽지 않다. 교사가 가르치기에 추론은 까다롭고 복잡한 전략이기도 하다. 추론은 독자가 활자 너머의 의미를 이해하려고 할 때 머릿속에서 일어나는 추상적 사고라고 할 수 있다.『효과적인 독서 전략』의 저자 하비와 가우드비스는 "추론은 이해의 주춧돌"이라고 말한 바 있다.

추론이 필요한 질문을 받을 때 글을 잘 읽지 못하는 사람들은 명시적으로 드러나 있는 답을 찾아 자신이 읽던 텍스트를 뒤적거린다. 하지만 그 답을 찾기 위해 얼마나 많은 사고 과정이 요구되는지 모르기 때문에 그들의 노력은 헛수고로 돌아가기 일쑤다. 그들은 작가가 독자를 위해 모든 것을 세밀하게 설명할 수 없다는 사실을 이해하지 못한다. 만일 작가가 그렇게 글을 쓴다면 세상의 모든 책은 벽돌처럼 두꺼워질 것이고 독자들은 읽기의 즐거움을 잃어버릴 것이다.

크리스티를 비롯한 많은 학생은 추론하는 방법은커녕 추론이 뭔지도 잘 몰랐다. 나는 의견이 추론과 크게 다를 게 없다는 학생들의 생각을 바로잡고 싶었다. 그러려면 추론하는 방법을 가르치기에 앞서 추론이 무엇인지부터 학생들이 이해하도록 해야 했다.

나는 의견이 필요할 때도 있지만 의견은 추론과 분명히 다른 것임을 설명하는 것에서부터 시작했다. "의견은 맞고 틀리고가 없어요." 내가 말했다. "선생님은 오빠가 세 명 있어요. 선생님의 의견으로는 콜로라도주 고등학교 야구 선수들 가운데 오빠들이 최고였어요. 대학이나 프로팀 스카우트들의 생각은 어땠는지 모르겠지만 그건 아무 상관 없었어요. 선생님에게는 오빠들이 최고였으니까요. 그게 선생님의 의견이고 그건 남들이 뭐라 해도 바뀌지 않는 것이죠. 선생님의 생각은 논리가 아니라 오빠들이 대단해 보이는 동생의 마음에서 나온 것이잖아요? 추론은 객관적인 증거와 개인의 경험을 통해 만들어진다는 점에서 의견과 달라요. 한마디로 추론은 가슴이 아니라 머리에서 만들어진 논리적 결론이라고 할 수 있죠."

필립은 여전히 추론이 뭔지 명확하게 이해되지 않는다면서 더 자세한 설명을 요구했다.

"추론은 작가가 직접 말하지 않은 것을 독자가 논리적으로 생각해서 얻은 결론이에요. 글에서 얻은 단서에 독자 자신의 경험을 더해서 만드는 것이죠. 물론 작가가 직접 와서 독자의 생각이 맞는지 틀리는지 확인해 주지 않기 때문에 추론이라는 게 쉽지는 않죠." 보충 설명을 하며 나 자신은 흡족한 마음이 들었지만, 학생들은 그다지 흡족하지 않은 것 같았다. 스무 명은 눈이 게슴츠레했고 열다섯 명은 입을 반쯤 벌리고 있었으면 세 명은 아예 책상에 엎드려 있었다.

켈리가 말했다. "설명이 너무 어려워요. 여전히 추론이 뭔지 모르 겠어요."

"저도요." 채리티가 말했다. "왜 어떤 소설은 결론도 없이 끝나냐 고요?"

답하기가 쉽지 않은 질문이었다. 나는 학생들이 느끼는 혼란을 한 마디로 깔끔하게 해결해줄 수 없었다.

6. 연습하고 연습하고 또 연습하라

나는 새로운 독서 전략을 소개할 때 그 전략을 어떻게 적용하는지 단계별로 설명한다. 먼저 그 전략이 무엇인지 학생들이 이해하도록 한다. 이어서 학생들이 그 전략을 활용하는 경험을 해보게 한다. 다 음으로 그 전략을 학생들이 스스로 실행해볼 수 있게 한다. 마지막으 로 어려운 텍스트를 가지고 그 전략을 연습할 시간을 제공한다.

운동선수들은 경기 능력 향상을 위한 훈련에 이와 똑같은 방법을 사용하기도 한다. 내가 막내딸에게 테니스를 처음 가르칠 때도 그랬 다. 나는 아이 바로 옆에 서서 공을 조심스럽게 떨궈주며 아이가 그 공을 치게 했다. 아이가 그 공을 제대로 치게 되었을 때 나는 좀 더 어려운 단계로 넘어갔다. 아이와 조금씩 거리를 벌려서 나중에는 네 트 건너편에서 공을 던져준 것이다. 그런 과정을 거쳐 마침내 아이와 나는 네트를 사이에 두고 라켓으로 공을 쳐서 주고받는 단계에 이르렀다. 이 모든 과정에서 나는 아이에게 포핸드로 공을 정확하게 받아 넘기는 법을 가르쳤다. 만일 내가 처음부터 네트 건너편에서 라켓으로 공을 쳐주었다면 아이는 그냥 포기하고 테니스와 담을 쌓았을 것이다.

우리는 아이들이 연습다운 연습을 해본 적이 없는 일을 처음부터 능숙하게 해내기를 바랄 때가 있다. 학생들에게 방법을 가르쳐주지도 않고 어려운 텍스트를 던져주며 추론을 해보라고 하는 것은 무책임하고 비현실적인 요구이다.

7. 보이는 텍스트와 보이지 않는 텍스트

추론이 무엇인지 학생들에게 알려주기 위해, 나는 두 어린 하마가 등장하는 제임스 마셜(James Marshall)의 『조지와 마사(George And Martha)』를 읽어주었다. 13권으로 이루어진 이 시리즈는 어린이를 위한 교훈적인 이야기를 담고 있다. 이 시리즈에서 내가 제일 좋아하는 『무서운 영화(The Scary Movie)』는 조지가 마사에게 무서운 영화를 보러 가자고 말하는 장면에서 시작한다. 무서운 영화를 한 번도 본 적이 없는 마사는 조지의 제안에 처음에는 주저하지만, 누구나 무서운 영화를 좋아한다는 조지의 말을 듣고 결국 따라나선다. 그런데 영화를 보면서 겁을 먹은 것은 마사가 아니라 조지였다. 조지는 무서

움에 고개를 처박고 있지만 자기는 바닥에 떨어진 안경을 찾고 있을 뿐이라고 둘러댄다. 그런 조지에게 마사는 안경을 쓴 적이 한 번도 없지 않냐고 무뚝뚝하게 말한다. 영화가 끝나고 집으로 돌아가는 길에 조지는 여전히 하얗게 질린 채 마사가 "무서울까 봐" 손을 잡아주는 것이라며 꼭 잡은 손을 놓지 않는다. 마사는 미소를 지으며 영화가 정말 재미있었다고 말한다.

이야기를 다 읽은 다음 나는 학생들에게 조지와 마사에게 무슨 일이 일어났는지 물었다. 학생들은 겁을 먹은 건 조지였으며 겁에 질려 있다는 사실을 들키지 않으려고 조지가 안간힘을 쓰고 있음을 쉽게 이해했다. 나는 "조지는 겁을 먹었어요"라고 작가가 직접 말하지 않았는데 그걸 어떻게 아느냐고 학생들에게 물었다.

"그야 뻔하죠." 크리스티가 말했다. "조지는 안경을 찾는다면서 고개를 들지도 못하고 있었잖아요."

"고개를 못 드는 게 무서워서라는 건 어떻게 알죠?" 내가 되물었다.

"친구들과 영화를 보러 가서 무서운 장면이 나오면 저는 딴짓을 해요. 친구들이 눈치채지 못하게 자연스러워 보이는 다른 행동을 하는 거죠. 조지가 딱 그러고 있네요."

타일러는 마지막 페이지의 삽화에 주목했다. "조지의 얼굴색이 원래 회색인데 여기에서는 하얘요. 사람들도 겁을 먹으면 얼굴이 이렇게 하얘지잖아요."

나는 학생들의 대답을 칠판에 적으면서 '보이지 않는' 텍스트에서 단서를 찾아낸다는 것이 바로 이런 것이라고 말했다. '보이는 텍스트'가 인쇄된 낱말, 그림, 표, 그래프 그리고 의미가 있는 모든 시각적 단서를 뜻한다면, '보이지 않는 텍스트'는 생각, 의견, 배경지식처럼 독자의 머릿속에 있는 모든 정보를 가리킨다. 같은 텍스트를 읽으면서도 독자들은 제각기 다른 '보이지 않는 텍스트'를 가지고 있다. 나는 보이는 텍스트와 보이지 않는 텍스트를 둘 다 활용하여 우리가 생각한 것이 바로 논리적 추론이라고 말했다.

8. 적절한 균형

좋은 추론은 문맥에서 찾은 단서와 독자의 배경지식이 이루는 적절한 균형에서 나온다. 텍스트에만 의존할 때 독자의 생각은 텍스트에 갇히고 만다. 반대로 배경지식에만 의존하면 독자는 엉뚱한 추론을 내놓기 쉽다.

릭은 추론을 어려워했다. 내가 추론을 연습하는 과제를 냈을 때, 릭은 자신이 과제를 할 수 없었던 이유를 적어서 제출했다. "선생님께서 내주신 과제를 열심히 해보려고 했지만 제가 읽은 책에는 추론이 하나도 없었습니다."

다음 시간에 나는 추론을 어디에서 얻어야 하는지에 대해 학생들의 생각을 들어보았다. 몇몇 학생은 릭처럼 그들이 읽은 책 어디에서도 추론을 찾지 못했다고 말했는데, 이에 몇몇 다른 학생이 킥킥거리며 웃었다.

"왜 웃죠?" 내가 물었다.

"추론은 당연히 책에 없죠." 사라가 말했다. "추론은 글을 읽는 사람의 머리에서 나오는 거라고 하셨잖아요."

"맞아요. 독자는 작가가 떠먹여 주는 것을 받아먹는 사람이 아니라 작가를 도와서 글의 의미를 만들어내는 사람이에요. 독자의 머릿속에 있는 정보에 따라 글의 맛은 완전히 달라질 수 있어요."

좋은 독자는 글을 읽으며 계속 질문하고 어딘가에서 답을 발견하기를 기대한다. 그 답은 텍스트 속에 있을 때도 있고, 독자의 머릿속에 있을 때도 있다. 좋은 독자는 작가가 남겨놓은 단서를 열심히 찾아보는데, 그것이 추론하는 데 도움이 된다는 사실을 잘 알기 때문이다. 독자가 더 많은 정보를 가질수록 추론은 더 정확해진다.

몇 년 전 나는 미술교육 전공 석사 과정을 밟고 있는 린이라는 학생의 독립 연구를 지도한 적이 있다. 그에 대한 보답으로 린은 내가 계획한 미술과 독서의 통합교과수업을 도와주었다. 어느 날 프로젝트를 수행하던 학생들이 작품 제작이 뜻대로 되지 않아 풀이 죽어 있자 린이 말했다. "눈은 불완전한 부분을 보지만 우리의 머리는 그것을 바로잡아서 이해해요. 그림 속에 불완전한 부분이 있을 때 미술은 더 흥미로워진답니다."

추론도 마찬가지다. 학생들이 개인적 경험과 문맥의 단서를 결합하고 거기에 '의견'을 덧붙일 때 독서는 더 흥미로워진다. 추론은 글을 다차원적인 것으로 만든다. 독자는 자신이 읽는 모든 텍스트에 자신만의 서명을 남긴다.

살아있는 독서 지도

1. 추론이 요구되는 텍스트를 큰 목소리로 읽어준다. 나는 한 시간 동안 읽기와 독해 전략 연습을 모두 마칠 수 있는 아동용 그림책을 종종 수업에 활용한다. 내가 특히 좋아하는 그림책은 로베르토 이노센티(Roberto Innocenti)의 『백장미(Rose Blanche)』, 바버라 버거(Barbara Berger)의 『노을 할아버지(Grandfather Twilight)』, 크리스 반 알스버그(Chris Van Allsburg)의 『저주받은 돌(Wretched Stone)』 같은 것들이다. 책을 읽기 전에 제목과 표지를 보고 어떤 내용이 펼쳐질지 학생들이 예측해보도록 한다. (각자의 생각을 써보게 하면 학생들은 교사가 설명해줄 때까지 기다리기보다 스스로 의미를 구성해보려고 노력하게 된다.) 이어서 책을 읽어나가는 동안 가장 설득력 있는 결론을 뒷받침하는 단서들을 찾게 한다. 작가가 쓴 한 문장 한 문장에는 다 이유가 있으며, 처음에는 별 의미가 없어 보이던 것이 추론을 거치며 점점 뚜렷하게 이해가 된다는 사실을 설명한다.

   지도의 핵심_좋은 독자들은 텍스트에 의미가 있다고 생각한다. 그들은 자신의 결론을 뒷받침하는 단서를 텍스트 안에서 찾는다. 그들은 독자가 의미를 구성하는 데 필요한 정보를 작가가 글 속에 제공했을 것이라고 믿는다.

2. 의견과 추론의 차이를 설명한다. 의견이 사실에 토대를 두고 있을 때도 있지만 그러지 않을 때도 있음을 예를 통해 보여준다. 의견은 중요한 것이지만 감정에 좌우될 때가 많다. 의견은 텍스트를 해석하는 도구로는 적절하지 않다. "여러분의 생각을 뒷받침하는 문장이나 그림이 뭐죠?" 같은 질문을 사용한다. 학생들이 혼동하지 않도록 아래의 정의를 명확하게 설명한다.

예측 사실에 기초한 논리적 추측이다. 예측은 텍스트를 읽으며 맞았는지 틀렸는지 확인할 수 있다.

추론 독자의 배경지식과 텍스트의 단서를 토대로 한 논리적 결론이다. 추론은 텍스트에 명시적으로 드러나지 않는다.

가정 당연한 것으로 여겨지는 사실이나 주장이다. 가정은 객관적 사실이나 정보에 토대를 둘 수도 있지만 그렇지 않을 수도 있다. 따라서 정확할 수도, 정확하지 않을 수도 있다.

의견 사실에 근거하지 않을 수도 있는 개인의 신념이나 결론이다. 의견은 풍부한 지식이나 통찰을 표현할 수도 있지만 터무니없는 말에 불과할 수도 있다. 입증된 사실이 아닌 개인의 생각에 토대를 둔 경우가 있기 때문이다.

지도의 핵심 좋은 독자들은 추론과 의견의 차이를 안다. 그들은 자기 생각을 입증하기 위해 텍스트에 제시된 정보를 이용한다.

3. 텍스트에 있는 단서들을 모아놓고 각각의 단서를 해석하는 데 배경지식의 활용이 어떻게 도움이 되는지 보여준다. 학생들이 이미 접해본 2단 메모를 변형해서 활용한다. 왼쪽에는 텍스트에서 찾은 단서를 적고, 오른쪽에는 그와 관련이 있는 개인의 배경지식과 경험을 기록한다. 오른쪽에 적는 배경지식과 경험은 텍스트의 단서를 해석하는 데 도움이 되는 것들만 적어야 함을 강조한다.

   지도의 핵심 좋은 독자는 텍스트의 단서를 이해하기 위해 자신의 배경지식과 경험을 활용하는 것을 두려워하지 않는다.

4. 추론하는 방법을 가르친다. 나는 학생들이 텍스트의 경계를 넘어서도록 하기 위해 아래의 단계별 접근법을 제시한다.
   (1) 자신에게 질문한다. 텍스트에서 궁금한 것을 찾는다.
   (예:『나는 너의 이름을 몰랐다』의 주인공에게 무슨 일이 일어났을까?)
   (2) 작가가 텍스트에 남겨놓은 중요한 단서를 찾는다.
   (예: 그는 늘 혼자였다. 그는 옥상에 자주 올라갔다. 한밤중에 구급차가 달려왔다. 행인들이 충격을 받았다.)
   (3) 그 단서에 대해 자신이 아는 것을 생각해 본다. 자신의 배

경지식이 그 단서에 대해 무엇을 말해주는지 살핀다.

(예: 외톨이들은 종종 슬픔에 빠진다. 옥상은 혼자 있기에 위험한 곳이다. 구급차는 심상치 않은 일이 생겼을 때 나타난다. 사람들은 자살을 목격했을 때 충격을 받는다.)

(4) 텍스트의 단서와 배경지식을 가지고 자신의 질문에 답한다.

(예: 그는 옥상에서 뛰어내려 목숨을 끊었다.)

지도의 핵심_ 좋은 독자들은 질문한다. 그들은 스스로 질문하고 답할 때 텍스트의 단서와 자신의 경험 그리고 배경지식을 활용한다.

이해 전략은 의식하면서 사용하는 건가요 아니면 무의식적으로 나오는 건가요? 이게 무의식적으로 나오는 거라면 저는 큰일이네요._사라(12학년)

만일 계약서를 읽는다고 하면 시각화가 무슨 도움이 돼요? '15%', '이에 의거하여', '계약 시점 이전까지' 같은 개념을 어떻게 시각화하죠? 저는 시각화가 의미를 이해하는 데 도움이 안 되는 것 같아요. 어려운 문서를 읽을 때는 뭔가 다른 게 필요해요._제러미(12학년)

　독자는 자기만의 방식으로 의미를 구성할 필요가 있다. 이를 위해 나름의 독서 전략을 적용해야 하는데, 처음에는 그것을 의식해야 하지만 나중에는 직관적으로 할 수 있게 된다. 한동안 사라는 연결, 질문, 추론, 시각화 등의 독서 전략을 의식적으로 적용하기 위해 노력했다. 사라는 '중요한 것'과 단순히 '흥미로운 것'을 구분했고 자신이 읽은 내용을 통합적 관점에서 이해하려 했다. 글을 잘 읽는 사람들의 독서 전략을 의식하는 것은 사라가 텍스트의 이해 능력을 높이는 데 도움을 줄 것이다.

제러미는 다양한 독서 전략을 사용해야 한다는 사실을 알고 있으며 한 가지 전략이 어느 경우에나 다 통하지 않는다는 것도 알고 있다. 예컨대 추상적이고 관념적인 내용의 텍스트를 읽을 때 시각화는 별 도움이 되지 않는다. 그럴 때는 다른 전략이 필요하다. 선택할 수 있는 전략이 다양할수록 어려운 텍스트를 읽고 이해할 가능성은 더 커진다.

전략이란 독자가 의미를 구성하는 데 필요한 계획이다. 전략은 텍스트의 성격에 따라 유연하게 적용될 수 있다. 제러미는 시각화가 도움이 되지 않는 텍스트를 접했을 때 자신이 알고 있는 내용을 연결하는 전략을 고려해볼 수 있었다. 전략을 제대로 선택하고 적용하는 독자는 텍스트에 더 쉽게 접근할 수 있다.

린지는 책을 읽을 때 특별히 의식하지 않아도 적절한 독서 전략을 직관적으로 활용할 수 있는 학생이었다. "저는 책을 읽을 때 전략 같은 거 생각하지 않아요. 시각화를 활용하겠다는 생각을 안 해도 그게 저절로 되거든요." 실제로 린지 같은 독자들은 일반적인 수준의 텍스트를 읽을 때 무의식적으로 최적의 독서 전략을 사용한다. 어렵거나 복잡한 텍스트를 읽지 않는 한 그들은 별다른 문제를 겪지 않는다.

하지만 린지도 어려운 텍스트를 접했을 때 의미 구성에 실패하는 경험을 했다. 내가 학생들에게 『모비 딕(Moby Dick)』의 제23장 '바람을 따라 도달하는 해안(The Leeshore)'을 읽기 과제로 내주었을 때의 일이다. 이 장은 한 페이지라는 짧은 분량에도 불구하고 학생 대다수가 이해에 어려움을 겪는다. 린지 역시 이 장을 읽고 이해하지 못했음을 인정했다. 나는 린지에게 의식적으로 시각화를 활용해서 그 장을 다시 읽어보라고 했다. "이번에 읽을 때는 등장인물이 어디에 있는지, 날씨가 어떤지, 등장인물이 어떤 행동을 하고 있는지 머릿속에서 그림을 그려보세요."

과학 논문이나 가전제품의 사용설명서처럼 어렵고 딱딱한 텍스트를 읽을 때는 나 역시 도움이 필요하다. 인쇄된 활자만 읽는 것으로는 충분하지 않다. 그나마 어려운 텍스트를 다루는 여러 가지 방법을 알고 있는 나는 읽기 전략을 갖추지 못한 사람들에 비해 유리한 점을 많이 가지고 있다. 모든 텍스트에 다 통하는 전략은 없다. 독서의 목적에 따라 전략은 유연하게 적용되어야 한다. 만만치 않은 텍스트를 읽어야 할 때 나는 어느 대목에서 이해가 어려워질지 예측해본다. 그리고 어느 전략을 어떤 방식으로 사용할지 결정한다. 지금 읽고 있는 부분을 이해하기 위해 곧 읽게 될 부분을 의식적으로 생각하고 준비하는 것이다. 모든 텍스트는 다르다. 잘 읽기 위해서는 다양한 전략을 구사해야 한다.

독서 전략을 가르치는 데에는 시간이 필요하다. 전략을 활용하는 데에도 시간이 필요하다. 그리고 '글씨'가 아닌 '글'을 읽는 독자에게는 더 많은 시간이 필요하다. 12학년생 로라가 학기 중간에 이런 말을 한 적이 있다. "책을 읽으면서 이런저런 전략을 생각하다 보면 읽는 속도가 너무 느려져요. 제가 이 수업을 신청한 이유는 속독하는 방법을 배우고 싶었기 때문이에요." 로라는 잘 읽는다는 것의 의미를 빨리 읽는 것으로 생각했다. 하지만 읽는 속도가 조금 느려졌을지 몰라도 그 학기에 로라의 독해 능력은 놀라울 정도로 좋아졌다.

읽기를 가르치는 교사는 단순히 학생들의 독서 능력을 평가하는 것 이상의 일을 할 수 있다. 글을 잘 읽는 사람들이 무엇을 어떻게 하는지 보여주는 것만으로도 학생들은 텍스트를 더 잘 이해하는 방법을 익힐 수 있다. 이 책에는 정형화된 수업 활동이 담겨 있지 않다. 책과 담을 쌓은 학생들을 위한 만병통치약 같은 수업 지도안도 없다. 초등이나 중등 과정의 학생들을 지도하는 데 두루 사용할 수 있는 제안이 담겨 있을 뿐이다. 여기에서 논의된 접근 도구들은 학생들이 스스로 읽기의 목적을 정하고 생각을 구체화하는 데 도움이 될 것이다.

읽고 이해한다는 것은 복잡한 과정이다. 텍스트를 이해하는 데 지름길 같은 것은 없다. 우리의 뇌가 텍스트에 있는 여러 층위의 의미를 뚫고 지나가는 길은 수없이 많다. 잘 읽는 독자는 온갖 문서와 책과 잡지를 똑같은 방식으로 읽지 않는다. 잘 읽는다는 것은 자신이 무슨 생각을 하는지 의식함과 동시에 주어진 과제의 요구에 따라 적절한 독서 전략을 선택해 활용한다는 것을 의미한다.

1. 전략을 가르쳐야 하는 이유

교과 내용을 가르치기에도 빠듯한 수업 기간에 왜 독서 전략을 가르쳐야 하는지 의문을 제기하는 교사들도 있다. 독서 전략을 지도함으로써 우리는 아래와 같은 이점을 얻을 수 있다.

(1) 모든 학생이 같은 전략을 연습하고 적용할 수 있다. 상대적으로 독해 능력이 우수한 학생들에게는 좀 더 어려운 텍스트를, 독해 능력이 떨어지는 학생들에게는 쉬운 텍스트를 제공한다. 훌륭한 독서가들이 사용하는 전략을 나름대로 익힘으로써 학생 각자는 현재의 자기 수준보다 독해 능력을 한 단계 높일 수 있다. 텍스트를 더 잘 이해하는 방법을 배우는 데 이미 늦었다고 할 시기는 없으며 그것은 읽기에 어려움을 겪는 중고등학교 학생들에게도 마찬가지다.

(2) 독서 전략은 교육과정의 모든 영역에 적용할 수 있다. 내가 일하는 콜로라도주에서 독서를 지도하는 교사들은 넬슨이라는 초등학생과 콜린 버디라는 선생님의 일화를 자주 언급한다. 어느 날 넬슨이 물었다. "선생님, 선생님께서는 수학 시간에는 추정하라고 하시고 과학 시간에는 가설을 세우라 하시고 읽기

시간에는 추측하라고 하시는데 그게 다 같은 거 아니에요?"

넬슨은 우리에게 독서 전략이라는 것이 사실은 생각의 전략이며 우리 삶의 모든 영역에서 두루 활용되는 것임을 새삼 일깨워 주었다.

(3) 이해 전략을 가르치기 위해 모든 교사가 독서 전문가일 필요는 없다. 교사는 독자로서 글을 읽는 동안 자신의 사고 과정을 의식하고 의미 구성을 위해 무엇을 하는지 의식하면 된다. 그리고 학생들에게 그 요령을 전달하면 된다.

독서 전략은 겹치는 경우가 많다. 그러므로 학생들이 새로운 전략을 배울 때 이전에 배운 전략을 무시하지 않도록 하는 것이 중요하다. 배경지식을 활용하는 방법을 다루는 수업에서 질문하는 방법을 다루는 수업으로 넘어간다고 해서 배경지식이 소홀히 다뤄져서는 안 된다. 수업이 아닌 일상에서 텍스트를 읽을 때도 독서 전략들은 흔히 여러 가지가 동시에 사용된다.

내가 담당한 독서 워크숍 수업에는 독해 능력이 부족한 학생들이 주로 모여 있는데, 정해진 교육과정이라고 할 만한 게 따로 없다. 그래서 나는 수업을 설계하는 데 학생들의 요구를 충분히 반영할 수 있는 호사를 누리고 있다. 한 가지 전략을 2주 동안 가르칠 때가 있는가 하면 2개월을 가르칠 때도 있다. 나는 다음 단계로 넘어가도 될지 학생들의 반응을 보고 판단한다. 학생들이 각자의 생각을 다양한 상황에 적용해 볼 수 있도록 다양한 장르의 텍스트를 다루기도 한다.

학생들에게 쓰기와 토론의 기회를 충분히 제공할 수 있다는 것도 내가 누리는 호사이다.

그런데 세계 문학 수업은 사정이 다르다. 반드시 가르쳐야 할 내용을 규정하고 있는 교육과정을 따라야 한다. 한 가지 전략을 가르치는 데 6주나 8주를 보낼 수 없고 그럴 생각도 없다. 나는 이해 전략 수업을 교육과정 속에 녹여내야 한다, 아래는 내가 문학 수업에서 이해 전략을 활용한 예이다.

수업 사례 1

단원　세계 문학 교과서 미리 보기

내용　책의 구성을 전체적으로 살핀다. 각주, 연대기표, 시각적 자료, 인물 정보 등 이해에 도움이 되는 자료가 있는지 살핀다.

전략　잘 읽는 사람들은 텍스트를 전체적으로 훑어보며 구성과 편집상의 특성을 어떻게 이용할지 판단한다.

활동　학생들을 몇 개의 모둠으로 나누고 각 모둠이 텍스트에서 읽어야 할 부분을 정해준다. 학생들은 모둠별로 정해진 부분에서 구성상의 특징을 찾아 적는다. 각자가 찾아낸 특징 중에서 가장 잘된 것을 모둠별로 다섯 개씩 골라 발표한다. 칠판에 각 모둠의 발표 내용을 적어서 모든 학생이 볼 수 있게 한다.

효과　학생들은 책을 본격적으로 읽기 전에 전체적인 구성을 머릿속에 그릴 수 있다. 그리고 읽기에 도움이 될 보조 자료들이 어떤 식으로 편집되어 있는지 알 수 있다.

수업 사례 2

단원 단테의 『신곡』

내용 '지옥편'의 구성을 주제로 토론한다. 단테가 지옥으로 어떻게 내려갔는지 토론한다.

전략 잘 읽는 사람들은 잠시 멈춰서 텍스트에 관해 자신이 이미 알고 있는 것을 생각해 본다. 그들은 새로운 정보를 습득하는 과정에서 기존 정보를 활용할 줄 안다.

활동 학생들이 텍스트를 이해하지 못해 읽은 내용을 다른 사람에게 들려줄 수 없을 때 마지막으로 이해가 된 대목으로 돌아가게 한다. 해당 페이지에 포스트잇을 붙이고 자신이 아는 내용을 적게 한다. 자신이 읽은 내용에 관해 질문을 만들어 봄으로써 한 단계 사고 수준을 높일 수 있다.

효과 학생들은 자신이 이미 알고 있는 내용을 생각해 보면 질문과 의미 복구에 도움이 된다는 사실을 깨닫는다. 특히 어려운 텍스트를 읽을 때 이해 여부와 관계없이 계속 읽어나가기를 고집하는 학생들에게 도움이 된다. 이 활동은 교사가 학생들의 생각을 파악하는 데에도 도움을 준다. 이는 강력한 평가 도구가 되기도 한다.

2. 마지막 페이지는 시작일 뿐이다

중학교와 고등학교의 독서 수업은 현재 갈림길에 있다. 미래의 시민들은 과거 어느 때보다 더 많은 읽기를 요구받고 있다. 활자는 이제 종이 위에만 있지 않다. 어린 초등학생부터 고등학교 졸업을 앞둔 학생까지 우리의 아이들은 인터넷에서 쏟아지는 엄청난 양의 정보 속에서 살고 있다. 이른바 "e-세대"는 이전과는 비교할 수 없을 만큼 많은 정보를 소화해야 한다. 내일의 독자들은 단순히 활자화된 정보를 암기하는 것보다 훨씬 많은 일을 해내야 한다. 그들은 분석하고 입증하고 질문할 수 있어야 한다. 그들은 생각하는 방법을 알아야 한다.

독서 교육을 둘러싼 논쟁이 계속되고 있다. 더 나은 독서 교육을 위한 싸움은 교실 내에서 이루어져야 하며 이 싸움의 승리는 읽기의 복잡한 속성을 이해하는 교사와 관리자 그리고 학부모들에게 달려 있다.

,

?

"

.

"

3부

접근 도구

A. 2단 메모

옮겨 적기 / 페이지	이 단어(문장, 문단)에서 _____ 가 떠올랐다.
1.	1.
2.	2.
3.	3.
4.	4.
5.	5.

옮겨 적기 / 페이지	나는 _____ 가 궁금하다.
1.	1.
2.	2.
3.	3.
4.	4.
5.	5.

옮겨 적기 / 페이지	나는 이 단어(문장, 문단)를 보며 머릿속에 _____ 를 그렸다.
1.	1.
2.	2.
3.	3.
4.	4.
5.	5.

옮겨 적기 / 페이지	내가 이 단어(문장, 문단)를 이해하지 못한 이유는 _____ 때문이다.
1.	1.
2.	2.
3.	3.
4.	4.
5.	5.

흥미로운 사실	내가 배운 점
1.	1.
2.	2.
3.	3.
4.	4.
5.	5.

나에게 중요하거나 흥미로웠던 점	작가의 메시지 (작가는 무엇을 말하려고 하는가?)
1.	1.
2.	2.
3.	3.
4.	4.
5.	5.

B. 이해 구성 기록지

여러분의 생각은?

1. 여러분은 어떤 점이 궁금했나요?

2. 위의 질문에 대해 어떤 답이 가능하다고 생각하세요?

3. 여러분이 연결해서 생각한 것은 무엇인가요?

시를 잘 읽는 비결

1. 시를 천천히 두 번 읽으세요.

2. 시에 나오는 사람이나 동물, 사물에 연결할 수 있는 여러분의 배경지식을 생각해 보세요.

3. 이 시의 내용을 머릿속에서 그림으로 그려보세요.

4. 이 시가 무엇을 말하고 있다고 생각하세요?

    _시에 나와 있는 단서   _시에 나와 있는 단서

추론하기 (배부용)

이름:

글을 읽는 동안 말끔하게 풀리지 않은 궁금증이 있을 거예요. 아래에 그 질문을 적어보세요. 그리고 그 질문에 대한 답을 글의 단서나 여러분의 배경지식에서 찾아 추론해 보세요. 여러분의 질문에 대한 답은 따로 정해져 있지 않으니 자신 있게 추론해 보세요!

1. 여러분이 가장 궁금했던 것을 질문으로 적어보세요.

2. 궁금증이 생긴 대목으로 돌아가서 답을 찾는 데 도움이 될 만한 단서를 글 속에서 찾아보세요.

3. 위에서 찾은 단서와 여러분의 배경지식을 합쳐서 스스로 질문에 답해보세요.

1. 『기억 전달자(The Giver)』에서 뽑은 질문: '임무 해제'는 무엇을 뜻할까?

2. 글의 단서

- 노인은 임무 해제된다.
- 실수를 저지른 사람은 임무 해제된다.
- 병약한 아기나 쌍둥이는 임무 해제된다.
- 임무 해제가 명예가 될 때도 있고 치욕이 될 때도 있다.
- 직업이 마음에 들지 않는 사람은 임무 해제를 신청할 수 있다.
- 조너스는 농담처럼 애서의 임무 해제를 요청했다가 곤경에 처한다.
- 임무 해제된 사람들이 어떻게 되는지 아는 이는 극소수에 불과하다.
- 커뮤니티가 임무 해제에 대해 아무런 반응이 없을 때도 있다.

3. 글에서 얻은 단서를 토대로 나는 임무 해제란 커뮤니티에 살던 사람을 다른 커뮤니티로 보내서 살게 하는 것을 뜻한다고 추론했다.

글과 자신을 연결하기

글에서 뽑은 문장을 아래에 옮겨 적고 인용된 문장과 여러분 자신의 삶을 연결해 보세요. 가능한 한 구체적으로 적으세요.

1. 옮긴 문장:

    _위의 문장을 읽으며 떠오른 것:

2. 옮긴 문장:

    _위의 문장을 읽으며 떠오른 것:

3. 옮긴 문장:

    _위의 문장을 읽으며 떠오른 것:

이름:

1. 나는 _____

_____ 를 읽고

_____

_____ 를 연결했다.

2. 나는 _____

_____ 를 읽고

_____

_____ 를 연결했다.

3. 나는 _____

_____ 를 읽고

_____

_____ 를 연결했다.

이름:

30분 동안 눈으로만 읽고 아래의 내용을 완성하세요.

1. 무엇을 읽었나요? (제목과 페이지도 적으세요.)

2. 4개 이상의 문장으로 여러분이 읽은 내용을 요약하세요.

3. 읽는 동안 무엇을 생각했는지 4개 이상의 문장으로 적으세요. 연결이나 질문 또는 각자의 의견을 적어도 됩니다.

· ·

이름:

1. 「우물가의 남자」를 읽으세요.

2. 글을 읽는 동안 궁금한 점들이 있을 겁니다. 머리에 떠오르는 질문을 궁금증이 생긴 대목 옆
   의 여백에 적으세요. (3개 이상)

3. 글을 다 읽고 느낀 점을 4문장 이상으로 이루어진 문단으로 적어보세요.

4. 자신이 적어둔 질문들을 다시 읽어보세요. 그중 가장 좋은 질문 세 개를 아래에 옮기고, 각
   각의 질문에 대한 답을 어디에서 찾을 수 있는지 적어보세요. 작품이나 자신의 머릿속 또는
   다른 어디에서든 좋습니다.
   (1)
   (2)
   (3)

5. 베트남, 노인 그리고 약자를 괴롭히는 행위에 대해 여러분이 아는 것을 적어보세요.

이름:

1. 나는 _____ (옮겨 적기 / 페이지)

_____ 에서 갈피를 잡을 수 없었다.

내가 이해하지 못한 이유는 _____

_____ 때문이라고 생각한다.

나는 _____

_____ 를 활용해서 이해해보려고 한다.

나는 _____

_____ 라는 것을 이해했다고 생각한다.

2. 나는 _____ (옮겨 적기 / 페이지)

_____ 에서 갈피를 잡을 수 없었다.

내가 이해하지 못한 이유는 _____

_____ 때문이라고 생각한다.

나는 _____

_____ 를 활용해서 이해해보려고 한다.

나는 _____

_____ 라는 것을 이해했다고 생각한다.

이름:

1. 『나는 너의 이름을 몰랐다』를 읽으세요.

2. 이야기가 어떻게 끝나나요? 무슨 일이 일어났나요?

  _글에 나와 있는 단서   _배경지식으로 판단한 것

연결하기 (배부용)

이름:

각자 연결한 내용을 포스트잇에 적으세요. 연결이 일어난 대목과 페이지를 아래에 적어보세요. 각각의 연결에 대해 자세히 설명해 보세요.

1.

2.

3.

4.

5.

이름:

1. 나는 59쪽을 연결했다. 그 대목은 "나는 주님을 올려다봤지만, 주님도 나를 행복하게 해주지는 않았다."이다. 이 대목을 읽으면서 내 사촌의 암이 재발했다는 소식을 들었을 때의 감정이 떠올랐다. 그 기억으로 인해 나는 이야기 속의 사니와 공감할 수 있었다. 나는 사니가 어떤 감정 상태인지 알 것 같다.

질문하기와 이해하지 못한 부분 찾기를 위한 이해 구성 기록지

글을 읽으면서 아래를 완성하세요.

1. 글을 읽으면서 흥미 있었던 부분과 관련이 있는 세 가지 질문을 작성하세요.
   (1)
   (2)
   (3)

2. 이해하기 어려웠던 단어나 문장을 형광펜으로 표시하세요.

3. 글을 다 읽고 기억나는 내용을 적어보세요.

4. 자신의 질문에 대한 답을 찾았나요? 여러분이 찾은 답을 적어보세요.

내면의 목소리

이름:

도서명:

_____ 쪽을 읽으세요. 아래에 있는 각각의 상자에 네 문장 이상을 옮겨 적고 내면의 목소리가 그 대목을 읽을 때 이해에 도움이 되었는지 아니면 방해가 되었는지 생각해 보세요. 그리고 각 상자 맨 아래에 '도움' 또는 '방해'라고 적으세요.

_____ 쪽에서 들은 내면의 목소리:	_____ 쪽에서 들은 내면의 목소리:
_____ 쪽에서 들은 내면의 목소리:	_____ 쪽에서 들은 내면의 목소리:

C. 독서 기록지

"백악관의 사자(死者)는 누구인가?"

1. 『링컨 평전』 제7장을 읽기 전에 에이브러햄 링컨에 대해 각자 아는 것을 적어보세요.

2. 이해하기 어려웠던 대목을 형광펜으로 표시해 보세요. 표시한 부분 옆에 의미를 이해하기 위해 각자 시도해본 복구 전략을 하나 이상 적으세요.

3. 책을 읽으면서 알게 된 중요한 사실 다섯 가지를 적어보세요.
    (1)
    (2)
    (3)
    (4)
    (5)

4. 중요한 질문 세 가지를 적어보세요.
    (1)
    (2)
    (3)

5. 위의 질문에 대해 깊이 생각하고 답을 적어보세요.

독서 기록지

이름:

1. 글을 읽으면서 다섯 군데 이상에 'BK'를 표시해 보세요. 배경지식을 떠올리게 한 대목 옆의 여백에 자신의 연결 내용을 적어보세요.

2. 글을 읽으면서 다섯 군데 이상에 '?'를 표시해 보세요. 궁금증이 생긴 대목 옆의 여백에 자신이 궁금하게 생각하는 내용을 적으세요. "나는 궁금하다"라는 표현을 사용하세요.

3. 이해가 잘 안 된 부분을 형광펜으로 표시하세요. 표시된 대목 옆의 여백에 자신이 시도한 복구 전략을 적으세요. 두 개 이상을 적어도 됩니다.

4. 글을 요약해 보세요.

5. 활동지 뒷면에 이 글을 읽고 느낀 점을 적어보세요.

시각화를 위한 독서 기록지

이름:

1. 머리에 그림을 그리게 해준 단어나 문구를 다섯 개 이상 적어보세요.

2. 글을 읽다가 생긴 질문 세 가지를 "나는 궁금하다"라는 표현을 사용해서 적어보세요.

3. 활동지 뒷면에 작품에서 어떤 사건이 일어났다고 생각하는지 각자의 생각을 적으세요.

Albom, Mitch. 1997. *Tuesdays with Morrie.* New York: Dell.

Alighieri, Dante. 1991. "Inferno." In *Prentice Hall Literature: World Masterpieces,*

62244. Englewood Cliffs, NJ: Prentice-Hall.

Berger, Barbara. 1984. *Grandfather Twilight.* New York: Putnam & Grosset.

Brown, Margaret Wise. 1947. *Goodnight Moon.* New York: Harper.

Cisneros, Sandra. 1991. *The House on Mango Street.* New York: Vintage.

Cleary, Beverly. 1968. *Ramona the Pest.* New York: Morrow.

Conrad, Joseph. 1902. *Youth: A Narrative and Two Other Stories.* London: Blackwood and Sons.

Davey, Beth. 1983. "Thinking Aloud: Modeling the Cognitive Processes of Reading Comprehension." *Journal of Reading* 27: 4447.

Dole, J. A., G. G. Duffy, L. R. Roeller, and P. D. Pearson. 1991. "Moving from the Old to the New: Research on Reading Comprehension Instruction." *Review of Educational Research.* 61: 239264.

Fast, Howard. 1961. *April Morning.* New York: Crown.

Fielding, Linda C., and P. David Pearson. 1994. "Reading Comprehension: What Works." *Educational Leadership* 52 (February): 6268.

Freedman, Russell. 1987. *Lincoln: A Photobiography.* New York: Clarion.

Garland, Sherry. 1994. *I Never Knew Your Name.* Boston: Houghton Mifflin.

Grahame, Kenneth. 1908. *The Wind in the Willows.* London: Methuen.

Graves, Donald. 1991. *Build a Literate Classroom.* Portsmouth, NH: Heinemann.

Haley, Alex. 1964. *The Autobiography of Malcolm X.* New York: Ballantine.

Harvey, Stephanie. 1998. *Nonfiction Matters: Reading, Writing, and Research in Grades 38.* Portland, ME: Stenhouse.

Harvey, Stephanie, and Anne Goudvis. 2000. *Strategies That Work: Teaching Comprehension to Enhance Understanding*. Portland, ME: Stenhouse.

Hemingway, Ernest. 1952. *The Old Man and the Sea*. New York: Simon & Schuster.

Hersey, John. 1946. *Hiroshima*. New York: Random House.

Houston, Pam. 1999. *A Little More About Me*. New York: W. W. Norton.

Hubbard, James Maurice. 1959. *Robin Red Breast*. New York: Firth, Pond.

Janeczko, Paul. 1990. *The Place My Words Are Looking For*. New York: Macmillan.

Keene, Ellin O., and Susan Zimmermann. 1997. *Mosaic of Thought: Teaching Comprehension in a Reader's Workshop*. Portsmouth, NH: Heinemann.

Keene, E., et al. In press. *Public Education Business Coalition 2000 Platform*. Denver, CO: Public Education and Business Coalition.

Kingsolver, Barbara. 1988. *The Bean Trees*. New York: Harper & Row.

London, Jack. 1981. "To Build a Fire." In *The Unabridged Jack London*, ed. by Lawrence Teacher and Richard E. Nicholls. Philadelphia, PA: Running Press.

Lowrey, Janette Sebring. 1942. *The Poky Little Puppy*. New York: Simon & Schuster.

Lowry, Lois. 1993. *The Giver*. New York: Simon & Schuster.

Marshall, James. 1976. *George and Martha Rise and Shine*. Boston: Houghton Mifflin.

Meichebaum, D., and J. Asnarow. 1979. "Cognitive Behavior Modification and Metacognitive Development: Implications for the Classroom." In *Cognitive Behavioral Interventions: Theory Research and Procedures*, ed. by P. Kendall and Hollon, 1135. New York: Academic Press.

Melville, Herman. 1851. *Moby-Dick*. New York: Harper.

Morrison, Toni. 1987. *Beloved*. Thorndike, ME: Thorndike Press.

O'Brien, Tim. 1969. *If I Die in a Combat Zone Box Me Up and Ship Me Home*. New York: Dell.

O'Dell, Scott. 1960. *Island of the Blue Dolphins*. Boston: Houghton Mifflin.

Ogle, Donna. 1986. "K-W-L: A Teaching Model That Develops Active Reading of Expository Text." *The Reading Teacher* 39: 56470.

Paris, S. G., M. Y. Lipson, and K. K. Wixon. 1983. "Becoming a Strategic Reader." *Contemporary Educational Psychology* 8: 293316.

Paulsen, Gary. 1993. *Nightjohn*. New York: Dell.

ㅡㅡㅡ. 1997. *Sarney: A Life Remembered*. New York: Random House.

Pearson, P. David, and M. C. Gallagher. 1983. "The Instruction of Reading Comprehension." *Contemporary Educational Psychology* 8: 317344.

Pearson, P. David, L. R. Roehler, J. A. Dole, and G. G. Duffy. 1992. "Developing Expertise in Reading Comprehension." In *What Research Has to Say About Reading Instruction*, ed. by J. Samuels and A. Farstrup. Newark, DE: International Reading Association.

Pichert, J. W., and R. C. Anderson. 1977. "Taking Different Perspectives on Story." *Journal of Educational Psychology* 69: 309315.

Raphael, T. E., C. A. Wonnacottm, and P. D. Pearson. 1986. *Increasing Students' Sensitivity to Sources of Information: An Instructional Study in Question-Answer Relationships*. Technical Report No. 284. Urbana: Center for the Study of Reading, University of Illinois.

Rumelhart, D. 1976. *Toward an Interactive Model of Reading*. Technical Report No. 56. San Diego: University of California Center for Human Information Processing.

Rylant, Cynthia. 1993. *I Had Seen Castles*. Orlando, FL: Harcourt Brace.

Silven, M., and M. Vauras. 1992. "Improving Reading Through Thinking Aloud." *Learning and Instruction* 2 (2): 6988.

Sparks, Beatrice. 1979. *Jay's Journal*. New York: Simon & Schuster.

Suess, Dr. 1958. *Yertle the Turtle and Other Stories*. New York: Random

House.

Thornton, Lawrence. 1987. *Imagining Argentina*. New York: Doubleday.

Tolstoy, Leo. 1889. *Anna Karenina*. New York: T. Y. Crowell.

Van Allsburg, Chris. 1991. *The Wretched Stone*. Boston: Houghton Mifflin.

Wadworth, Olive A. 1938. *Over in the Meadow: An Old Nursery Rhyme*. New York: Harper.

Whimby, A. 1985. *Intelligence Can Be Taught*. New York: Dutton.

White, E. B. 1952. *Charlotte's Web*. New York: Harper & Row.

White, Ruth. 1988. *Belle Prater's Boy*. New York: HarperCollins.